Déception
et autres nouvelles
suivi de
Fiorenza

Du même auteur
aux Éditions Albin Michel

LE DOCTEUR FAUSTUS
LES TÊTES INTERVERTIES
L'ÉLU
LE MIRAGE
LES CONFESSIONS DU
CHEVALIER D'INDUSTRIE FÉLIX KRULL

Thomas Mann

Déception et autres nouvelles

suivi de

Fiorenza

Traduit de l'allemand par
Louise Servicen

Albin Michel

Collection « Bibliothèque Albin Michel »

Édition originale allemande :
DIE ENTTÄUSCHUNG UND ANDERE NOVELLEN
S. Fischer Verlag, Francfort, R.F.A.

Traduction française :

22, rue Huyghens, 75014 Paris

ISBN 2-226-03539-7
ISSN 0298-2447

Thomas Mann est né en 1875, à Lübeck, d'une vieille famille de négociants. Après la mort de son père, en 1891, il s'installe à Munich et collabore à des revues littéraires. Il publie un premier recueil de nouvelles en 1898 puis le roman *Les Buddenbrooks* (1901).

Inspiré par la décadence « fin de siècle », il reprend les thèmes de l'artiste mal adapté à la société dans plusieurs livres, *Altesse royale* (1909), *La Mort à Venise* (1910). Au moment de la Guerre de 14, conscient de la « mission » de l'Allemagne, il part en campagne contre la démocratie. Son essai, *Considérations d'un apolitique* (1918), a un grand retentissement.

Mais bientôt, devant la montée du nazisme, il prend la défense de la République de Weimar et écrit des nouvelles, *Désordres* (1926), *Mario et le Magicien* (1930). Il achève un gros roman, *La Montagne magique* (1924) où l'on retrouve les débats politiques, religieux et philosophiques de cette époque, et reçoit le Prix Nobel en 1929.

A partir de 1933, il quitte l'Allemagne pour s'installer en Suisse et s'engage contre le fascisme. Au nom de l'humanisme, il compose un roman à « message », *Charlotte à Weimar* (1939), entreprend une imposante tétralogie, *Joseph et ses frères*, achevée en 1943, et écrit, tiré de la mythologie indienne, *Les Têtes interverties* (1940), à la fois divertissement et conte philosophique, puis *Le Docteur Faustus* (1947).

Avant la Seconde Guerre mondiale, il émigre aux Etats-Unis et devient citoyen américain. Il meurt en 1955, à Kilchberg, près de Zurich, laissant son dernier roman, *Les Confessions du chevalier d'industrie Félix Krull*, inachevé.

DÉCEPTION

J'AVOUE que les propos de cet étrange sire me troublèrent beaucoup et à présent encore je crains de n'être point en mesure de les restituer de façon à émouvoir autrui comme j'en fus ému moi-même ce soir-là. Peut-être leur effet est-il uniquement dû à la déconcertante franchise avec laquelle un parfait inconnu s'ouvrit ainsi à moi ?

La matinée d'automne où la vue de cet inconnu me frappa pour la première fois, sur la place Saint-Marc, remonte déjà à environ deux mois. Sur la vaste piazza, peu de gens circulaient, mais les oriflammes flottaient à la brise marine au-dessus du prodigieux édifice bariolé dont les contours somptueux et féériques se découpaient dans une ravissante clarté sur un ciel délicat, d'un bleu limpide. Devant le principal portail, autour d'une jeune fille qui égrenait du maïs, un immense vol de pigeons s'était abattu, tandis que d'autres accouraient de toutes parts. Une vision de fête, d'une incomparable beauté.

Ce fut alors que je le rencontrai et pendant que j'écris, je l'ai sous les yeux avec une extraordinaire acuité. De taille à peine moyenne, il marchait vite et courbé, tenant des deux mains sa canne dans le dos. Il portait un chapeau noir rigide, un pardessus d'été clair et des guêtres à raies foncées. Pour on ne sait quelle raison, je le crus Anglais. Il pouvait avoir trente ans, peut-être aussi cinquante. Son visage, au nez un peu épais et aux yeux gris, au regard las, était rasé de près, et autour de sa bouche se jouait constamment un inexplicable sourire un peu niais. De temps en temps seulement, haussant les sourcils, il jetait à la ronde un coup d'œil scrutateur puis, les regards de nouveau tournés vers le sol, il grommelait quelques mots pour lui seul, secouait la tête et souriait. C'est ainsi que de long en large il arpentait la place, obstinément.

Dès lors, je l'observai tous les jours car il semblait n'avoir d'autre occupation que de parcourir trente ou cinquante fois cette place, dans les deux sens, que le temps fût beau ou mauvais, toujours seul et toujours avec le même comportement bizarre.

Le soir que j'évoque, un orchestre militaire avait donné un concert. J'étais assis à l'une des petites tables du café Florian dont la terrasse déborde largement sur la place. Quand la musique eut pris fin, la foule, qui jusqu'alors affluait et refluait en vagues denses, commença de se disperser, et l'inconnu, souriant d'un air absent comme à l'accoutumée, s'installa à côté de moi à une table devenue vacante.

Le temps s'écoula. Autour de nous, tout se fit de plus en plus silencieux et déjà toutes les tables étaient libres. A peine si çà et là quelqu'un passait d'un pas traînant. Une paix majestueuse planait sur la place, le ciel s'était piqueté d'étoiles et au-dessus de la façade fastueuse et théâtrale de Saint-Marc, la demi-lune émergeait.

Le dos tourné à mon voisin, je m'apprêtais à l'ignorer et lisais le journal quand force me fut de me retourner à moitié, car tandis que jusqu'alors je n'avais pas perçu le moindre mouvement venant de lui, voilà que soudain il se mit à parler :

— Vous êtes à Venise pour la première fois, monsieur? demanda-t-il en mauvais français; et comme je m'efforçais de répondre en anglais, il reprit dans un allemand pur de tout dialecte, d'une voix basse et enrouée qu'il s'évertuait à éclaircir en toussotant :

— Vous voyez tout ceci pour la première fois? Cela correspond à votre attente? Et la dépasse même, peut-être? Ah? Vous ne l'imaginiez pas plus beau? C'est vrai? Vous ne parlez pas ainsi pour feindre le bonheur et susciter l'envie? Ah! » Il se rencoigna sur sa chaise avec un rapide clignement des yeux et une expression tout à fait inexplicable.

Le silence qui se fit dura longtemps et ne sachant comment poursuivre cet étrange entretien, j'allais de nouveau me lever quand il se pencha vivement en avant :

— Savez-vous, monsieur, ce que c'est que la déception? demanda-t-il à voix basse et insistante, en s'appuyant des deux mains sur sa canne. Pas un échec, un faux pas, petit et isolé, mais la grande déception, la déception totale, celle que tout, celle que la vie entière prépare à quelqu'un? Assurément, vous ne la connaissez pas. Mais je l'ai eue pour compagne dès ma jeunesse et elle a fait de moi un solitaire, malheureux et un peu bizarre, je ne le nie pas.

« Comment me comprendriez-vous, déjà, monsieur? Mais peut-être y parviendrez-vous, s'il m'est permis de vous demander de m'écouter deux minutes encore? Car si la chose est formulable, ce sera vite fait.

« Laissez-moi vous dire que j'ai grandi dans une toute petite ville, chez un pasteur. Dans les pièces trop astiquées flottait un optimisme scolastique, pathétique et désuet, on y respirait une singulière atmosphère d'éloquence sacrée, avec ces mots pompeux pour définir le bien et le mal, la beauté et la laideur, que je hais si amèrement, peut-être parce qu'eux seuls sont responsables de ma peine.

« Somme toute, pour moi la vie était faite de grands mots, car je ne savais d'elle que les immenses et vagues pressentiments que ces mots me suggéraient. J'attendais des hommes une bonté divine et un démonisme à faire dresser les cheveux sur la tête. J'attendais de la vie la beauté saisissante ou l'horreur effroyable, et la nostalgie de tout cela m'emplissait, une profonde, inquiète aspiration vers la vaste réalité, vers l'aventure, de quelque ordre qu'elle fût, peu importait, vers un bonheur magnifique, enivrant, ou une souffrance indicible, inconcevable, atroce.

« Il me souvient, monsieur, avec une triste acuité, de

ma première déception et vous voudrez bien remarquer qu'elle ne résulta aucunement de l'avortement d'un bel espoir mais fut liée à l'apparition d'un malheur. J'étais encore presque enfant quand un incendie éclata une nuit dans ma maison paternelle. Le feu s'était déclaré secrètement, sournoisement, tout le petit étage flambait jusqu'à la porte de ma chambre et l'escalier aussi était sur le point de s'embraser. Je fus le premier à m'en apercevoir et je sais que je m'élançai dans la maison en poussant à diverses reprises le cri : « Au feu! Enfin! Enfin, au feu! » Je me rappelle ce mot avec une grande netteté et sais aussi de quel sentiment profond il dérivait, encore qu'à l'époque je n'en aie guère eu conscience. « Voilà, me disais-je confusément, un incendie. Il m'est enfin donné de le vivre! Et ce n'est rien de pire? C'est tout? »

« Dieu sait pourtant que ce ne fut pas une mince affaire. La maison entière brûla, nous ne réussîmes à nous sauver que de justesse, au milieu des pires dangers, et je fus pour ma part assez grièvement blessé. En outre, il serait faux de dire que mon imagination avait anticipé sur les événements en me représentant la destruction de ma maison familiale sous des couleurs plus affreuses. Mais une vague intuition, la vision informe de quelque chose d'encore bien plus effroyable avait vécu en moi, et par comparaison la réalité me semblait terne. L'incendie fut ma première grande expérience. Avec lui, un immense espoir se trouva frustré.

« N'ayez crainte que je continue à vous conter mes déceptions par le menu. Je me bornerai à dire qu'avec une ardeur malheureuse j'alimentais ma grandiose attente par mille lectures : les œuvres des poètes. Hélas, j'ai appris à les haïr, ces poètes qui inscrivent sur tous les murs leurs grands mots et voudraient si possible les peindre sur la voûte du ciel avec une plume trempée dans le Vésuve, alors que chaque grand mot me fait souffrir comme un mensonge ou une dérision!

« Des poètes en transe m'ont chanté que le langage

était pauvre, ah, pauvre! Que non, monsieur! Le langage, me semble-t-il, est riche, excessivement riche, comparé à l'indigence et à la limitation de la vie! La douleur a ses limites, que la souffrance physique trouve dans l'évanouissement, la souffrance psychique dans l'hébétude, il n'en va pas autrement du bonheur! Mais le besoin humain de communication a inventé des accents qui vous leurrent en vous faisant oublier ces limitations.

« Est-ce ma faute? Suis-je le seul à qui l'impression produite par certains mots fait courir un frisson sur l'échine et donne le pressentiment d'expériences qui n'existent pas?

« Je suis entré dans cette fameuse vie, dévoré du désir de vivre un événement, un seul, qui correspondît à mes grandes prémonitions. Dieu me pardonne, cet événement ne m'a pas été accordé! J'ai parcouru le monde pour visiter les contrées les plus vantées de la terre, j'ai contemplé les œuvres d'art devant lesquelles l'humanité danse en leur prodiguant les plus grands mots. Je suis resté devant elles, à me dire : « C'est beau. Mais pas plus beau que « cela? C'est tout? »

« Je n'ai guère le sens des réalités. Voilà peut-être qui explique tout. Un jour, quelque part dans le monde, je me trouvai en pleine montagne au bord d'un gouffre étroit, profond. Les parois rocheuses étaient nues et abruptes, en contrebas l'eau bouillonnait sur les blocs de pierre. J'abaissai mon regard et pensai : « Et si j'allais « tomber? » Mais j'avais assez d'expérience pour me répondre : « En ce cas, je me dirais tout en tombant : Tu « es en train de choir; c'est un fait. Et en somme, après « tout, qu'est-ce? »

« Vous voudrez bien admettre que j'ai assez vécu pour avoir un peu voix au chapitre? Il y a des années, j'ai aimé une jeune fille, une créature délicate et suave que j'aurais volontiers guidée par la main et prise sous ma protection; mais elle ne m'aimait pas — quoi d'étonnant à cela? — et un autre que moi a eu le privilège de la prendre sous sa garde. Est-il aventure plus douloureuse? Est-il rien de plus pénible que ce violent désir, atrocement mêlé de volupté? J'ai passé bien des nuits les yeux grands ouverts; et plus triste, plus suppliciante que le reste, me fut toujours la pensée : « La voilà, la grande douleur! Voilà que je la « vis! Et après tout, qu'est-ce? »

« Est-il besoin de vous parler aussi de mon bonheur? Car j'ai connu également le bonheur, mais le bonheur m'a déçu... A quoi bon? Ce ne sont là qu'exemples malhabiles, ils ne vous feront pas comprendre que c'est la vie en général, la vie dans son cours médiocre, inintéressant et terne, qui m'a déçu, déçu, déçu...

« Qu'est donc l'homme, ce demi-dieu vanté? a écrit un jour le jeune Werther. Les forces ne lui font-elles pas défaut au moment où il en a le plus besoin? Et lorsqu'il s'élance vers la joie ou s'abîme dans la souffrance, n'est-il pas arrêté précisément dans ces deux élans et ramené à la conscience froide et morne, alors qu'il aspirait à se perdre dans la plénitude de l'infini? »

« J'évoque souvent le jour où pour la première fois j'ai vu la mer. La mer est grande, la mer est vaste. Du rivage, mon regard errait vers le large et espérait une libération; mais là-bas, tout au fond, il y avait l'horizon. Pourquoi ai-je un horizon? J'attendais de la vie l'infini.

« Peut-être mon horizon est-il plus rétréci que celui des autres hommes? Je vous l'ai dit, le sentiment des réalités me fait défaut, ou serait-ce que je l'ai trop? ou que j'atteins trop vite à la limite de mes forces? Ai-je trop vite terminé? Ne puis-je connaître le bonheur et la souffrance qu'à leur échelon le plus bas, à leur plus mince épaisseur?

« Je ne le crois pas. Et je ne crois pas aux hommes, encore moins à ceux d'entre eux qui donnent leur adhésion aux paroles des poètes, c'est lâcheté et mensonge! Avez-vous d'ailleurs remarqué, monsieur, qu'il est des gens assez vaniteux et avides de provoquer la considération et une secrète envie, pour feindre de n'avoir connu que les grands mots du bonheur et jamais ceux de la souffrance?...

« Il fait obscur et vous ne m'écoutez plus qu'à peine.

Je m'avouerai donc encore une fois que moi aussi jadis j'ai essayé de leurrer ces hommes, de me représenter comme heureux, à mes propres yeux et aux leurs. Mais depuis quelques années déjà, cette vanité s'est effondrée et je suis devenu un solitaire, malheureux et un peu bizarre, je ne le conteste point.

« Mon occupation favorite consiste à contempler la nuit le ciel étoilé, n'est-ce point la meilleure manière de détourner sa vue de la terre et de la vie? Et peut-être est-il pardonnable que j'aie tenu à conserver au moins mes pressentiments? A rêver d'une vie libérée où mes grandes intuitions se réaliseraient sans laisser un résidu de torturante déception? Une vie où il n'y aurait plus d'horizon?

« J'en rêve et j'attends la mort. Ah, je la connais déjà si bien, la mort, la déception suprême! A mon heure dernière, je me dirai : « Voilà, c'est elle. Voilà que je la « vis, et après tout, qu'est-ce? »

« Mais il fait froid à présent sur la place, monsieur. Je suis capable de ressentir cela, hé! hé! Votre serviteur. Adieu! »

LE PAILLASSE

Après tout et comme digne dénouement de tout, j'éprouve à présent le dégoût de la vie, le dégoût de « tout cela », de l'ensemble qui me suffoque, me traque, tour à tour me secoue et m'accable, et peut-être tôt ou tard me donnera-t-il l'élan nécessaire pour bâcler cette affaire ridicule, futile, et m'en aller pour de bon. Il est d'ailleurs fort possible que je tienne ce mois encore et le suivant. Peut-être continuerai-je encore un trimestre ou un semestre, à manger, dormir et m'occuper selon le même rythme bien réglé et mécanique que ma vie extérieure a assumé cet hiver et qui forme un effrayant contraste avec les sinistres progrès de ma désagrégation intérieure. Ne semble-t-il pas que les expériences psychiques d'un être humain sont d'autant plus fortes et émouvantes que sa vie extérieure est dégagée, étrangère au monde et paisible? Rien n'y fait; il faut vivre. Vous refusez-vous à l'action, vous retranchez-vous dans la plus calme des solitudes, les fluctuations de l'existence vous assailliront du dedans et vous serez forcé d'affirmer votre caractère, que vous soyez un héros ou un sot.

J'ai préparé ce cahier bien net pour y conter mon histoire. Au fond, pourquoi? Peut-être pour m'assigner une tâche quelconque? Par goût de la psychologie et pour savourer le caractère inéluctable de tout? L'idée de l'inéluctable est si réconfortante! Peut-être aussi, pour avoir par moment la jouissance de me sentir en quelque sorte supérieur à moi-même et connaître une sensation qui ressemble à l'indifférence? Car l'indifférence, je le sais, serait pour moi une sorte de bonheur...

***

Elle est bien loin derrière moi, la petite ville vétuste avec ses venelles étroites, tortueuses, ses pignons, ses églises gothiques et ses fontaines, ses habitants laborieux, rangés et simples, et la grande maison patricienne patinée par les ans, où j'ai grandi.

Située au centre de la cité, elle avait survécu à quatre générations de négociants opulents et considérés. Au fronton de la grande porte s'inscrivait « Ora et labora » et quand on avait gravi l'escalier aux larges degrés du spacieux vestibule de pierre, surmonté de sa galerie de bois laqué blanc, il fallait encore traverser un grand palier et une petite salle obscure à colonnes, pour entrer par une des hautes portes blanches au salon où ma mère était assise à son piano.

Elle était assise dans la pénombre car de lourds rideaux d'un rouge foncé obscurcissaient les fenêtres; les formes blanches des dieux figurées sur la tapisserie prenaient un relief plastique sur leur fond bleu et semblaient s'en détacher pour écouter les lourds et profonds accents préludant à un nocturne de Chopin qu'elle préférait à tout et jouait toujours dans un mouvement très lent, comme pour savourer à fond la mélancolie de chaque accord. Le vieux piano à queue avait perdu de sa sonorité, mais la pédale des pianissimi assourdissait les notes aiguës de telle sorte qu'elles prenaient la matité de l'argent et produisaient les plus étranges effets.

Assis sur le sofa massif à dossier rigide, j'écoutais attentivement et observais ma mère. Petite et frêle, elle portait le plus souvent une robe gris clair d'une étoffe souple. Son visage étroit manquait de beauté, mais sous la chevelure séparée par une raie et légèrement ondulée, d'un blond timide, on eût dit d'un calme visage d'enfant fragile et rêveuse; et quand, la tête un peu inclinée de biais, elle était à son piano, elle ressemblait aux attendrissants angelots qui souvent, sur les tableaux anciens, jouent de la guitare aux pieds de la Madone.

Dans mon enfance, elle me racontait souvent, de sa voix basse et retenue, des contes comme personne n'en savait, sauf elle, ou elle posait simplement ses mains sur ma tête appuyée contre ses genoux et restait silencieuse, immobile. Il me semble que ce furent les heures les plus heureuses et paisibles de ma vie. Ses cheveux ne grisonnèrent pas et elle ne sembla jamais avancer en âge; seulement, sa silhouette s'amenuisa de plus en plus et son visage se fit plus étroit, plus calme et plus songeur.

Mon père, lui, était un monsieur grand et large, vêtu d'une redingote de drap fin et noir, avec un gilet blanc auquel pendait un binocle d'or. Le menton rond et fort, encadré de courtes côtelettes gris fer, ressortait — rasé de près — ainsi que la lèvre supérieure, et entre ses sourcils, toujours se creusaient deux profondes rides verticales.

C'était un homme puissant, qui exerçait une grande influence sur les affaires publiques. J'ai vu des gens le quitter haletants, les yeux brillants, et d'autres accablés, absolument désespérés. Car il arrivait parfois que moi, et aussi ma mère et mes deux sœurs aînées, nous assistions à ces scènes, peut-être parce que mon père voulait m'insuffler l'ambition de monter dans la vie aussi haut que lui, mais peut-être aussi, je le soupçonne, avait-il besoin d'un public. Appuyé à sa chaise et la main passée sous le revers de sa redingote, il avait une façon bien à lui de suivre du regard le visiteur satisfait ou foudroyé, attitude qui déjà tout enfant fit naître en moi ce soupçon.

Blotti dans un coin, j'observais mon père et ma mère, comme s'il m'eût fallu opter entre les deux, et je me demandais s'il valait mieux passer la vie en réflexions rêveuses, ou dans l'action et l'exercice du pouvoir. Et mon regard s'arrêtait à la fin sur le calme visage de ma mère.

***

Non que je lui aie ressemblé dans mon comportement extérieur car mes occupations n'avaient en général rien de calme ni de silencieux. Je songe à l'une d'elles, que je préférais passionnément à la fréquentation des camarades de mon âge et à leurs jeux, et qui à présent encore où je compte environ trente ans, m'emplit de gaieté et de plaisir.

Il s'agissait d'un théâtre de marionnettes, grand et bien équipé, avec lequel je m'enfermais tout seul dans ma chambre, pour y représenter les plus extraordinaires drames musicaux. Je faisais l'obscurité dans la pièce, située au second étage, où étaient accrochés deux sombres portraits d'ancêtres avec des barbes à la Wallenstein, et je plaçai une lampe à côté du théâtre, car l'éclairage artificiel me semblait requis pour créer plus d'atmosphère. Je m'installais tout contre la scène, en ma qualité de chef d'orchestre, et ma main gauche posait sur une grande boîte de carton ronde qui constituait le seul instrument visible.

Faisaient alors leur entrée les artistes participant à la soirée, que j'avais moi-même dessinés à l'encre et à la plume, découpés et pourvus de tiges de bois pour leur permettre de se tenir debout. C'étaient des messieurs en pardessus et haut de forme et des dames d'une beauté éblouissante.

— Bonsoir, disais-je, mesdames et messieurs. Tout le monde va bien ? Je suis déjà à mon poste, car j'ai eu encore quelques dispositions à prendre, mais il serait temps de gagner vos loges.

Et tous de se rendre dans leurs loges placées derrière la scène, et de revenir bientôt, complètement transformés en figures de théâtre bariolées, pour regarder si la salle était remplie, à travers le trou que j'avais pratiqué dans le rideau. Elle était assez pleine et je me donnais à moi-même le signal — une sonnerie — de commencer la représentation, sur quoi je levais ma baguette de chef d'orchestre et savourais un instant le grand silence que ce geste avait suscité. Mais aussitôt, sur un nouveau geste l'animation reprenait, avec le sombre roulement de tambour annonciateur qui formait le début de l'ouverture et que j'exécutais de la main gauche sur la boîte de carton. Les trompettes, flûtes et clarinettes, dont j'imitais la tonalité avec ma bouche, de façon incomparable, se faisaient entendre et la musique continuait jusqu'au moment où le rideau se levait majestueusement dans un imposant crescendo, et le drame commençait, dans la forêt obscure ou la salle rutilante.

Le plan du drame avait été conçu au préalable, mais il fallait improviser les détails, les trilles des clarinettes, les grondements irrités de la boîte en carton accompagnant les chants suaves et passionnés, des vers étranges, sonores, bourrés de grands mots audacieux qui parfois rimaient, encore qu'ils eussent rarement un sens intelligible. L'opéra se déroulait tandis que je tambourinais de la main gauche, chantais et musiquais avec la bouche et dirigeais de la dextre non seulement mes personnages mais tout le reste, avec le maximum de soin, si bien qu'à la fin de chaque acte les applaudissements enthousiastes crépitaient. Il fallait toujours à nouveau relever le rideau et parfois même le chef d'orchestre était forcé de se retourner sur son estrade pour saluer la salle d'un air à la fois fier et flatté, en guise de remerciement.

Vraiment, lorsque après une représentation si épuisante je rangeais mon théâtre, la tête tout échauffée, une heureuse lassitude m'envahissait, telle qu'en doit éprouver un grand artiste après avoir achevé victorieusement une œuvre où il a mis le meilleur de son art. Jusqu'à ma treizième ou ma quatorzième année, ce jeu resta mon occupation favorite.

***

Mais comment s'écoulèrent mon enfance et ma prime jeunesse dans la grande maison où mon père dirigeait ses affaires au rez-de-chaussée tandis qu'en haut ma mère rêvassait dans un fauteuil ou jouait du piano, doucement, pensivement, et mes deux sœurs, de deux et trois ans mes aînées, s'affairaient à la cuisine et aux armoires à linge? J'en ai gardé si peu de souvenirs.

Il est certain que j'étais un garçon extraordinairement plein d'entrain, qui savait se faire respecter et aimer de ses condisciples, grâce à sa naissance privilégiée, sa façon impayable d'imiter les professeurs, et aussi par mille petits traits de comédien et des façons de s'exprimer en quelque sorte supérieures. Mais pendant les leçons je me trouvais en fâcheuse posture, trop occupé à relever le côté comique des mouvements de mes maîtres pour prêter attention au reste, et chez moi j'avais la tête trop farcie de sujets d'opéra, de vers et d'absurdités abracadabrantes pour pouvoir travailler sérieusement.

— Fi, disait mon père et les plis entre ses sourcils se creusaient davantage, lorsque après le déjeuner je lui apportais mon bulletin scolaire et qu'il avait lu le papier, la main passée sous le revers de sa redingote. Tu me donnes peu de satisfactions, c'est un fait. Qu'adviendra-t-il de toi, aurais-tu la bonté de me le dire? Dans la vie, tu ne parviendras jamais à émerger à la surface...

Pensée affligeante; mais elle ne m'empêchait pas, sitôt le dîner terminé, de lire à mes parents et à mes sœurs un poème que j'avais composé dans l'après-midi. Mon père se prenait à rire, au point que son pince-nez sautillait sur son gilet blanc. « En voilà des pitreries! » ne cessait-il de s'écrier. Mais ma mère m'attirait à elle, passait la main sur mon front pour en écarter les mèches et disait : « Ce n'est pas mal du tout, mon garçon, je trouve qu'il y a quelques jolis passages. »

Plus tard, quand je fus un peu plus âgé, je m'initiai tout seul à une façon particulière de jouer du piano. Je commençais par plaquer des accords en fa dièze majeur, les touches noires ayant pour moi une attirance spéciale — je cherchais à passer dans d'autres tonalités, et peu à peu, après être resté de longues heures devant mon instrument, j'acquis une sorte de virtuosité dans des enchaînements d'harmonies dépourvues de rythme et de mélodie, mais où je m'appliquais à donner le maximum d'expression à mes mystiques arabesques sonores.

Ma mère disait : « Son toucher décèle du goût. » Et elle s'arrangea pour me faire prendre des leçons qui ne durèrent qu'un semestre, car je n'avais pas suffisamment le sens du doigté et la mesure me faisait défaut.

Bref, les années passèrent et malgré les soucis que me causait l'école, cette période de ma croissance fut extrêmement joyeuse. Plein d'entrain et très populaire, j'évoluais dans le cercle de mes connaissances et de ma famille, je me montrais souple et aimable par souci de jouer à l'amabilité; et pourtant, d'instinct, je commençais déjà à mépriser tous ces gens arides et dépourvus d'imagination.

***

Je comptais environ dix-huit ans et j'étais à la veille de faire mes classes supérieures lorsqu'un après-midi je surpris un bref colloque entre mes parents installés sur la causeuse. Ils ignoraient que j'étais là, désœuvré, dans l'embrasure de la salle à manger contiguë, à contempler le ciel pâle au-dessus des maisons à pignon. Lorsque je distinguai mon nom, je m'approchai à pas feutrés de la porte blanche aux battants entrebâillés.

Carré dans son siège, les jambes croisées, mon père tenait d'une main le journal de la Bourse posé sur ses genoux et de l'autre il caressait lentement son menton entre ses favoris. Ma mère assise sur le sofa, penchait son visage calme sur une broderie. Une lampe les séparait.

Mon père dit : « Je suis d'avis que nous le retirions très prochainement de l'école et le mettions en apprentissage dans une grande maison de commerce.

— Oh ! fit ma mère tout attristée, et elle leva les yeux. Un enfant si doué !

Mon père se tut un instant et souffla avec précaution sur son vêtement pour faire partir un grain de poussière; puis il haussa les épaules, écarta les bras et les deux paumes tendues vers ma mère, il dit :

— Si tu te figures, ma chère, que l'activité d'un négociant ne requiert pas quelques talents, tu te trompes. D'autre part, ce garçon, je suis de plus en plus forcé d'en convenir à mon grand regret, n'arrive absolument à rien en classe. Ses talents, dont tu parles, sont un peu ceux d'un Paillasse et je m'empresse d'ajouter que je ne les sous-estime d'ailleurs aucunement. Il sait se montrer aimable quand le cœur lui en dit, il s'entend à enjôler les gens, à les amuser, les flatter, il éprouve le besoin de plaire et de briller. Avec une nature pareille, plus d'un a fait fortune et elle le prédispose, dans une certaine mesure, à être un négociant de grand style malgré son indifférence pour tout le reste.

Ici mon père se rencoigna avec satisfaction sur son siège, tira une cigarette de son étui et l'alluma lentement.

— Tu as sans doute raison, dit ma mère, et elle jeta autour de la pièce un regard attristé. Mais j'ai souvent cru et vaguement espéré qu'il aurait peut-être l'étoffe d'un artiste... On ne peut, il est vrai, accorder grande importance à ses dispositions musicales qui n'ont pas été développées, mais as-tu remarqué que tout récemment, depuis qu'il a visité la petite exposition, il dessine un peu ? Ce n'est pas mal du tout, me semble-t-il.

Mon père exhala une bouffée de tabac, se redressa sur son siège et dit brièvement :

— Tout cela, ce sont des pitreries et des blagues. Au surplus, on peut, comme de juste, l'interroger lui-même sur ce qu'il souhaite.

Oui, que devais-je souhaiter? La perspective d'un changement de vie extérieur me remplit de joie. D'un air grave, je me déclarai prêt à quitter le lycée pour devenir marchand et j'entrai dans la maison du grand négociant en bois M. Schlievogt, là-bas au bord du fleuve, en qualité de stagiaire.

***

Le changement fut purement extérieur, on s'en doute. Mon intérêt pour le grand commerce de bois du sieur Schlievogt était des plus minces. Juché sur mon siège tournant, à la lueur du gaz, dans l'étroit et obscur comptoir, je restai aussi lointain et absent que naguère sur les bancs de l'école. Toutefois, j'avais à présent moins de souci; en cela consistait la seule différence.

M. Schlievogt, un homme corpulent au visage rougeaud et à la barbe grise et rêche de marinier, ne s'occupait guère de moi, car il se tenait en général dans la scierie située assez loin du comptoir et de l'entrepôt. Les employés du magasin me traitaient avec déférence. Je n'entretenais de rapports amicaux qu'avec l'un d'eux, un jeune garçon doué et réjoui, de bonne famille, que j'avais déjà connu au lycée et qui se dénommait Schilling. S'il se moquait de tout le monde, comme moi, il affichait en revanche un intérêt zélé pour le commerce du bois et pas un jour il ne manqua d'exprimer sa ferme intention de s'enrichir, d'une façon ou d'une autre.

Pour ma part, je m'acquittais machinalement de ma tâche, et le reste du temps je flânais dans l'entrepôt, entre les piles de bois et les ouvriers, pour observer, à travers le haut treillis ligneux, le fleuve où passait par moment un convoi de marchandises cependant que je rêvais à une représentation théâtrale, à un concert auquel j'avais assisté ou à une récente lecture.

Je lisais beaucoup, je lisais tout ce qui me tombait sous la main et grande était ma réceptivité. J'avais la compréhension instinctive de chaque personnalité poétique, croyais la reconnaître en moi, et ma sensibilité s'accordait au style d'un ouvrage jusqu'au jour où une nouvelle influence s'exerçait sur mon esprit. Dans ma chambre, où j'avais naguère édifié un théâtre de marionnettes, je restais à présent assis, un livre sur les genoux, et je levais les yeux vers les deux portraits d'ancêtres, pour savourer rétrospectivement la chute d'une période qui m'avait captivé, en proie à un chaos stérile de pensées à demi formées et de visions fantaisistes.

Mes sœurs s'étaient mariées à bref intervalle et lorsque je n'étais pas au magasin, je descendais souvent au salon où ma mère un peu dolente, le visage de plus en plus puéril et calme, restait à présent assise dans la solitude. Après qu'elle m'avait joué du Chopin et que je lui avais montré de nouveaux enchaînements d'harmonies que j'avais imaginés elle me demandait si dans mon métier j'étais content, heureux. Nul doute que je l'étais.

Je ne comptais guère plus de vingt ans, ma situation n'avait qu'un caractère provisoire et je n'étais pas loin de penser que rien ne m'obligeait à moisir toute ma vie chez M. Schlievogt ou chez un négociant de bois d'encore plus grand style, que je pouvais me libérer un jour, quitter la ville à pignons et vivre, quelque part dans le monde, selon mes goûts, lire de bons romans bien écrits, aller au théâtre, faire de la musique... Heureux? Mais je mangeais admirablement, je circulais, tiré à quatre épingles — une habitude contractée de bonne heure, car durant mes années scolaires j'avais vu mes camarades pauvres et mal vêtus s'humilier devant moi et mes pareils et reconnaître en nous, avec une sorte de timidité flatteuse, des maîtres qui donnaient le ton. J'en avais pris conscience avec amusement, je faisais partie des couches supérieures, les riches, les enviés, ceux qui avaient le droit de regarder de haut avec une condescendance dédaigneuse les malheureux et les envieux. Heureux, comment ne l'aurais-je pas été? Il suffisait que tout suivît son cours accoutumé. D'abord, il y avait du charme à se sentir étranger, supérieur, enjoué, quand j'évoluais parmi mes pairs et mes connaissances. Je raillais leur esprit étroit, cependant que par désir de charmer, je les abordais avec une souple amabilité et je jouissais complaisamment du vague respect que ces gens témoignaient à mon être et mon essence, parce qu'ils y discernaient confusément un élément de révolte et d'extravagance.

***

Cela commença par un changement survenu dans la personne de mon père. Lorsqu'il se mettait à table sur le coup de quatre heures, les rides entre ses sourcils semblaient s'accuser de jour en jour et il ne passait plus, d'un geste majestueux, sa main sous le revers de sa redingote. Il se montrait déprimé, nerveux et craintif. Une fois, il me dit :

— Tu es d'âge à partager avec moi les soucis qui minent ma santé. D'ailleurs, le devoir m'incombe de te les faire connaître, afin que tu ne te fasses pas d'illusion sur ta future situation dans la vie. Tu sais que les mariages de tes sœurs ont nécessité d'importants sacrifices. Récemment, notre firme a subi des pertes qui ont beaucoup réduit notre fortune. Je suis un vieil homme, je me sens découragé et je ne crois pas que l'on puisse sensiblement remédier à la situation. Je te prie de noter que tu seras réduit à compter sur tes seules forces...

Il me tint ce langage deux mois environ avant sa mort. Un jour on le trouva livide, paralysé et bégayant dans le fauteuil de son bureau privé et une semaine plus tard toute la ville suivit son enterrement.

Ma mère restait assise, fragile et silencieuse, sur le sofa devant le guéridon du salon, les yeux clos la plupart du temps. Quand mes sœurs et moi nous nous empressions autour d'elle, il lui arrivait peut-être parfois d'incliner la tête et de sourire, tout en continuant de se taire; ou, immobile, les mains jointes sur ses genoux, de regarder fixement avec de grands yeux étrangers et tristes une figure de dieu sur la tapisserie. Quand des messieurs en redingote vinrent rendre compte du résultat de la liquidation, elle inclina de même la tête, et ferma de nouveau les paupières.

Elle ne jouait plus Chopin et parfois lorsqu'elle me caressait les cheveux, sa main pâle, frêle et lasse tremblait. A peine six mois après la mort de mon père elle s'alita et mourut sans une plainte, sans avoir le moins du monde lutté pour vivre...

Désormais tout était fini. Qu'est-ce qui me retenait encore ici? Les affaires réglées tant bien que mal, je me trouvai héritier d'une somme d'environ cent mille marks, suffisante pour assurer mon indépendance, d'autant que pour je ne sais plus quelle raison sans importance, j'avais été déclaré inapte au service militaire.

Rien ne me reliait plus aux gens parmi lesquels j'avais grandi. Leurs regards m'avaient observé avec un éloignement et une surprise toujours accrus, et leur conception de la vie était trop bornée pour que je fusse disposé à m'y plier. A supposer qu'ils me connussent pour ce que j'étais, c'est-à-dire un fieffé propre à rien, je me connaissais moi aussi. Mais j'étais assez sceptique et fataliste pour prendre du bon côté mon « talent de Paillasse », selon l'expression de mon père et, joyeusement enclin à jouir de la vie à ma façon, je ne laissais pas d'être content de moi.

Je réalisai mon petit pécule et presque sans prendre congé de personne, je quittai la ville, tout d'abord pour voyager.

Des trois années qui suivirent et où avec une avide réceptivité je m'abandonnai à mille impressions neuves, variées, riches, il me souvient comme d'un beau rêve lointain. Combien de temps s'est écoulé depuis l'époque où chez les moines du Simplon je célébrai l'an nouveau parmi les neiges et les glaces? où je flânais à Vérone sur la Piazza Erbe; où de Borgo San Spirito, je pénétrai pour la première fois sous la colonnade de Saint-Pierre et mon regard intimidé se perdit sur l'immense place; où, du corso Vittorio-Emanuel, par-delà le blanc chatoiement de Naples je voyais se diluer au loin sur la mer, dans une brume bleuâtre, la gracieuse silhouette de lapis-lazuli de Capri? En vérité, il n'y a que six ans, guère plus.

Oh, j'avais soin de ménager mes deniers et de vivre en accord avec mes moyens, dans de simples chambres de location, ou des pensions bon marché, mais en raison de mes fréquents changements de séjour, et parce qu'au début j'eus peine à me défaire de mes habitudes de bourgeois aisé, je fus forcément entraîné à des frais plus considérables. Sur mon capital, j'avais prélevé quinze mille marks pour ma période de vagabondage — somme qui fut évidemment dépassée.

D'ailleurs, je me trouvais bien parmi les gens avec qui j'entrais en contact au cours de mes voyages, des êtres souvent désintéressés et fort intéressants. Si pour eux je ne pouvais être un objet de respect comme pour mon entourage de jadis, je n'avais du moins pas à redouter leurs regards effarés ni leurs questions.

Grâce à mes talents mondains, je jouissais parfois, dans les pensions de famille, d'une faveur sincère de la part des autres voyageurs. Je me rappelle certaine scène dans le salon de la pension Minelli à Palerme. Au milieu d'un cercle de Français de tout âge, j'avais soudain, avec renfort de gestes, chants déclamatoires et flots d'harmonie, improvisé au piano un « drame musical de Richard Wagner ». Je venais de terminer parmi les salves d'applaudissements lorsque fonça sur moi un vieux monsieur qui n'avait presque plus un cheveu sur le crâne. Ses favoris blancs, au poil rare, flottaient sur sa veste de laine grise. Il saisit mes deux mains et s'écria, les larmes aux yeux :

— Mais c'est stupéfiant! Stupéfiant, cher monsieur! Je vous jure que depuis trente ans je ne me suis pas autant amusé! Ah, vous me permettez de vous remercier de tout cœur, n'est-ce pas? Mais il faut absolument que vous deveniez acteur ou musicien!

En ces occasions, il est vrai, j'avais un peu de l'exubérance géniale du grand peintre qui dans le cercle de ses amis condescend à dessiner sur le dessus de la table une caricature à la fois comique et spirituelle. Mais après le dîner, je revins seul au salon et passai une heure solitaire et mélancolique à arracher à l'instrument des accords tenus où je croyais exprimer le sentiment que la vue de Palerme avait suscité en moi.

Après la Sicile, je touchai barre en Afrique, j'allai ensuite en Espagne et c'est là, non loin de Madrid, à la campagne, l'hiver, par un après-midi sombre et pluvieux que pour la première fois j'éprouvai l'envie de retourner en Allemagne — l'envie et aussi le besoin. Outre que je commençais à avoir la nostalgie d'une vie calme, réglée et sédentaire, il n'était pas difficile de calculer que même en me limitant beaucoup, j'aurais dépensé mes vingt mille marks d'ici mon retour en Allemagne.

Je n'hésitai pas trop longtemps à entreprendre ce lent voyage de retour à travers la France où je passai six mois en m'attardant davantage dans certaines villes. Je me rappelle avec une netteté mélancolique le soir d'été où j'entrai en gare de la capitale d'Allemagne centrale sur laquelle j'avais déjà jeté mon dévolu au début de mon périple. A présent, quelque peu instruit par l'expérience, enrichi de savoir, j'éprouvais une joie enfantine à la pensée de pouvoir me créer là, dans mon indépendance insouciante et selon mes modestes moyens, une vie tranquille et contemplative.

J'avais vingt-cinq ans.

***

L'endroit n'était pas mal choisi : une ville de belle apparence, où ne sévissaient point encore l'agitation trop bruyante d'une métropole ni un trafic trop déplaisant —

avec quelques vieilles places assez remarquables, et des rues qui ne manquaient ni d'animation ni, en certains quartiers, d'élégance. Les environs offrent divers sites agréables; mais j'ai toujours eu un faible pour la promenade aménagée avec goût qui s'étend sur le Lerchenberg, une colline étroite et allongée à laquelle s'adosse une grande partie de la ville et d'où l'on jouit d'un vaste panorama sur des maisons, des églises et le fleuve qui sinue mollement à travers la campagne. A certains endroits, notamment par les beaux après-midi d'été, quand un orchestre militaire donnait un concert et que les équipages et les piétons circulaient, cela rappelait le Pincio. Mais j'aurai à reparler de cette promenade...

On n'imagine pas avec quel plaisir méticuleux je m'installai dans la spacieuse pièce que j'avais louée, avec une chambre à coucher attenante, au cœur de la ville, dans un quartier plein d'animation. La plupart des meubles paternels avaient, il est vrai, passé à mes sœurs, mais je possédais quand même dans mon lot le nécessaire, des objets imposants et de bon aloi, qui arrivèrent en même temps que mes livres et les deux portraits d'ancêtres; mais surtout le vieux piano à queue, un legs de ma mère.

Je n'éprouvai pas une mince satisfaction quand tout cela fut déballé et rangé, quand les photographies que j'avais collectionnées en voyage décorèrent les murs ainsi que le lourd bureau d'acajou et la commode ventrue; et quand, fin prêt et installé dans ma sécurité, j'occupai le fauteuil près de la fenêtre pour contempler tour à tour la rue au dehors et mon nouveau logis. Pourtant, — je n'ai pas oublié cet instant — à mon sentiment de satisfaction et de confiance, un autre se mêlait tout doucement, une vague inquiétude, un trouble, la légère conscience d'une sorte de révolte et de protestation de ma part contre une puissance menaçante... la pensée un peu déprimante que ma situation, jusqu'alors toujours cantonnée dans le provisoire, devait désormais, pour la première fois, se considérer comme définitive, immuable.

Je ne cacherai pas que ces impressions et d'autres, semblables, se renouvelèrent de temps en temps. Mais comment éviter certaines heures de l'après-midi, où, le regard tourné vers le dehors, le crépuscule qui s'épaissit ou peut-être une pluie lente, on est la proie d'humeurs noires? En tout cas, je pouvais être rassuré sur mon avenir. J'avais confié à la banque municipale la somme de quatre-vingt mille marks, les intérêts s'élevant à quelque six cents marks par trimestre (mon Dieu, les temps sont durs!...) me permettraient en conséquence de mener une vie décente, me pourvoir en livres, aller parfois au théâtre, sans exclure quelques distractions d'un ordre plus frivole.

Dorénavant, mes jours s'écoulèrent conformes à l'idéal que je m'étais toujours proposé. Levé vers dix heures, je déjeunais et passais ensuite le temps jusqu'à midi à jouer du piano, à lire une revue littéraire ou un livre. Je descendais ensuite dans la rue et gagnais en flânant le petit restaurant que je hantais régulièrement, j'y prenais mon repas, suivi d'une assez longue promenade à travers les rues, dans une galerie d'art, dans les environs, ou sur le Lerchenberg. Je rentrais chez moi et poursuivais les occupations de la matinée : je lisais, je faisais de la musique, parfois même je m'amusais à dessiner, ou encore j'écrivais avec soin une lettre. Si après le dîner je ne me rendais pas au théâtre ou au concert, je m'attardais au café et lisais les journaux jusqu'à l'heure de me coucher. La journée avait été bonne et belle, heureusement remplie, si j'avais réussi au piano un motif qui me semblait neuf et beau, ou si la lecture d'une nouvelle, la vision d'un tableau, m'avait laissé une impression délicate et durable.

Je ne manquerai d'ailleurs pas de dire que j'apportais à ma règle de vie un certain idéalisme et m'efforçais sérieusement de « remplir » mes journées aussi bien que possible. Je faisais modeste chère, n'avais en général qu'un seul costume, bref, je limitais avec prudence mes besoins matériels pour être en mesure de payer d'un prix élevé une bonne place à l'opéra ou au concert, d'acheter les nouveautés littéraires, de visiter telle ou telle exposition...

Mais les jours passaient et formèrent des semaines, des mois. De l'ennui? Je l'avoue. On n'a pas toujours sous la main un livre qui puisse combler une succession d'heures. As-tu essayé d'improviser au piano sans y réussir? Tu t'assois à la fenêtre, tu fumes cigarette sur cigarette et en toi s'insinue un irrésistible sentiment d'aversion à l'égard du monde entier et de toi-même. La crainte t'assaille à nouveau, la fâcheuse crainte bien connue de toi; et d'un bond tu te lèves, tu sors dans la rue pour regarder, avec le joyeux haussement d'épaules de l'être heureux, les hommes d'affaires et les ouvriers, tous ceux qui sont intellectuellement trop peu doués pour les loisirs et la jouissance.

***

A vingt-sept ans, pouvons-nous croire sérieusement au caractère inéluctable de notre situation, si plausible soit-il? Le gazouillis d'un oiseau, un minuscule pan de ciel bleu, un rêve nocturne vite effacé, tout cela est de nature à déverser dans le cœur de brusques remous de vague espérance et à l'emplir d'un grand bonheur imprévu... Je traînassais d'un jour à l'autre — contemplatif, sans but précis, absorbé par tel ou tel espoir, fût-ce celui du jour où paraîtrait une revue amusante — avec la conviction d'être heureux, et par moments un peu las de ma solitude.

En vérité, les heures n'étaient point rares où mon absence de relations et de compagnie me dépitait — est-il besoin d'en dire les raisons? Je n'entretenais aucuns rapports avec la bonne société — pas plus avec les premiers cercles de la ville qu'avec les seconds; et pour m'introduire en qualité de *fêtard* [1] parmi la jeunesse dorée, je manquais de moyens, parbleu! Restait la bohème? Mais je

1. En français dans le texte.

suis un homme bien élevé, je porte du linge frais et un costume en bon état, je n'éprouve nulle envie d'échanger des propos anarchistes avec des jeunes gens débraillés, à des tables poisseuses d'absinthe. Bref, il n'y avait point de milieu social auquel je pusse m'agréger tout naturellement, et les connaissances, qui se nouaient d'elles-mêmes, d'une façon ou d'une autre, étaient rares, superficielles et froides — par ma faute, je l'avoue, car dans ces cas-là, je me tenais sur la réserve, j'éprouvais un sentiment d'insécurité et la conscience désagréable de ne même pas pouvoir dire à un joyeux rapin, en termes clairs, concis et propres à l'émerveiller, qui j'étais au fond ni ce que j'étais.

J'avais d'ailleurs rompu avec la « société » et renoncé à elle lorsque je m'étais octroyé la liberté de suivre ma vie personnelle au lieu de servir cette société d'une façon quelconque et si j'avais eu besoin « des gens » pour être heureux, il m'était loisible de me demander si dans ce cas je n'aurais pas été présentement occupé à m'enrichir, — pour le bien commun — comme négociant de grand style, et à susciter l'envie et le respect général.

Et pourtant, et pourtant! Il n'en demeurait pas moins que mon isolement philosophique m'irritait beaucoup trop et finissait par ne plus s'accorder du tout à ma conviction d'être heureux; conviction qui néanmoins — comment en douter? — était tout proprement inébranlable. Ne pas être heureux, être malheureux? mais était-ce même concevable? C'était impossible à imaginer, et en émettant ce propos la question se trouvait tranchée — jusqu'à la venue de nouvelles heures où ce tête-à-tête avec soi, cette retraite et cette vie en marge ne semblaient plus dans l'ordre, absolument plus, et me rendaient maussade, effroyablement.

Maussade, était-ce là le fait d'un être heureux? Je me rappelais ma vie chez moi, dans notre cercle restreint où j'évoluais avec l'allègre conscience de mes géniales aptitudes artistiques, liant, aimable, les yeux pétillants de gaieté, de moquerie et de bienveillance supérieure à l'égard du monde entier, un peu bizarre de l'avis des gens, mais pourtant aimé. J'étais heureux alors, bien que forcé de travailler dans la grande entreprise commerciale de bois de M. Schlievogt. Et maintenant, maintenant?...

Mais un livre extraordinairement intéressant vient de paraître, un nouveau roman français que j'ai cru pouvoir m'offrir et je vais le savourer à loisir, bien calé dans mon confortable fauteuil. Encore une fois, trois cents pages truffées de goût, de blague, et d'art subtil. Ah, j'ai organisé ma vie à ma convenance! Ne suis-je donc pas heureux? Absurde, ma question, et rien de plus...

***

De nouveau, un jour s'achève, un jour dont nul ne peut contester, Dieu merci, qu'il a été rempli. Le soir est là, les rideaux des fenêtres sont tirés, la lampe brûle sur le bureau, il est près de minuit. On pourrait se mettre au lit, mais on s'attarde, à moitié étendu, dans son fauteuil, et les mains jointes sur les genoux, on lève les yeux vers le plafond pour suivre avec résignation le léger taraudage, le rongement d'une vague souffrance qui n'a pu être dissipée.

Il y a quelques heures encore, j'étais sous l'impression d'une œuvre d'art magistrale, une de ces créations immenses et cruelles qui avec tout le faste d'un dilettantisme pervers et génial, vous secouent, vous éblouissent, vous torturent, vous exaltent, vous accablent. J'ai les nerfs encore à vif, l'imagination enflammée, d'étranges accès d'humeur me soulèvent ou m'abattent, des élans de nostalgie, de ferveur religieuse, de triomphe, de paix mystique — et toujours à nouveau surgit un besoin qui voudrait s'extérioriser, le besoin de s'exprimer, de se confier, de se produire, de « faire quelque chose avec tout cela... ».

Et si vraiment j'étais un artiste, doué pour s'exprimer par le son, la parole ou le modelage — ou même de préférence, soyons franc, sous toutes ces diverses formes à la fois ? Je suis, il est vrai, capable d'un tas de choses. Je peux, par exemple, m'asseoir au piano et, dans ma paisible chambrette, exprimer le mieux du monde mes beaux sentiments, ce qui en bonne conscience devrait me suffire ; bien sûr, si pour être heureux j'avais besoin des « gens », mon trouble s'expliquerait. Mais si par hasard j'attachais aussi quelque prix au succès, à la gloire, à l'appréciation du monde, à la louange, à l'envie, à l'amour ? Parbleu ! Rien qu'à me rappeler la scène du salon de Palerme, je dois convenir qu'en ce moment un incident analogue serait pour moi un encouragement, un incomparable réconfort.

Tout bien pesé, force m'est d'admettre la distinction sophistiquée et risible, entre le « bonheur » intérieur et extérieur. Le bonheur extérieur, qu'est-ce en définitive ? Il existe une sorte d'êtres, enfants chéris des dieux semble-t-il, dont le bonheur constitue le génie, et le génie le bonheur — des êtres de lumière qui traversent la vie d'une démarche légère, charmeuse et aimable, avec un reflet de soleil dans les yeux, tandis que tout le monde les entoure, tandis que tout le monde les admire, les loue, les envie et les aime, car même l'envie est incapable de les haïr. Mais eux considèrent la vie en enfants gâtés, ironiques, capricieux, exubérants, avec une amabilité radieuse, certains de leur bonheur et de leur génie, comme si tout cela allait évidemment de soi... Pour ma part, je ne nierai point ma faiblesse, j'eusse aimé compter parmi eux et — à tort ou à raison — je me flatte d'avoir été jadis l'un d'eux. Peu importe que je les aie égalés ou non, car, soyons francs, l'essentiel est l'opinion que l'on a de soi, le personnage que l'on représente, que l'on a la conviction de représenter.

Peut-être en réalité ai-je simplement renoncé à ce « bonheur extérieur », en me dérobant au service de « la société » et en organisant ma vie sans « les gens » ? Que j'en sois satisfait, on ne saurait bien entendu en douter un instant, on ne peut en douter, on n'a pas le droit de le mettre en doute ; car, répétons-le avec un acharnement désespéré, je veux, je dois être heureux! La conception du « bonheur » envisagé comme une sorte de mérite — génie, distinction, amabilité — la conception du « malheur » comme quelque chose de laid, de méprisable, que la lumière effraye, de ridicule en un mot, est trop ancrée en moi pour que je puisse être malheureux tout en conservant ma propre estime.

Comment pourrais-je me permettre d'être malheureux? Quel rôle jouerais-je devant moi-même? Ne devrais-je pas me tapir dans l'obscurité comme une sorte de chauve-souris ou de chouette, et regarder avec envie en clignotant des yeux, les êtres de clarté, les aimables heureux? Je devrais les haïr de cette haine qui n'est qu'un amour empoisonné — et me mépriser!

« Me tapir dans l'obscurité! » Ah, voilà que me revient en mémoire tout ce que depuis quelques mois j'ai maintes fois pensé et senti, à propos de moi, de ma situation « en marge », mon isolement philosophique! Et l'angoisse me reprend, l'angoisse, fâcheuse connaissance! Et la conscience d'une sorte de révolte contre une puissance qui me menace.

Certes, il y avait toujours une consolation, une diversion, une façon de s'étourdir, cette fois-là et la suivante et la suivante encore. Mais le mal me reprenait, il revenait sans cesse, au cours des mois, des années.

Certains jours d'automne tiennent du prodige. L'été est passé, au dehors le feuillage a depuis longtemps commencé à jaunir, et en ville le vent souffle depuis des jours à tous les carrefours, tandis que dans les caniveaux bruissent des ruisseaux. Tu t'y es résigné, tu t'es pour ainsi dire déjà installé au coin du feu pour subir l'hiver, mais voilà qu'un matin, au réveil, tu constates d'un œil incrédule qu'une étroite bande d'un bleu lumineux scintille dans ta chambre entre les rideaux des fenêtres. Tout étonné, tu bondis hors de ton lit, tu pousses la croisée, une vague de lumière frémissante coule vers toi, et en même temps, à travers les bruits de la rue, tu perçois un gazouillis d'oiseaux, un gai babil; et tu as l'impression de respirer, avec l'air frais d'un premier jour d'octobre, l'arôme incomparablement doux et chargé de promesse qu'apporte la brise de mai. C'est le printemps, de toute évidence c'est le printemps en dépit du calendrier; et tu sautes sur tes vêtements pour gagner en hâte la rue et te trouver à l'air libre, sous le ciel chatoyant.

Or, il y eut une de ces journées inespérées et singulières, voici déjà environ quatre mois — nous sommes à présent au début de février — et ce jour-là, j'ai eu une vision étonnamment charmante. De bon matin, avant neuf heures, je m'étais mis en route, dans des dispositions d'esprit légères et joyeuses, plein d'un confus espoir de changement, de bonheur, d'on ne sait quelle vague surprise tenue en réserve pour moi. Je pris le chemin du Lerchenberg, gravis le flanc droit de la colline et longeai la crête en ayant soin de me tenir en bordure de la promenade principale et de la basse balustrade de pierre. Ainsi, durant tout le parcours d'environ une demi-heure, ma vue s'étendit librement sur la ville qui dégringole en pentes étagées formant terrasses et le fleuve dont les méandres miroitent au soleil. Plus au fond le paysage avec ses collines et ses verdures s'estompait dans la buée solaire.

Là-haut, il n'y avait encore presque personne. Les bancs le long de la route étaient déserts et çà et là, entre les arbres, une statue surgissait, blanche et chatoyante. De temps en temps, une feuille morte tombait lentement et se posait sur elle. Rien ne troublait le silence auquel je prêtai l'oreille pendant ma flânerie, l'œil fixé sur ce lumineux panorama, jusqu'à ce que j'eusse atteint l'extrémité de la colline, où la route se faisait déclive entre de vieux marronniers. Là, j'entendis derrière moi le roulement d'une voiture et le claquement des sabots d'un cheval qui approchait au grand trot. Vers le milieu de la descente, il me fallut lui céder la place. Je me rangeai donc pour le laisser passer et m'arrêtai.

C'était un petit cabriolet très léger, à deux roues, attelé de deux grands alezans au poil luisant, qui reniflaient avec vivacité. Une jeune personne de dix-neuf à vingt ans tenait les rênes. A côté d'elle était assis un monsieur âgé, l'air imposant et distingué, la moustache retroussée *à la russe* [1] et les sourcils blancs, épais. Un domestique revêtu d'une livrée simple, noir et argent, faisait l'ornement du siège à l'arrière.

Dès le commencement de la descente, il avait fallu ralentir l'allure des chevaux et les mettre au pas car l'un d'eux semblait ombrageux et inquiet. Il appuyait sur la droite de son brancard, la tête contre le poitrail et avançait ses jambes fines avec un tremblement si rétractile que le monsieur âgé, un peu inquiet, se pencha pour aider la jeune personne à serrer les rênes, de sa main élégamment gantée. La conduite de la voiture semblait ne lui avoir été confiée qu'en passant et un peu par jeu. Du moins, on avait l'impression qu'elle maniait les guides avec une sorte de solennité enfantine et en même temps d'inexpérience. Elle eut un petit mouvement de tête sérieux et indigné, tout en essayant de calmer le cheval effarouché et trébuchant.

Elle était brune et mince. Ses cheveux noués en chignon sur la nuque, encadraient mollement son front et ses tempes. On pouvait y distinguer des fils bruns très clairs. Coiffée d'un canotier de paille foncé garni d'un petit motif de rubans, elle portait une courte jaquette d'un bleu sombre sur une jupe unie en drap gris perle. La fraîcheur de l'air matinal avait rougi son teint d'un brun délicat. Dans son visage ovale et fin les yeux formaient assurément la principale séduction; une paire d'yeux longs et étroits, où seule se voyait la moitié de l'iris, d'un noir fulgurant, et que surmontait l'arc de sourcils extraordinairement réguliers, comme dessinés à la plume. Peut-être aurait-elle pu avoir le nez un tantinet moins long, et plus petite la bouche aux lignes d'ailleurs précises et fines. Mais au moment où je la vis, elle se parait d'un charme particulier, à cause

1. En français dans le texte.

des dents éclatantes, blanches et un peu espacées car la jeune fille mordait avec énergie sa lèvre inférieure tout en essayant de maitriser son cheval, et ce mouvement lui faisait retrousser un peu son menton d'une rondeur presque enfantine.

Il serait tout à fait faux de prétendre que ce visage était d'une beauté frappante et digne d'admiration. Il avait la séduction de la jeunesse et de la fraîcheur enjouée, séduction en quelque sorte polie, tempérée et ennoblie par l'insouciance que confèrent la fortune, une éducation raffinée et une vie de luxe, choyée. De toute évidence, ces yeux noirs, pétillants, qui à présent regardaient le cheval avec un agacement d'enfant gâtée exprimeraient, l'instant suivant, un bonheur assuré et allant de soi. Les manches de la jaquette large et bouffante aux épaules devenaient collantes sur les minces poignets et jamais je n'ai eu plus charmante impression d'élégance quintescenciée qu'en voyant la façon dont les mains étroites, nues, d'une blancheur mate, maniaient les rênes.

Je me tins au bord du chemin et pas un regard ne m'effleura tandis que la voiture passait. Quand elle se remit au trot et disparut je continuai lentement ma route. J'éprouvais de la joie et de l'admiration où se mêlaient une vague souffrance étrange et poignante, un sentiment âpre et oppressant de... d'envie? d'amour? — je n'ose le définir — de mépris de soi?

Pendant que j'écris, je me représente un misérable mendiant devant la vitrine d'un bijoutier, le regard rivé sur le chatoiement des pierres précieuses. Cet homme, au fond de lui, n'en viendra pas à se formuler avec netteté qu'il souhaite de posséder ces joyaux; car la seule pensée d'un tel souhait serait une impossibilité ridicule et le rendrait risible à ses propres yeux.

Huit jours plus tard, par l'effet du hasard, je revis cette jeune fille pour la seconde fois, à l'Opéra. On donnait *Faust* de Gounod. A peine entré dans la salle brillamment éclairée, je me dirigeais vers ma place au parterre, quand je l'aperçus à la gauche du vieux monsieur, dans une avant-scène du côté opposé au mien. Je constate en passant que j'éprouvai un léger saisissement absurde, une sorte de trouble et pour je ne sais quelle raison, détournai aussitôt mes regards et les laissai errer sur les autres rangées des fauteuils et les loges. Ce n'est qu'au début de l'ouverture que je pris sur moi d'observer le couple avec plus d'attention.

Le vieux monsieur en redingote sévèrement boutonnée, à cravate noire, s'appuyait, d'un air de paisible gravité, contre le dossier de son siège. L'une de ses mains gantées de brun posait légèrement sur le rebord de velours de la loge tandis que de l'autre il caressait parfois, avec lenteur, sa barbe ou ses cheveux gris taillés en brosse. En revanche, la jeune fille — sa fille sans aucun doute — se penchait en avant avec un vif intérêt, serrant son éventail entre ses deux mains appuyées sur le capiton de velours. De temps à autre, d'un bref mouvement de tête, elle rejetait de son front et de ses tempes ses souples cheveux châtains.

Elle portait une blouse de soie claire très légère, un bouquet de violettes piqué à la ceinture, et sous l'éclairage cru, ses yeux en amande pétillaient d'un éclat encore plus noir que la semaine précédente. L'expression de sa bouche que j'avais déjà remarquée semblait lui être particulière, car à chaque instant elle mordait sa lèvre inférieure, de ses petites dents blanches, brillantes, régulièrement espacées, et elle relevait un peu le menton. Ce manège ingénu qui ne trahissait aucune coquetterie, le regard calme et tout à la fois gai de ses yeux qui se promenait à la ronde, son cou blanc et délicat, dégagé, cerné d'un mince ruban de soie de la même couleur que sa ceinture, ses mouvements quand elle se tournait vers le vieux monsieur pour lui signaler une particularité de l'orchestre, du rideau ou dans une loge, tout cela donnait l'impression d'une enfance indiciblement raffinée et aimable qui d'ailleurs n'avait rien d'émouvant et n'excitait la « pitié » à aucun degré.

C'était une puérilité distinguée, mesurée, à laquelle une vie d'aisance élégante conférait de l'assurance et un sentiment de supériorité, et elle témoignait d'un bonheur qui n'avait rien d'exubérant mais au contraire quelque chose de tranquille, parce qu'il allait de soi.

La musique spirituelle et tendre de Gounod n'était pas, me semble-t-il, un mauvais accompagnement pour cette vision et j'écoutais, sans prendre garde à ce qui se passait sur scène, abandonné à mon humeur douce et pensive, dont la mélancolie eût peut-être été plus douloureuse sans cette musique. A l'entracte qui suivit le premier baisser du rideau, un monsieur d'environ vingt-sept à trente ans se leva de son fauteuil, s'éclipsa et reparut peu après avec une courbette pleine d'aisance, dans la loge qui retenait mon attention. Le vieux monsieur lui tendit aussitôt la main. La jeune fille, avec une aimable inclinaison de tête, lui abandonna la sienne qu'il porta respectueusement à ses lèvres, sur quoi on l'invita à s'asseoir.

Je suis prêt à le reconnaître, ce monsieur possédait le plus incomparable plastron de chemise que j'aie jamais eu l'heur de contempler. Il était complètement découvert, ce plastron, car le gilet ne formait qu'une étroite bande noire, et l'habit fermé très bas au-dessous de l'estomac par un seul bouton, adoptait, à partir des épaules, une coupe cintrée extraordinairement ample. Ce plastron, (ponctué d'un large nœud noir posé contre le haut faux col à cassures rigides et où s'étalaient à distance régulière deux grands boutons carrés, eux aussi noirs) était d'une éblouissante blancheur, empesé à miracle, sans avoir rien perdu de sa souplesse car dans les parages de l'estomac il formait une agréable dépression pour se relever ensuite en une bosse plaisante et chatoyante.

L'on conçoit que pareille chemise réclamait pour elle seule la majeure partie de l'attention. Quant à la tête, parfaitement ronde, au crâne surmonté de cheveux d'un blond clair taillés courts, elle s'ornait d'un binocle sans bords ni ruban, d'une moustache point trop épaisse, blonde, un peu frisottée et sur la joue, d'une quantité de petites cicatrices récoltées dans des duels entre étudiants, qui montaient jusqu'aux tempes. Au surplus, ce monsieur était d'une tournure irréprochable et se mouvait avec assurance.

Pendant toute la soirée (car il ne quitta pas la loge), j'observai chez lui deux attitudes qui semblaient le caractériser. Lorsque l'entretien avec ses hôtes languissait, il restait confortablement assis, rencoigné en arrière, jambes croisées, les jumelles sur les genoux, le chef incliné, et avançait violemment les lèvres pour se perdre dans la contemplation des deux pointes de sa moustache, absolument hypnotisé par leur vue, eût-on dit, tout en tournant lentement, en silence, la tête de côté et d'autre. Mais quand il causait avec la jeune fille, il modifiait par respect la position de ses jambes et se renfonçait encore plus en arrière sur son siège auquel il s'agrippait alors des deux mains. Il relevait la tête aussi haut que possible et souriait à sa jeune voisine, la bouche assez grande ouverte, d'un air aimable et un peu protecteur. Un heureux, un merveilleux contentement de soi devait à coup sûr emplir ce monsieur.

Soit dit sans plaisanter, je sais apprécier des avantages de ce genre. Aucun de ses mouvements, si osée que fût parfois leur nonchalance, ne provoquait ensuite chez lui le moindre embarras pénible. Sa confiance en soi le portait. Et pourquoi pas? De toute évidence, sans beaucoup se remuer peut-être, il avait fait correctement son chemin, il le suivrait jusqu'à ce qu'il eût atteint des buts définis et utiles, il vivait à l'ombre de sa bonne entente avec le monde entier, au soleil de la considération générale. En attendant, carré là-bas dans la loge, il bavardait avec une jeune fille dont le charme pur et précieux ne le laissait peut-être pas insensible; auquel cas, il pouvait demander sa main avec de fortes chances de réussite. Vraiment, je n'ai aucune envie de formuler le moindre mot de dédain contre ce monsieur!

Mais moi, moi, pour ma part? Assis en bas, il m'était

loisible d'observer de loin avec amertume, du fond de l'obscurité, comment cette créature précieuse et inaccessible bavardait et riait avec ce propre à rien! Exclu, ignoré, sans aucun droit, étranger, hors du jeu, déclassé, paria pitoyable devant moi-même.

Je restai jusqu'à la fin et rencontrai ces trois personnages au vestiaire où l'on s'attarda un peu pour s'emmitoufler de pelisses et échanger quelques mots avec l'un ou l'autre, ici une dame, là un officier. Le jeune monsieur escorta le père et la fille lorsqu'ils sortirent du théâtre et je les suivis à travers le vestibule, à une brève distance.

Il ne pleuvait pas. Quelques étoiles tremblaient au ciel et l'on ne prit point de voiture. D'un pas nonchalant, tout en bavardant, le trio avançait devant moi qui marchais dans son sillage à distance respectueuse — écrasé, torturé par un lancinant sentiment de douleur, un sentiment ironique, misérable... Il n'y eut pas à aller loin. A peine au tournant d'une rue, l'on s'arrêta devant une imposante maison à façade nue et là-dessus père et fille disparurent après avoir cordialement pris congé de leur compagnon qui s'en fut de son côté, d'un pas rapide.

Sur la lourde porte sculptée de la maison s'inscrivait le nom du « Conseiller juridique Rainer ».

Je suis résolu à mener ma rédaction jusqu'à la fin, encore qu'une intime répugnance me pousse à bondir à chaque instant pour m'enfuir. J'ai fouillé et creusé cette histoire jusqu'à l'épuisement. Je suis las de tout cela jusqu'à la nausée!

Il n'y a pas tout à fait trois mois, les journaux m'apprirent qu'une fête de bienfaisance était organisée à l'hôtel de ville, avec le concours de la société élégante. Je lus attentivement l'avis et décidai aussitôt de me rendre à cette vente de charité. « Elle y sera, pensais-je, peut-être en qualité de vendeuse, et en ce cas rien ne m'empêche de l'approcher. A tout prendre, je suis un homme bien élevé et de bonne famille et si cette demoiselle Rainer me plaît, pas plus qu'au monsieur à l'étonnant plastron il ne m'est interdit de lui adresser la parole, d'échanger avec elle quelques propos plaisants. »

C'est par une après-midi de vent et de pluie que je me rendis à l'hôtel de ville. Devant le portail se pressait une cohue de gens et de véhicules. Je me frayai passage pour pénétrer dans l'édifice, acquittai le droit d'entrée, laissai au vestiaire mon pardessus et mon chapeau et j'eus quelque peine à atteindre le large escalier encombré de monde pour monter au premier étage et à la salle des fêtes. De lourds effluves de vin, de victuailles, de parfum et de branches de sapin vinrent à ma rencontre, dans un brouhaha confus de rires, de conversations, de musique, d'exclamations et de coups de gong.

Des drapeaux et des guirlandes formaient la décoration bariolée de la pièce extrêmement vaste et haute. Le long des murs, comme en son centre, s'alignaient les baraques, les comptoirs découverts ou fermés, et des messieurs à masques fantastiques s'époumonaient pour attirer les clients. Les dames alentour, qui vendaient des fleurs, des ouvrages à la main, du tabac et toutes sortes de rafraîchissements, étaient elles aussi costumées de diverses façons. Au haut bout de la salle, l'orchestre, perché sur une estrade ornée de plantes, menait grand tapage, cependant qu'un flot compact d'humanité circulait lentement dans les allées étroites ménagées entre les baraques.

Un peu effaré par le vacarme de la musique, les baquets remplis de son où l'on pêchait des surprises, les joyeux boniments, je m'agrégeai au courant, et une minute ne s'était point écoulée que j'aperçus à quatre pas à gauche de l'entrée, la jeune demoiselle que je cherchais céans. Elle tenait un petit comptoir de vin et de limonade, dans une baraque couronnée de branches de sapin, et s'était déguisée en Italienne : jupe bariolée, fichu de tête blanc carré et bref corselet des paysannes des monts Albains, avec les manches de la chemisette découvrant jusqu'au coude ses bras délicats. Un peu échauffée, elle s'appuyait de biais au comptoir, jouait de l'éventail multicolore et papotait avec de nombreux messieurs qui, la cigarette au bec, entouraient la baraque. Parmi eux, je repérai du premier coup d'œil celui que je connaissais bien. Il était le plus rapproché d'elle, tout contre sa table, les quatre doigts de chaque main passés dans les poches latérales de sa jaquette.

Je me poussais lentement en avant pour parvenir jusqu'à elle dès que l'occasion s'en présenterait, dès qu'elle serait un peu moins assiégée. Ah, on allait bien voir à présent si j'avais encore un reste d'assurance joyeuse et la conscience désinvolte de mon mérite, ou si l'esprit morose et le quasi-désespoir de mes dernières semaines se trouvait justifié! Au fond, quelle mouche m'avait piqué? Pourquoi, à la vue de cette fille, ce suppliciant et misérable complexe, fait d'envie, d'amour, de honte et d'amertume agacée, qui de nouveau à présent, je le reconnais, faisait monter à mon visage une onde de chaleur? Allons, de la désinvolture! De l'amabilité! Un aplomb enjoué et captivant, que diable! comme il convient à un homme bien doué et heureux! Et je pensais, avec une ardeur nerveuse, au bon mot, à l'apostrophe en italien, par quoi je l'aborderais.

Il me fallut un long moment avant de pouvoir me frayer passage jusqu'à elle à travers la cohue qui se poussait lentement en avant. Quand je fus près de la petite baraque de vin, le demi-cercle des messieurs avait disparu, seul le monsieur bien connu s'appuyait encore au comptoir tout en poursuivant avec la jeune vendeuse un entretien plein d'animation. N'importe, je devais prendre la liberté d'interrompre cette conversation. D'un mouvement bref, je me détachai du courant de la foule et m'arrêtai devant la table.

Or, qu'arriva-t-il? Las, rien! Presque rien. L'entretien s'interrompit, le monsieur bien connu s'écarta d'un pas cependant que des cinq doigts de sa main il saisissait son binocle sans bords ni ruban et me dévisagea entre ses cinq doigts. La jeune demoiselle laissa glisser un regard calme et scrutateur sur toute ma personne, depuis mon costume jusqu'à mes bottines. Ce costume n'était nullement neuf, et la boue des rues avait crotté mes chaussures, je le savais. Pour comble, j'étais en nage et j'avais très probablement les cheveux en désordre. Je manquais de sang-froid, je n'étais point dégagé, point à la hauteur de la situation. Le sentiment ne poignit que moi, un étranger, un intrus, qui n'avais aucun droit, je dérangeais et me rendais ridicule. La confusion, le désarroi, la haine et la conscience de mon état pitoyable troublèrent mon regard. En un mot, j'exécutai mon joyeux propos en disant, les sourcils farouchement froncés, d'une voix rauque, brève, presque grossière :

— Veuillez me donner un verre de vin.

Peu importe que je me sois trompé ou non, quand je crus remarquer que la jeune fille lançait à son ami un coup d'œil rapide et ironique. Dans un silence que ni lui ni moi nous n'interrompîmes, elle me versa le vin et sans lever les paupières, rouge et bouleversé de rage et de douleur, figure lamentable et grotesque, je restai là entre eux deux, avalai quelques gorgées, posai l'argent sur la table, m'inclinai tout penaud, quittai la salle et me précipitai dehors.

Depuis cet instant, je suis un homme fini. A peine si une petite goutte de plus s'ajouta à l'amertume de ma coupe, quand quelques jours plus tard je lus dans le journal l'entrefilet suivant :

« J'ai l'honneur de faire part des fiançailles de ma fille Anna avec monsieur l'assesseur docteur Alfred Witznagel. Conseiller juridique Rainer. »

Depuis cet instant, je suis un homme fini. Ce qui subsistait encore de ma conscience d'être heureux, de mon contentement de moi, est détruit, anéanti, je n'en peux plus, je suis malheureux, je me l'avoue, je vois en moi un personnage piteux et ridicule. Mais je ne le supporterai pas! Je vais faire une fin! Je vais me tirer une balle, aujourd'hui ou demain!

Mon premier mouvement, mon premier instinct, a été la tentative rouée de tirer de l'affaire un profit littéraire et de transposer mon trouble lamentable en « amour malheureux ». Une idiotie, cela va sans dire. On n'est jamais anéanti par un amour malheureux. Un amour malheureux est une *attitude* point mauvaise. On se complaît dans un amour malheureux. Or, moi je suis anéanti, c'en est fait sans rémission de toute complaisance envers moi-même.

Au fond, ai-je aimé — s'il m'est loisible de me poser une fois la question — ai-je vraiment aimé cette jeune fille? Peut-être... mais comment, et pourquoi? Cet amour n'était-il pas une illusion de ma vanité depuis longtemps déjà malade et irritée, douloureusement exaspérée par la vue de ce trésor inaccessible, génératrice d'envie, de haine et de mépris de soi, auxquels l'amour a servi de prétexte, d'exutoire et de salut?

Oui, tout cela est vanité! Et mon père déjà, ne m'avait-il pas jadis traité de Paillasse?

Ah, je n'avais pas le droit, j'étais le dernier à avoir le droit de me mettre à l'écart et d'ignorer la « société », moi qui suis trop orgueilleux pour supporter qu'elle me méprise ou m'ignore, moi qui ne puis me passer d'elle et de son approbation!

Mais s'agit-il d'une justification? ou plutôt d'une nécessité? Et ma nature de Paillasse restée sans emploi n'eût été à sa place dans aucune situation sociale? Eh bien soit! c'est que précisément cette nature de Paillasse devait de toute façon causer ma perte.

L'indifférence serait, je le sais, une sorte de bonheur. Mais je suis incapable d'être indifférent à moi-même, incapable de me voir avec d'autres yeux que ceux des « gens » et je succombe à ma mauvaise conscience, tout en étant plein d'innocence. La mauvaise conscience ne serait-elle jamais qu'un orgueil ulcéré?

Il n'est qu'un seul malheur : cesser de trouver plaisir à soi-même. Ne plus se plaire, voilà, hélas, et j'en ai toujours eu le sentiment très net. Tout le reste est jeu et enrichissement de la vie, toutes les autres souffrances se peuvent concilier avec une extraordinaire satisfaction de soi, on peut s'y composer une attitude avantageuse. Seules la discorde avec nous-même, la mauvaise conscience dans la douleur, les luttes de la vanité vous rendent lamentable et repoussant à vos propres yeux.

Une de mes anciennes connaissances a reparu dans ma vie, un nommé Schilling en compagnie duquel jadis, dans le grand négoce de bois de M. Schlievogt, je me rendais utile à la société. Traversant la ville pour affaires, il est venu me voir, un « sceptique », les mains enfoncées aux poches de son pantalon, avec un pince-nez à bords noirs et un haussement d'épaules d'homme réaliste et tolérant. Arrivé ici un soir, il m'a dit : « Je reste quelques jours. » Ensemble, nous avons été dans une taverne.

Il m'a abordé comme si j'étais encore l'heureux mortel content de soi qu'il avait connu, et persuadé de ne refléter que ma propre opinion joyeuse, il m'a dit :

« Parbleu, tu as agréablement organisé ta vie, mon garçon! Indépendant, hein? Au fond, tu as raison, que diable! On ne vit qu'une fois, n'est-ce pas? En somme, en quoi tout le reste nous concerne-t-il? Tu as été le plus sage de nous deux, je dois en convenir. D'ailleurs, tu as toujours eu du génie. »

Et comme autrefois, il a continué à me prodiguer des marques d'admiration cherchant à me complaire, sans se douter que de mon côté je tremblais de déplaire.

Avec des efforts désespérés, je m'efforçai de confirmer la haute opinion qu'il avait de moi, de me montrer à la hauteur et satisfait comme autrefois — mais en vain. J'avais perdu contenance, je manquais de courage, je lui répondis avec un morne embarras, un manque d'assurance, et il eut tôt fait de le déceler. Ce fut terrible de le voir, lui tout prêt naguère à admirer en moi un homme heureux et supérieur, commencer soudain à me déchiffrer, à m'observer avec surprise, devenir froid, condescendant, s'impatienter, renâcler et enfin me manifester son mépris par toute sa mine. Il prit congé de bonne heure et le lendemain quelques lignes hâtivement griffonnées m'apprirent qu'il avait été malgré tout forcé de quitter la ville.

C'est un fait, tout le monde est bien trop occupé de soi pour pouvoir se faire une opinion sérieuse sur autrui. On accepte avec empressement et indolence de vous témoigner le degré de respect que vous avez la certitude de pouvoir manifester à votre propre égard. Soyez comme vous voudrez, vivez à votre guise, mais affichez une audacieuse confiance — et surtout point de mauvaise conscience — et alors nul ne se posera en censeur au point de vous mépriser. En revanche, s'il vous advient de ne plus être en accord avec vous-même, de perdre votre suffisance, de montrer que vous vous méprisez, aussitôt chacun vous donnera aveuglément raison. Pour ma part, je suis perdu.

Je cesse d'écrire, je jette la plume, saturé de dégoût! — Faire une fin, mais ne serait-ce pas un dénouement presque trop héroïque pour un Paillasse? Il arrivera, j'en ai peur, que je continuerai à vivre, je continuerai à manger, à dormir et à m'occuper un peu, et petit à petit, je prendrai avec une léthargie obtuse mon parti d'être « une figure lamentable et ridicule ».

Mon Dieu, qui eût pensé, qui eût jamais pensé, que c'est une telle fatalité, un tel malheur d'être né Paillasse?...

TOBIAS MINDERNICKEL

Une des rues assez abruptes qui de la rue du Quai conduisent au centre de la ville, s'appelle le Chemin Gris. A peu près au milieu de cette rue, à main droite en venant du fleuve, au nº 47, il y a une maison étroite, d'une couleur triste, que rien ne distingue de ses voisines. Au rez-de-chaussée se trouve une épicerie où l'on vend également des galoches de caoutchouc et de l'huile de ricin. Après avoir traversé le vestibule, qui donne sur une cour où des chats prennent leurs ébats, on aboutit à un étroit escalier de bois aux marches usées, où flotte une inexprimable odeur de remugle et de pauvreté, et l'on monte aux étages supérieurs. Au premier à gauche loge un menuisier, à droite une sage-femme; au second à gauche, un savetier, à droite une dame qui se met à chanter très haut dès que des pas résonnent dans l'escalier. Au troisième étage à gauche, l'appartement est vide. A droite habite un homme qui s'appelle Mindernickel et de plus prénommé Tobias. Cet homme a une histoire qui doit être contée parce qu'elle est énigmatique et ignominieuse au-delà de ce que l'on peut imaginer.

Mindernickel présente un aspect saisissant, bizarre et ridicule. Par exemple lorsqu'il va en promenade et que sa maigre silhouette appuyée sur une canne remonte la rue, il est vêtu de noir, de la tête aux pieds. Il est coiffé d'un haut de forme démodé, cabossé et rugueux, il porte une redingote étroite et luisante par l'effet de l'âge, et un pantalon élimé, effrangé du bas, si court qu'il découvre la tige d'élastique de ses bottines. Reconnaissons d'ailleurs que ses vêtements sont soigneusement brossés. Son cou décharné semble d'autant plus long, qu'il émerge d'un col rabattu. Ses cheveux grisonnants sont plats et ramenés en avant sur ses tempes et le large bord du haut-de-forme jette une ombre sur le visage rasé, blême, aux joues creuses, aux yeux injectés de sang, dont le regard se lève rarement du sol; deux rides profondes courent du nez jusqu'aux commissures des lèvres retombantes.

Mindernickel sort rarement, et à cela il y a des raisons. Dès qu'il apparaît dans la rue, de nombreux enfants se rassemblent, l'escortent un bout de chemin, rient, se moquent de lui, chantent : « Ho, ho, Tobias! » et parfois lui tirent ses basques, cependant que les gens viennent sur le seuil des portes et s'amusent à ses dépens. Mais il va, sans se défendre, et en jetant autour de lui des regards craintifs, les épaules remontées très haut, la tête tendue en avant, comme un homme sans parapluie qui passerait en hâte sous une averse. Et bien qu'on lui rie au nez, il salue çà et là, avec une politesse pleine d'humilité, l'un ou l'autre de ceux qui se tiennent aux portes. Plus tard, quand les enfants ont cessé de le poursuivre, dans les rues où on ne le connaît plus et où peu de gens se retournent sur son passage, son attitude ne se modifie guère. Il continue à regarder peureusement autour de lui et avance le dos courbé comme s'il sentait peser sur lui mille regards ironiques; et lorsque indécis et timide, il lève les yeux de dessus le sol, on s'aperçoit, phénomène curieux, qu'il est incapable de les fixer avec calme et fermeté sur n'importe quoi, être ou chose. Si singulier cela soit-il, on dirait que lui fait défaut cette supériorité naturelle, cette perception sensorielle, qui permet à chaque individu de considérer le monde des apparences; il donne l'impression que précisément chaque apparence le subjugue et ses regards fuyants se détournent des hommes et des choses pour se river au sol.

Qu'en est-il de cet homme toujours solitaire, qui paraît extraordinairement malheureux? Sa mise extrêmement bourgeoise ainsi qu'un certain geste étudié de la main caressant le menton laissent supposer qu'il n'appartient pas à la classe sociale parmi laquelle il vit. Dieu sait quelles traverses il a subies. Son visage est celui de quelqu'un à qui la vie aurait envoyé son poing en pleine figure avec un rire méprisant. — Du reste, il est très possible que sans avoir connu de grandes vicissitudes, il ne soit pas à la mesure de l'existence, tout bonnement, et son air niais et accablé donne la pénible impression que la nature lui a refusé la part d'équilibre, de force et d'énergie nécessaire pour vivre la tête haute.

Est-il monté en ville, appuyé sur sa canne noire, il a vite fait de regagner son habitation, accueilli dans le Chemin Gris par les huées des enfants. Il gravit les marches imprégnées d'une odeur de renfermé, jusqu'à sa pauvre chambre dépourvue de tout ornement. Seule la commode, un meuble Empire à lourdes poignées de métal, a de la valeur et de la beauté. Devant la fenêtre à laquelle le grand mur latéral de la maison voisine barre impitoyablement la vue, il y a un pot de fleurs plein de terre mais rien n'y pousse ; malgré cela, Tobias Mindernickel s'en approche parfois, contemple le pot de fleurs et respire l'odeur de la terre nue. — Une petite chambre à coucher obscure est contiguë à cette pièce. Quand il rentre, Tobias pose son haut-de-forme et sa canne sur la table, s'assied sur le sofa recouvert d'une étoffe verte qui sent la poussière, enfouit son menton dans sa main, et les sourcils remontés, baisse les yeux au sol. Il semble n'avoir point d'autre occupation sur terre.

Il est très difficile de porter un jugement sur le caractère de Mindernickel. L'incident que nous allons relater semble parler en sa faveur. Un jour que cet homme bizarre était sorti de chez lui et se trouvait comme d'habitude entouré d'une bande d'enfants qui le poursuivaient avec force rires et quolibets, un gamin d'une dizaine d'années buta contre le pied d'un camarade et tomba si violemment sur le pavé que le sang lui jaillit du nez et du front et qu'il resta étalé par terre en pleurant. Aussitôt Tobias se retourna, s'élança vers l'enfant, se pencha sur lui et d'une voix douce et tremblante, lui témoigna sa compassion. « Pauvre petit, dit-il, t'es-tu fait mal? Tu saignes, voyez, le sang dégouline de son front! Oui, oui, tu es bien malheureux, tel que te voilà gisant à terre! Bien sûr, il a si mal qu'il pleure, le pauvre enfant! Comme tu me fais pitié! C'était bien de ta faute, mais je vais te bander le front avec mon mouchoir! Voilà! voilà! Et maintenant, sois brave, relève-toi! » Et après avoir ainsi fait un pansement sommaire au garçon avec son propre mouchoir, il le remit debout avec précaution et s'en alla. Mais son attitude et son visage offraient à cet instant une expression nettement différente de son air habituel. Il marchait d'un pas ferme, se tenait droit, sous son étroite redingote sa poitrine respirait profondément, ses yeux s'étaient dilatés, ils avaient pris de l'éclat, et se posaient avec assurance sur les hommes et les choses, cependant qu'autour de sa bouche se dessinait un trait de bonheur douloureux.

Il résulta de cet incident que l'humeur railleuse des habitants du Chemin gris décrut un peu. Mais au bout de quelque temps, sa surprenante conduite fut oubliée et une foule de gamins sains, dispos et cruels, chantaient à gorge déployée derrière cet homme courbé, à la démarche mal assurée : « Ho! ho! Tobias! »

Un matin ensoleillé, à onze heures, Mindernickel sortit de la maison, traversa toute la ville et monta au Lerchenberg, la colline aux longs prolongements qui aux heures de l'après-midi constitue la promenade la plus élégante de la ville; mais le magnifique temps printanier avait déjà à cette heure attiré quelques voitures et des piétons. Sous un arbre de la grande allée principale, un homme debout tenait en laisse un jeune chien de chasse qu'il montrait aux passants avec la manifeste intention de le leur vendre. C'était une petite bête jaune et musclée d'environ quatre mois, avec un œil cerné de noir et une oreille noire.

Quand Tobias l'aperçut, à une distance de dix pas, il s'arrêta, se passa plusieurs fois la main sur le menton et regarda d'un air pensif le marchand et le petit chien qui agitait alertement la queue. Sur quoi il reprit son chemin, la béquille de sa canne appuyée contre sa bouche, fit trois fois le tour de l'arbre, s'avança enfin vers lui, et sans cesser de fixer l'animal du regard, il demanda d'une voix basse et précipitée :

— Combien coûte ce chien?

— Dix marks, répondit l'autre.

Tobias garda un instant le silence, puis, indécis, répéta :

— Dix marks?

— Oui, dit l'homme.

Alors Tobias tira de sa poche une bourse de cuir noir, y prit un billet de cinq marks, un de trois marks et un de deux, tendit promptement l'argent au marchand, saisit la laisse et en toute hâte, courbé et avec des regards effarouchés autour de lui, car des gens avaient assisté à la vente et s'esclaffaient, il entraîna derrière lui la bête qui poussait de petits cris et se débattait. Elle continua de se rebiffer tout le long du chemin, s'arc-bouta au sol de ses deux pattes de devant et leva vers son nouveau maître des yeux chargés d'une interrogation inquiète; mais Tobias tirait toujours sur la laisse, en silence et avec énergie, et atteignit heureusement la ville basse.

Ce fut un beau chahut parmi les gamins du Chemin Gris, quand Tobias apparut avec le chien, mais il le prit dans ses bras, se pencha sur lui et bien que les polissons s'agrippassent à ses basques, passa à travers les rires et les quolibets et gagna l'escalier et sa chambre. Une fois arrivé, il fit asseoir sur le plancher le chien qui ne cessait de geindre, le caressa avec bienveillance et dit d'un ton condescendant :

— Voyons, voyons, tu n'as pas à me craindre, bête que tu es; ce n'est pas nécessaire.

Là-dessus, il prit dans un tiroir de sa commode une assiette pleine de viande cuite et de pommes de terre et en jeta une part au chien, qui cessa de gémir et avala son repas en faisant claquer sa langue, la queue frétillante.

— Pour le reste, tu t'appelleras Ésaü, dit Tobias. Me comprends-tu, Ésaü ? La sonorité très simple de ce nom est facile à retenir ». Il lui montra le sol devant lui et d'un ton de commandement cria : « Ésaü ! »

Le chien, qui peut-être s'attendait à recevoir encore à manger, accourut en effet et Tobias lui tapa les flancs d'un geste approbateur et lui dit :

— Bien, mon ami. Je peux te féliciter.

Il recula de quelques pas, désigna le plancher et ordonna de nouveau :

— Ésaü !...

La bête, à présent pleine d'entrain, bondit de nouveau vers lui et lécha la bottine de son maître.

Tobias renouvela cet exercice de douze à quatorze fois, en prenant une joie inépuisable à donner des ordres ; mais à la fin le chien manifesta des signes de lassitude, il avait l'air de vouloir se reposer et digérer et il s'étendit dans la pose gracieuse et sage des chiens de chasse, ses deux pattes de devant longues et fines rapprochées et allongées devant lui.

— Encore une fois ! dit Tobias. Esaü !

Mais Ésaü détourna la tête et ne bougea pas.

— Ésaü ! cria Tobias d'une voix impérieuse. Tu dois venir, même quand tu es fatigué !

Mais Ésaü posa la tête sur ses pattes et ne vint pas.

— Écoute ! dit Tobias d'un ton chargé d'une menace sourde mais terrible, obéis, sinon tu apprendras qu'il n'est pas bon de m'irriter !

Cependant, la bête agita à peine sa queue.

Alors une colère sans bornes, folle et déréglée, envahit Mindernickel. Il saisit sa canne noire, prit Ésaü par la peau du cou, frappa le petit animal qui hurlait et hors de lui, dans sa fureur indignée, il répétait d'une voix effroyablement sifflante :

— Comment ? Tu n'obéis pas ? Tu oses ne pas m'obéir ?

Il finit par jeter sa canne, posa sur le sol le chien qui

gémissait, et respirant profondément, les mains au dos, il arpenta la pièce en long et en large, à grands pas, tout en jetant par moments à Ésaü un regard fier et courroucé. Sa promenade dura un certain temps, puis il s'arrêta devant le chien couché sur le dos qui agitait ses pattes de devant d'un air suppliant; il croisa les bras sur sa poitrine et du ton, du regard effroyablement froids et durs de Napoléon apostrophant la compagnie qui avait perdu son aigle dans la bataille :

— Comment t'es-tu conduit, s'il m'est permis de te le demander?

Le chien, déjà heureux de ce rapprochement, rampa plus près de lui, se colla contre la jambe de son maître et leva vers lui son œil luisant qui l'implorait.

Un bon moment, Tobias regarda de haut l'humble créature, en silence. Enfin, lorsqu'il sentit l'attendrissante chaleur du corps contre sa jambe, il leva Ésaü jusqu'à lui.

— Allons, je serai miséricordieux avec toi, dit-il. Mais quand la bonne bête commença à lui lécher le visage, son humeur tourna tout à fait à l'attendrissement et à la mélancolie. Il serra contre lui le chien avec une tendresse douloureuse, ses yeux s'emplirent de larmes et sans achever sa phrase, d'une voix étouffée, il répéta à diverses reprises : « Vois-tu, tu es mon seul... mon seul... » Ensuite, il coucha avec précaution Ésaü sur le sofa, s'assit à côté de lui, appuya son menton dans sa main, et le contempla doucement, en silence.

A partir de ce jour, Tobias Mindernickel quitta la maison encore plus rarement que par le passé, car il n'avait aucune envie de se montrer en public avec Ésaü. Il consacrait toute son attention au chien, du matin au soir, sa seule préoccupation consistait à le nourrir, à lui essuyer les yeux, à lui donner des ordres, à le gronder et à lui parler comme à un humain. Mais le hic, c'était qu'Ésaü ne se conduisait pas toujours à son entière satisfaction. Quand, couché à côté de lui sur le sofa et tout somnolent à cause du manque d'air et de liberté, il regardait son maître d'un œil mélancolique, Tobias était au comble du contentement. Assis dans une attitude paisible et complaisante, il caressait avec pitié l'échine d'Ésaü en disant :

— Tu me regardes d'un air douloureux, mon pauvre ami ? Oui, oui, le monde est triste, tu en feras bientôt l'expérience, toi aussi, si jeune sois-tu !

Mais lorsque la bête aveuglée, ivre de la passion du jeu et de la chasse, courait tout autour de la chambre, se battait avec une pantoufle, sautait sur les chaises et en proie à une gaieté folle, se roulait en boule, Tobias suivait ses mouvements de loin, d'un regard déconcerté, désapprobateur et incertain, avec un vilain sourire irrité, jusqu'au moment où il l'appelait auprès de lui d'un ton hargneux et l'apostrophait impérieusement :

— Assez d'exubérance. Il n'y a aucun motif de danser à la ronde.

Il advint même une fois qu'Ésaü se sauva de la chambre, descendit d'un bond l'escalier et gagna la rue où il se mit aussitôt à pourchasser un chat, à manger du crottin de cheval et, débordant de joie, à folâtrer avec les enfants. Mais quand Tobias, le visage douloureusement crispé, apparut aux applaudissements et aux rires de la moitié de la rue, une chose triste se produisit : le chien s'enfuit à toutes jambes, loin de son maître. Ce jour là, Tobias le battit longtemps, avec amertume.

Un autre jour — le chien lui appartenait déjà depuis quelques semaines — Tobias, pour le repas d'Ésaü, prit dans le tiroir de la commode une miche de pain ; courbé, il se mit en devoir d'en couper de petits morceaux avec le grand couteau à manche d'os qui lui servait habituellement à cet effet, et les jeta par terre ; mais la bête, prise d'une frénésie de faim et de pétulance, se précipita sur le couteau maladroitement manié, reçut en plein un coup sous l'omoplate droite et, tout ensanglantée, roula à terre.

Tobias, effrayé, lâcha tout et se pencha sur le blessé.

Soudain l'expression de son visage changea et, en vérité, une lueur fugitive de soulagement et de bonheur l'éclaira. Avec précaution, il porta sur le sofa le chien gémissant et l'on ne saurait imaginer avec quelle abnégation il prodigua ses soins au malade. De tout le jour, il ne le quittait pas, le couchait la nuit sur son propre lit, le lavait et le pansait, le caressait, le consolait et le plaignait avec une joie et une sollicitude infatigables.

— Ça fait bien mal? disait-il. Oui, oui, tu souffres cruellement, ma pauvre bête! Mais tais-toi, il nous faut supporter.

Et tandis qu'il disait ces mots, son visage exprimait le calme et un bonheur mélancolique.

Mais à mesure qu'Ésaü reprenait des forces, recouvrait sa gaîté et guérissait, Tobias se montrait agité et mécontent. Il trouva bon de ne plus s'occuper de la blessure et sa compassion ne se traduisit plus que par des mots et des caresses. Cependant, Ésaü ayant une bonne constitution, la guérison faisait des progrès, il recommençait à tourner dans la chambre et un jour, après avoir lapé et vidé son écuelle de lait et de pain blanc, il bondit à bas du sofa, complètement rétabli et avec de joyeux aboiements et l'indomptable entrain de jadis, se mit à gambader dans les deux pièces, à tirailler la couverture du lit, à pousser devant lui une pomme de terre et à se rouler de plaisir.

Tobias était debout à la fenêtre devant le pot de fleurs. Dans ses cheveux qui lui descendaient assez bas sur les tempes, il passait machinalement une de ses mains longues et maigres qui sortait de sa manche effrangée, et sa silhouette se découpait, noire et étrange, sur le mur gris de la maison voisine. Son visage était blême, contracté de chagrin. D'un regard torve, gêné, envieux et méchant, il suivait les bonds d'Ésaü. Tout à coup, il se redressa, fonça sur lui, l'arrêta et le prit lentement dans ses bras.

— Ma pauvre bête, commença-t-il d'une voix apitoyée, mais Ésaü, déchaîné et nullement disposé à se laisser traiter plus longtemps de cette façon, happa joyeusement la main qui voulait le caresser, se dégagea de l'étreinte, sauta à terre, fit un bond de côté moqueur, jappa, et se sauva allègrement.

Quelque chose se passa alors, de si incompréhensible et ignoble que je me refuse à le reconter en détail. Les bras ballants et le corps un peu penché en avant, Tobias Mindernickel resta debout, les lèvres serrées, et ses prunelles avaient un sinistre tressaillement au creux de ses orbites. Et, soudain, avec un bond insensé, il saisit la bête, un grand objet luisant lança un éclair dans sa main et, atteint d'une blessure qui partie de l'épaule droite s'enfonçait dans la poitrine, le chien s'abattit sur le sol — il ne poussa pas un cri, il tomba simplement sur le flanc, saignant et tremblant.

L'instant d'après, il était couché sur le sofa et Tobias, à genoux près de lui, étanchait avec un linge le sang de la plaie et balbutiait :

— Ma pauvre bête! Ma pauvre bête! Comme tout est triste! Comme nous sommes tristes tous les deux! As-tu mal? Oui, oui, je sais, tu as mal, comme te voilà pitoyablement étendu devant moi! Mais moi, je suis auprès de toi! Je te réconforte! Avec mon plus beau mouchoir, je vais te...

Mais Ésaü gisait là et râlait. Ses yeux assombris et interrogateurs tournés vers son maître exprimaient la perplexité, l'innocence et la plainte, puis il allongea un peu ses pattes et mourut.

Tobias restait pétrifié, dans la même attitude. Le visage collé sur le corps d'Ésaü, il pleurait amèrement.

LUISCHEN

Il est des mariages que l'imagination la plus familiarisée avec la littérature ne saurait se représenter. Il les faut admettre comme on admet au théâtre l'alliage des contrastes les plus abracadabrants, notamment celui du barbon stupide avec une femme belle et vive, combinaison et postulat qui servent de base à l'édification mathématique d'un vaudeville.

L'épouse de l'avoué Jacoby était jeune et belle, douée de charmes rares. Environ — mettons — trente ans auparavant, elle avait reçu sur les fonts baptismaux les prénoms d'Anna Marguerite Rose Amélie; mais par une juxtaposition de leurs diverses initiales, on ne l'appelait jamais qu'Amra, nom qui s'harmonisait comme pas un avec sa personnalité. En effet, si les ténèbres de sa chevelure épaisse et souple, séparée de côté par une raie et ramenée obliquement en arrière de son front étroit, étaient d'un simple brun de châtaigne, son épiderme d'un jaune mat et bistré tout à fait méridional recouvrait des formes qui semblaient, elles aussi, mûries au soleil du sud. Leur plénitude végétative et indolente évoquait celles d'une sultane. Chacun de ses mouvements d'une nonchalance sensuelle confirmait d'ailleurs l'impression que chez elle le cœur primait la raison. Pour s'en assurer, il suffisait qu'elle posât une seule fois sur vous ses yeux bruns, en haussant tout droit, à sa façon originale, ses jolis sourcils sur un front d'une étroitesse presque attendrissante; mais elle non plus, n'était point assez simplette pour l'ignorer. Pour éviter donc de prêter le flanc à la critique, elle parlait peu et rarement. Et que reprocher à une femme belle et qui se tait? Oh, le mot simplette est d'ailleurs le moins approprié pour la définir. Non seulement elle n'avait pas le regard niais, mais encore il témoignait d'une certaine rouerie lascive et l'on voyait bien que cette femme n'était pas assez bornée pour ne pas se complaire à la malfaisance. Au surplus, peut-être, vue de profil, avait-elle le nez un peu trop fort et charnu mais sa bouche voluptueuse et large était d'une beauté achevée encore qu'elle n'exprimât rien d'autre que la sensualité.

Cette femme inquiétante était donc l'épouse de l'avoué Jacoby, lequel frisait la quarantaine, et quiconque voyait ce dernier en demeurait pantois. Il était corpulent, l'avoué, — il était plus que corpulent — un vrai colosse! Ses jambes, colonnes informes, faisaient penser à des jambes d'éléphant. Son dos d'ours se voûtait sous des bourrelets de graisse. Sur l'immense rondeur de sa panse, la petite veste bizarre, vert-de-gris, qu'il portait d'habitude, fermait difficilement par un unique bouton et se retroussait des deux côtés dès que l'avoué la déboutonnait. Mais presque sans la transition d'un cou, cette charpente ventrue était sommée d'une tête relativement petite aux yeux étroits et larmoyants, au nez bref, camus. Entre les joues mi-pleines et flasques, se perdait une bouche très menue aux commissures mélancoliquement retombantes. Sur le crâne rond et la lèvre supérieure se hérissaient des poils raides clairsemés, d'un blond clair, qui laissaient partout apparaître et miroiter la peau nue, comme celle des chiens trop gavés. Hélas, tout le monde pouvait se rendre compte que l'embonpoint de l'avoué n'était pas un indice de santé. Son corps gigantesque en longueur comme en largeur avait un excès de graisse sans muscles et l'on voyait souvent un brusque afflux de sang inonder son visage tuméfié, pour céder aussitôt la place à une lividité jaunâtre, cependant qu'un pli amer crispait sa bouche.

La clientèle de l'avoué était assez restreinte, mais comme il possédait une belle fortune, qui lui venait en partie de son épouse, le couple d'ailleurs sans enfant, habitait un confortable appartement de la Kaiserstrasse et menait une vie mondaine animée, uniquement pour se conformer aux goûts de Mme Amra, la chose est certaine, car il est impossible que l'avoué s'y complût, lui qui semblait n'y participer qu'avec une application douloureuse.

Ce gros homme avait un caractère des plus étranges. Nul n'était plus courtois, empressé, conciliant avec tout un chacun, mais l'on sentait, peut-être sans se le formuler, que son amabilité excessive et flagorneuse était forcée, à base de découragement et d'un secret manque d'assurance, ce qui produisait une impression pénible. Nul spectacle plus laid que celui d'un homme qui se méprise mais voudrait néanmoins faire l'aimable et plaire, par lâcheté et vanité. Et il n'en allait point autrement, j'en suis convaincu, de l'avoué dont l'obséquiosité presque rampante dépassait trop la mesure pour être conciliable avec la dignité personnelle. Il était capable de dire à une dame qu'il devait conduire à table : « Madame, je suis un être repoussant, mais auriez-vous la bonté ?... » Et il le disait sans le moindre humour, d'un air aigre-doux, torturé et répugnant. Voici une anecdote véridique : un jour qu'il était en promenade, un déménageur grossier qui poussait une brouette le heurta et lui passa violemment une roue sur le pied. L'homme arrêta sa voiturette trop tard et se retourna, sur quoi l'avoué tout à fait décontenancé, pâle et les joues tremblantes, lui tira un grand coup de chapeau et balbutia : « Pardonnez-moi ! » Des traits de ce genre révoltent. Mais on eût dit qu'une mauvaise conscience bourrelait perpétuellement cet étrange colosse.

Apparaissait-il avec son épouse au Lerchenberg, la promenade principale de la ville, tout en jetant par-ci par-là un regard sur Amra qui marchait d'un pas merveilleusement élastique, il saluait de tous côtés avec un excès d'empressement, inquiet et diligent, comme par besoin de se courber humblement devant le moindre lieutenant et de se faire pardonner d'être, lui précisément, en possession d'une femme si belle; et l'expression piteusement aimable de sa bouche semblait implorer qu'on ne le moquât point.

Nous y avons déjà fait allusion, la raison exacte pour laquelle Amra avait épousé l'avoué Jacoby demeure mystérieuse. Mais quant à lui, il l'aimait, et d'un amour passionné qui doit se rencontrer rarement chez des hommes de sa constitution physique, un amour humble et inquiet, en accord avec le reste de sa conduite. Souvent, tard dans la soirée, quand Amra était déjà allée se reposer dans la grande chambre à coucher aux hautes fenêtres encadrées de rideaux plissés fleuris, l'avoué entrait si furtivement que l'on n'entendait point ses pas mais tout juste le lent craquement du parquet et des meubles. Il s'approchait du lit massif d'Amra, saisissait sa main avec d'infinies précautions. Dans ces cas-là, Amra avait accoutumé de hausser horizontalement les sourcils et de considérer avec une méchanceté sensuelle son énorme époux prosterné devant elle, à la faible clarté de la lampe de nuit; mais lui, tandis que ses mains maladroites et tremblantes rabattaient avec soin la chemise du bras d'Amra et qu'il appuyait son visage triste et gras contre la saignée molle de ce bras plein et brunâtre, là où de petites veines bleues se détachaient sur la tonalité sombre, il se mettait à parler, d'une voix étouffée, frémissante, à balbutier de ces mots qu'un homme raisonnable ne profère pas dans la vie ordinaire. « Amra, chuchotait-il, ma chère Amra! Je ne te dérange pas? Tu ne dormais pas encore? Mon Dieu, j'ai pensé toute la journée combien tu es belle et combien je t'aime! Écoute bien ce que je veux te dire, c'est si difficile à exprimer. Je t'aime tant que parfois mon cœur se contracte et je ne sais plus où aller; je t'aime d'un amour au-dessus de mes forces! Tu ne comprends pas, sans doute, mais tu me croiras, et il faut que tu me dises, une fois au moins, que tu m'en sauras un peu gré, car vois-tu, un amour comme celui que j'éprouve pour toi a son prix dans cette vie, et dis-moi que tu ne me trahiras et ne me tromperas jamais, même si tu ne peux pas m'aimer, évidemment, mais au moins par reconnaissance, rien que par reconnaissance... Je viens à toi, pour t'en prier, aussi cordialement, aussi tendrement que j'en suis capable! »

Et ces propos s'achevaient généralement de la façon suivante : l'avoué, sans changer de posture, se mettait à pleurer, doucement, amèrement. Dans ces cas-là, Amra attendrie passait la main sur les poils rèches de son mari et disait à plusieurs reprises, du ton consolant et railleur aux inflexions traînantes, que l'on prend pour parler à un chien qui vient vous lécher les pieds : « Mais oui, mais oui... tu es une bonne bête! »

Cette conduite d'Amra n'était assurément point celle d'une femme de mœurs pures. Mais il est temps que je me décharge de la vérité que je gardais par devers moi jusqu'ici, à savoir qu'elle dupait quand même son époux, qu'elle le trompait, dis-je, avec un monsieur du nom d'Alfred Läutner. C'était un jeune musicien fort doué, qui déjà, à vingt-sept ans, s'était acquis une jolie notoriété par d'amusantes petites compositions; un garçon mince au visage impertinent, aux cheveux blonds lâches et frisés, avec dans les yeux un sourire radieux très conscient. Il était du type de ces petits artistes d'aujourd'hui, qui n'exigent pas trop d'eux-mêmes, tiennent en premier lieu à être heureux et aimables, se servent de leur agréable petit talent pour rehausser leur charme personnel, et en société jouent volontiers au génie naïf. Sciemment puérils, amoraux, sans scrupules, gais, pleins de complaisance envers soi tels qu'ils sont, et assez bien portants pour pouvoir se complaire même à leurs petites misères physiques, leur vanité est en effet aimable aussi longtemps qu'elle n'a jamais été blessée. Toutefois malheur à ces petits mimes, ces petits heureux, si une catastrophe sérieuse les frappe, une souffrance avec laquelle on ne peut coqueter, à laquelle on ne peut plus se complaire... Ils ne sauront pas souffrir avec décence, ils ne « sauront que faire » de la souffrance. Ils seront anéantis, mais cela c'est une autre histoire. M. Läutner composait de jolies choses, des valses et des mazurkas, pour la plupart, d'un enjouement il est vrai un peu trop populaire pour pouvoir (autant que je m'y entends) être classées sur le plan de la « musique » sauf que chacune de ces compositions contenait un petit passage original, une transition, une interpolation, une tournure harmonique, un petit effet nerveux qui décelait l'esprit et l'ingéniosité; elles avaient été faites, en vue de ce passage qui les rendait intéressantes aux yeux des connaisseurs sérieux aussi. Souvent ces deux mesures isolées avaient quelque chose d'étrangement douloureux et mélancolique qui se perdait soudain très vite dans la gaîté dansante de l'œuvrette.

Pour ce jeune homme donc, Amra Jacoby s'était enflammée d'un coupable penchant, et quant à lui, il n'avait pas assez de principes pour résister à ses avances. On se rencontrait ici ou là, et des rapports impudiques unissaient depuis beau temps ces deux-là; une liaison que toute la ville connaissait et dont toute la ville s'amusait derrière le dos de l'avoué. Et lui? Amra était trop sotte pour que sa conscience la tourmentât et qu'elle risquât ainsi de se trahir. Disons une fois pour toutes que l'avoué, si lourd de souci et d'angoisse que son cœur pût être, ne pouvait nourrir aucun soupçon défini à l'égard de son épouse.

Or, à la joie de tous les cœurs, le printemps avait fait son entrée dans le pays et Amra eut une inspiration très charmante.

— Christian, dit-elle — l'avoué s'appelait Christian — nous allons donner une fête, une grande fête en l'honneur de la bière de printemps que l'on vient de distiller, en toute simplicité, naturellement, il n'y aura qu'un rôti de veau froid, mais avec beaucoup de monde autour!

— Certainement, répondit l'avoué. Mais ne pourrions-nous pas remettre la chose à un peu plus tard?

Sur quoi Amra ne répondit rien mais elle entra aussitôt dans les détails :

— Il y aura tant de gens, sais-tu, que notre salon ici sera trop petit. Il nous faudra louer un local, un jardin, une salle aux portes de la ville, pour avoir suffisamment de place et d'espace. Tu comprends! Je pensais en première ligne à la grande salle de M. Wendelin, au pied du Lerchenberg. Cette salle est libre et n'est reliée que par un couloir avec le restaurant proprement dit et la distillerie. On pourrait la décorer pour la circonstance, y disposer de longues tables pour boire la bière de printemps; on peut y danser et faire de la musique, peut-être même représenter un petit spectacle car je sais qu'il y a là une petite scène, et j'y tiens beaucoup; bref, ce sera une fête très originale et nous nous amuserons merveilleusement.

Le visage de l'avoué avait légèrement viré au jaune pendant cet entretien et les commissures de ses lèvres s'abaissèrent en frémissant. Il dit :

— Je me réjouis de tout cœur, ma chère Amra. Je sais que je peux m'en remettre à ton habileté. Je te prie de faire tes préparatifs en conséquence.

Amra fit donc ses préparatifs. Elle prit langue avec divers messieurs et dames, elle loua en personne la grande salle de M. Wendelin, elle alla jusqu'à former une sorte de comité de personnalités mondaines qui furent conviées ou s'offrirent spontanément à apporter leur concours aux joyeux « numéros » qui devaient rehausser la fête. Ce comité se composait uniquement de messieurs, à l'exception de la femme de l'acteur de la Cour Hildebrandt, laquelle était cantatrice. Pour le reste, en firent partie M. Hildebrandt lui-même, l'assesseur Witznagel, un jeune peintre et M. Alfred Läutner, sans parler de quelques étudiants introduits par l'assesseur et qui devaient exécuter des danses nègres.

Huit jours déjà après qu'Amra eut pris sa décision, le comité se réunit pour délibérer dans la Kaiserstrasse, dans le salon même d'Amra, une petite pièce chaude et encombrée pourvue d'un épais tapis, d'une ottomane aux multiples coussins, d'un palmier éventail, de meubles de cuir anglais et d'une table d'acajou aux pieds torses, recouverte d'une couverture de peluche et divers objets de valeur. Il y avait aussi une cheminée, où l'on faisait encore un peu de feu. Sur sa tablette de pierre noire, se trouvaient quelques assiettes avec de minces tartines de beurre, des verres et deux carafons de sherry. Amra, ses pieds légèrement croisés, s'appuyait contre les coussins de l'ottomane, à l'ombre du palmier-éventail, et elle était belle comme une chaude nuit. Une blouse de soie claire et très fine enveloppait son buste, sa jupe était d'un tissu lourd, foncé, brodé de grandes fleurs. De temps en temps, elle repoussait d'une main la mèche de cheveux châtains de son front étroit. Mme Hildebrandt, la cantatrice, était également assise sur l'ottomane à côté d'elle. Elle avait les cheveux roux et était en tenue d'amazone. En face des deux dames, les messieurs s'étaient assis en demi-cercle serré, l'avoué n'avait trouvé qu'un siège de cuir très bas et semblait indiciblement malheureux, car par moments, il prenait une profonde aspiration et avalait sa salive comme s'il luttait contre la nausée montante. M. Alfred Läutner en costume de tennis, avait refusé une chaise et s'adossait, pimpant et joyeux, à la cheminée, car il affirmait ne pouvoir rester longtemps en place.

D'une voix agréablement timbrée, M. Hildebrandt parla des chansons anglaises. C'était un homme respectable, élégamment vêtu de noir, à l'épais masque césarien et au maintien plein d'assurance, un acteur de la Cour, instruit, cultivé et d'un goût raffiné. Il aimait, en de doctes entretiens, condamner Ibsen, Zola et Tolstoï qui poursuivaient tous les mêmes coupables buts. Mais ce jour-là, il se consacra avec affabilité à la futile affaire en cours.

— Ces messieurs et ces dames connaissent peut-être l'incomparable chanson *That's Maria?* dit-il. Un peu osée, mais elle produit grand effet. Il y aurait aussi le célèbre... et il suggéra encore quelques chansons qui eurent l'approbation générale. Mme Hildebrandt se déclara prête à les chanter. Le jeune peintre, un monsieur aux épaules très tombantes et à la barbiche blonde, devait faire le prestidigitateur, tandis que M. Hildebrandt s'offrit pour des imitations d'hommes célèbres; bref, tout se déroula au mieux et le programme semblait déjà arrêté quand monsieur l'assesseur Witznagel qui pouvait se prévaloir de gestes coulants et de nombreuses cicatrices récoltées dans des duels d'étudiants reprit tout à coup la parole.

— Fort bien, mesdames et messieurs, tout cela promet d'être amusant, mais je n'hésite pas à élever encore une objection. M'est avis qu'il nous manque quelque chose, le numéro principal, le numéro sensationnel, le clou... quelque chose de tout à fait spécial, d'époustouflant, une plaisanterie qui porte la gaîté à son comble. Bref, je n'ai pas d'idée arrêtée, mais pourtant, j'ai le sentiment...

— Au fond, c'est vrai! De la cheminée, M. Läutner éleva sa voix de ténor. « Il faudrait une attraction sensationnelle pour clore la soirée! Réfléchissons-y. » Et tandis qu'il pinçait rapidement, pour l'assujettir, sa ceinture rouge, il jeta un regard scrutateur à la ronde. Son visage respirait l'amabilité.

— Ma foi, dit M. Hildebrandt, si l'on refuse de considérer le numéro des grands hommes comme le point culminant...

Tous firent chorus avec l'assesseur. Un numéro sensationnel particulièrement cocasse s'imposait. Même l'avoué opina du bonnet et dit doucement : « Mais oui... quelque chose d'extraordinairement drôle... » Tous se plongèrent dans leurs réflexions.

A la fin de cette pause qui dura environ une minute et ne fut interrompue que par de brèves interjections de ceux qui méditaient, un phénomène étrange se produisit. Amra, enfoncée dans les coussins de l'ottomane rongeait, preste et zélée comme une souris, l'ongle pointu de son petit doigt avec une expression fort singulière. Sur ses lèvres se jouait un sourire distrait et presque inconscient qui trahissait une sensualité douloureuse et tout à la fois cruelle.

Ses yeux brillants très grands ouverts se tournèrent lentement vers la cheminée où, une seconde, ils croisèrent le regard du jeune musicien; puis avec une secousse, elle projeta son buste de biais, fit face à son époux et pendant qu'elle posait les deux mains sur les genoux de l'homme et rivait son regard sur le visage de l'avoué en pâlissant visiblement, elle dit d'une voix pleine et lente :

— Christian, je propose que tu paraisses costumé en chanteuse, dans une robe de bébé en soie rouge et que tu danses un peu pour nous.

Ces quelques mots produisirent un effet immense. Seul le jeune peintre essaya de rire avec bonne humeur, tandis que M. Hildebrandt, le visage glacé, époussetait sa manche. Les étudiants toussèrent et se mouchèrent plus bruyamment que ne le permettait la bienséance, Mme Hildebrandt rougit violemment, ce qui ne lui arrivait pas souvent, et l'assesseur Witznagel s'esquiva pour aller quérir une tartine beurrée. Accroupi sur son tabouret bas dans une posture pénible, l'avoué livide regardait autour de lui avec un sourire terrifié en balbutiant :

— Mais mon Dieu... je ne suis guère capable... ce n'est pas que je... pardonnez-moi...

Alfred Läutner avait perdu son air d'insouciance. Il semblait avoir un peu rougi; perplexe et troublé, la tête tendue en avant, il sondait du regard les yeux d'Amra.

Mais Amra, sans quitter sa pose persuasive, continuait de parler du même ton impressionnant :

— Et même, Christian, il faudra que tu nous chantes une chanson que M. Läutner a composée et qu'il accompagnera au piano. Ce sera le clou de notre fête, le plus sensationnel.

Un silence se fit, un silence accablant. Et tout à trac, la chose étrange se produisit : M. Läutner, comme qui dirait contaminé, transporté, électrisé, fit un pas en avant et frémissant d'un soudain enthousiasme, se mit à parler avec volubilité :

— Parbleu, monsieur l'avoué, je suis tout prêt, je me

déclare prêt à vous composer un morceau! Il faudra que vous le chantiez, il faudra que vous le dansiez! C'est le seul clou qui convienne à la fête. Vous verrez, vous verrez bien, ce sera la meilleure chose que j'aie jamais écrite ou que j'écrirai jamais! Dans une robe de bébé, en soie rouge! Ah, madame votre femme est une artiste, une artiste, vous dis-je! Sinon, elle n'aurait pu s'aviser d'une idée pareille! Dites oui, je vous conjure, consentez! Je vais réaliser une prouesse, un tour de force, vous verrez!

Le cercle se disloqua et tout le monde s'agita. Soit méchanceté, soit politesse, tous accablèrent de prières l'avoué et Mme Hildebrandt alla jusqu'à clamer très haut, de sa voix de Brunehilde : « Voyons, monsieur l'avoué, voyons, vous êtes pourtant d'habitude un homme gai, amusant!... » L'avoué recouvra enfin l'usage de la parole et encore un peu pâle mais avec un grand effort de décision, il dit :

— Écoutez-moi, mesdames et messieurs. Que vous dirai-je? je ne suis pas qualifié pour cela, croyez-moi! J'ai peu d'aptitudes comiques, et en outre... Bref, non, c'est malheureusement impossible!

Il s'obstina mordicus dans son refus et comme Amra restait étrangère au débat, renversée en arrière, avec une expression un peu absente, comme M. Läutner non plus ne soufflait mot, mais fixait son regard sur une arabesque du tapis, M. Hildebrandt parvint à dévier l'entretien et bientôt l'assistance se dispersa sans avoir rien décidé au sujet de la dernière question.

Le soir de ce même jour, Amra était allée se coucher et reposait sur son lit, les yeux grands ouverts quand son époux entra à pas lourds, tira une chaise à son chevet, s'assit et d'une voix basse et hésitante, dit :

— Écoute, Amra, pour être franc, je suis bourrelé de scrupules. Si je me suis montré trop brusque à l'égard de ces messieurs et dames, si mon refus, aujourd'hui, les a froissés, le ciel m'est témoin que je n'en avais pas l'intention!... ou serais-tu sérieusement d'avis... je t'en prie?

Amra se tut un instant cependant que ses sourcils s'arquaient lentement sur son front. Enfin, elle haussa les épaules et dit :

— Je ne sais ce que je dois te répondre, mon ami. Jamais je ne me serais attendue à une telle conduite de ta part. Tu as refusé, en termes peu aimables, d'apporter à notre spectacle ton concours, que tout le monde — et tu peux être flatté! — jugeait nécessaire. Tu as déçu, pour me servir de ce pâle euphémisme, profondément tous nos amis et par ton grossier manque de complaisance compromis le succès de la fête, alors que ton devoir d'hôte était...

L'avoué, la tête pendante, répondit en soupirant péniblement :

— Non, Amra, je ne voulais pas manquer de complaisance, crois-moi. Je ne veux offenser personne ni déplaire à personne, et si je me suis mal comporté, je suis prêt à réparer. Au fond, il ne s'agit que d'une farce, une mascarade, une innocente plaisanterie, alors, pourquoi pas? je ne veux pas être un trouble-fête, je me déclare prêt...

L'après-midi du lendemain, Amra sortit de nouveau « pour faire des courses ». Elle s'arrêta au 78 de la Holzstrasse et monta au second étage, où elle était attendue. Et tandis qu'allongée et dénouée dans l'amour, elle serrait contre sa poitrine la tête du jeune homme, elle murmurait avec passion :

— Écris une partition à quatre mains, tu entends? Nous jouerons l'accompagnement ensemble, pendant qu'il chantera et dansera. C'est moi, c'est moi qui m'occuperai du costume...

Et un étrange frisson, un rire étouffé et spasmodique, secoua le couple.

A qui désire donner une fête en plein air, organiser un divertissement de grand style, les locaux de M. Wendelin méritent d'être chaleureusement recommandés. De la charmante rue de banlieue, on pénètre par une haute grille dans le jardin genre parc attenant à l'établissement et qui abrite en son centre la vaste salle de fête. Ce hall, que seul un étroit passage relie au restaurant, à la cuisine et à la distillerie, est construit en un bois gaiement peinturluré aux couleurs vives, dans un drôle de salmigondis de style chinois et renaissance; il possède de grandes portes à glissières que l'on peut garder ouvertes par beau temps pour laisser entrer le souffle des arbres et il peut contenir beaucoup de monde.

Ce soir-là, les voitures des arrivants étaient saluées déjà de loin par des lumières colorées, car toute la grille, les arbres du jardin et le vestibule même s'ornaient de lampions serrés, multicolores; quant à la salle des fêtes intérieure, elle offrait un spectacle vraiment réjouissant. Sous le plafond couraient de grosses guirlandes auxquelles de nombreuses lanternes de papier étaient assujetties. Parmi les drapeaux, les branches de sapin et les fleurs artificielles qui décoraient les murs, une quantité d'ampoules électriques brillaient et donnaient à la salle un fulgurant éclat. A l'une de ses extrémités, la scène au rideau rouge où planait un génie peint de main d'artiste s'encadrait de plantes vertes. A l'autre bout de la pièce se déployaient presque jusqu'à la rampe, les longues tables parsemées de fleurs où les hôtes de l'avoué Jacoby se régalaient de la bière de printemps et du rôti de veau : avocats, officiers, négociants, artistes, hauts fonctionnaires flanqués de leurs épouses et de leurs filles, plus de cent cinquante personnes assurément. Les toilettes étaient très simples, costumes noirs et robes printanières presque claires, un joyeux laisser-aller étant de mise en l'occurrence. Les messieurs couraient remplir les bocks aux grands tonneaux rangés contre l'une des parois et dans la vaste pièce lumineuse et bariolée, pleine des relents de fête douceâtres et lourds des sapins et des fleurs, d'une odeur d'humanité, de bière et de victuailles, bourdonnaient et tintaient les bavardages, les conversations bruyantes et banales, les rires clairs, courtois, vifs et insouciants de tous ces gens.

Assis — informe et désemparé — au bas bout d'une des tables, près de la scène, l'avoué ne buvait guère et adressait de temps à autre, péniblement, un mot à sa voisine, Mme la conseillère d'État Havermann. Il respirait avec peine. Les coins de sa bouche retombaient et ses yeux tuméfiés, liquides et troubles contemplaient fixement avec une expression mélancolique et lointaine la joyeuse animation, comme si ces vapeurs de fête, cette gaieté tapageuse, avaient quelque chose d'indiciblement triste et incompréhensible.

On fit circuler à la ronde de grandes tartes, après quoi les assistants se mirent à boire du vin doux et à faire des discours. M. Hildebrandt, l'acteur de la Cour, célébra la bière du printemps dans une harangue uniquement composée de citations classiques, voire grecques, et l'assesseur Witznagel, avec un de ses gestes les plus coulants, porta à sa façon subtile un toast aux dames présentes en prenant, dans le vase le plus rapproché, ou sur la nappe, une poignée de fleurs et en comparant chacune à l'une des assistantes. Amra Jacoby, assise en face de lui dans une toilette de fine soie jaune, fut appelée « la sœur plus belle encore de la rose thé ».

Là-dessus, elle passa la main sur sa molle chevelure et fit gravement signe à son mari. Le gros homme se leva et faillit troubler l'atmosphère de liesse en bredouillant à sa manière pénible, avec un sourire laid, quelques mots incohérents. Seuls se firent entendre un ou deux bravos de complaisance et pendant un instant, un silence oppressé régna; mais bientôt la gaîté reprit le dessus et déjà les dîneurs commençaient, en fumant, et passablement éméchés, à emporter eux-mêmes les tables de la salle dans un grand tapage, pour faire place aux danseurs.

A onze heures passées, le débridement touchait à son comble. Une partie de la société avait reflué dans le jardin illuminé de couleurs vives pour prendre l'air frais; l'autre partie, restée à l'intérieur, formait des groupes, fumait, papotait, tirait de la bière des tonneaux et buvait debout. Soudain un grand coup de trompette parti de la scène rappela tout le monde dans la salle. Les musiciens —

joueurs d'instruments à cuivre et à cordes — étaient arrivés et s'installaient devant le rideau. Sur des chaises alignées où étaient posés des programmes rouges les dames s'installèrent tandis que les messieurs se rangeaient derrière elles ou des deux côtés. Le silence se fit, chargé d'attente.

Le petit orchestre joua une ouverture tumultueuse. Le rideau s'écarta, et voici qu'apparut une troupe d'affreux nègres aux costumes criards et aux lèvres rouges sang, qui grinçaient des dents et entonnèrent un hurlement barbare. Ces variétés devaient former en effet le clou de la fête d'Amra. Des applaudissements enthousiastes éclatèrent et les numéros du programme savamment combiné se succédèrent.

Mme Hildebrandt coiffée d'une perruque poudrée s'avança et tapa sur le plancher avec une longue canne en chantant à gorge déployée : *That's Maria*. Un prestidigitateur en habit constellé de décorations, accomplit les tours d'adresse les plus extraordinaires, M. Hildebrandt figura Gœthe, Bismarck et Napoléon terriblement ressemblants, et un rédacteur de journal, le docteur Wiesensprung, improvisa un discours humoristique sur le thème « de la bière de printemps sous son acception sociale ». A la fin, la tension atteignit au paroxysme, car le dernier numéro allait commencer, ce numéro mystérieux qui sur le programme s'encadrait d'une couronne de lauriers, et intitulé « *Luischen*. Chant et danse. Musique d'Alfred Läutner ».

Un mouvement se fit dans la salle et les regards se croisèrent, quand les musiciens déposèrent leurs instruments; et M. Läutner, jusqu'alors appuyé en silence à une porte, la cigarette entre ses lèvres avancées en une moue indifférente, prit place avec Amra Jacoby au piano installé au milieu de la scène, devant le rideau. Son visage rougit et il feuilleta nerveusement les pages de musique manuscrite, tandis qu'Amra, qui était au contraire un peu pâle, un bras posé sur le dossier de sa chaise, coulait vers le public un regard guetteur. Le strident appel de la sonnerie résonna et tous les cous se tendirent en avant. M. Läutner et Amra jouèrent quelques mesures d'une introduction quelconque, le rideau monta et Luischen apparut...

Un sursaut de stupeur et de saisissement courut parmi la foule des spectateurs, quand cette masse de chair triste et affreusement attifée entra en esquissant péniblement le pas de l'ours. C'était l'avoué. Une robe sans plis, en soie rouge sang tombant jusqu'aux pieds, enveloppait son corps informe et cette robe, décolletée, découvrait hideusement le cou poudré de farine. Les manches très courtes, bouffaient sur les épaules et de longs gants jaune clair couvraient les gros bras sans muscles, tandis que sur la tête se dressait une haute coiffure à boucles, d'un blond de petit pain, sommée d'une plume verte oscillant en tous sens. Au-dessous de cette perruque, apparaissait un visage jaune, tuméfié, malheureux et désespérément hilare; un tremblement faisait monter et descendre les joues, de manière pitoyable; et les petits yeux veinés de rouge fixaient le plancher avec effort, sans rien voir, cependant que le gros homme se balançait péniblement tantôt sur un pied, tantôt sur l'autre, et tendant ses bras sans force, levait les deux index, incapable qu'il était d'un autre mouvement. D'une voix étouffée et haletante accompagnée par le piano, il chanta une chanson absurde.

De cette lamentable figure s'exhalait plus que jamais une froide souffrance qui tuait toute gaieté naïve et pesait comme un poids de hargne douloureuse sur l'assistance. La même horreur habitait les innombrables yeux fascinés qui se rivaient sur cette vision : le couple au piano et l'époux, là-haut. Le scandale silencieux, inouï, se prolongea cinq bonnes minutes.

Vint l'instant qu'aucun des assistants n'oubliera jamais de sa vie. Représentons-nous ce qui se passa exactement, durant ce petit laps de temps effroyable et compliqué.

On connaît les couplets risibles intitulés *Luischen*, et l'on se souvient sans nul doute du suivant :

Je valse, polke et me désosse,
Nulle n'y met autant d'ardeur!
Je suis Luischen, la belle gosse
Qui a affolé bien des cœurs!

Ces vers triviaux, laids, forment le refrain des trois couplets assez longs. Pour mettre en musique ces paroles sur un air nouveau, Alfred Läutner s'était surpassé, il avait poussé à l'extrême sa manière habituelle d'ahurir les gens en introduisant au milieu d'une œuvre vulgaire et comique, un tour de virtuosité imprévu, emprunté à la grande musique. La mélodie qui débutait en do dièse majeur avait été assez jolie et tout à fait banale pendant les premiers couplets. Au commencement du refrain précité, le rythme s'anima, des dissonances apparurent, qui par l'accentuation toujours plus insistante du si, laissaient augurer un passage en fa dièse majeur. Ces dissonances se compliquèrent jusqu'au mot « ardeur » et après le « je suis » qui porte à son comble l'attente, une résolution en fa dièse majeur sembla s'imposer. Or, au lieu de cela, se produisit la plus grande des surprises. En effet, par un brusque revirement, grâce à une inspiration frôlant le génie, la tonalité passa en fa majeur... et la nouvelle entrée qui suivit avec l'emploi des deux pédales sur la seconde syllabe longtemps tenue du mot *Luischen*, fut d'un effet indescriptible, absolument inouï. Ce fut une surprise ahurissante, un brusque chatouillement des nerfs qui vous faisait courir un frisson dans le dos, un prodige, une révélation, comme un dénudement presque cruel dans sa soudaineté, un rideau qui se déchirait...

A cet accord en fa majeur, l'avoué Jacoby cessa de danser. Il resta comme enraciné au milieu de la scène, les deux index encore levés — l'un un peu plus bas que l'autre — le *i* de *Luischen* se brisa sur ses lèvres, elles se turent et tandis que l'accompagnement au piano s'interrompait brusquement presque en même temps, cette figure extravagante et hideusement risible là-haut, regarda fixement devant elle, les yeux injectés de sang, la tête allongée en avant comme une bête. L'homme riva son regard sur cette salle de fête, décorée, claire et bondée où, comme une émanation de tout ce monde, le scandale avait presque pris l'épaisseur d'une atmosphère visible. Il fixa tous ces visages levés, crispés, éclairés d'une lumière crue, ces centaines de prunelles toutes dirigées avec la même expression avertie sur le couple là-bas et sur lui-même. Un silence terrible qu'aucun son n'interrompit, pesa sur l'assistance. Il promena ses yeux qui se dilataient de plus en plus, lentement et sinistrement, de ce couple au public et du public au couple — une soudaine lueur de compréhension sembla envahir son visage, un flot de sang l'empourpra — du même rouge que la robe de soie, puis se retira pour céder la place à une pâleur cireuse et le gros homme s'effondra, de telle sorte que les planches craquèrent.

Un instant encore le silence se prolongea; puis, il y eut des cris, un tumulte; quelques braves, parmi eux un jeune médecin, s'élancèrent de l'orchestre sur la scène, le rideau fut baissé...

Amra Jacoby et Alfred Läutner étaient toujours assis au piano, un peu détournés l'un de l'autre. Lui, la tête penchée semblant chercher l'écho de son passage en fa majeur, elle incapable d'accueillir dans sa cervelle de linotte ce qui se passait, regardait autour d'elle avec une expression parfaitement vide.

Sur ces entrefaites, le jeune médecin reparut dans la salle, un petit monsieur juif à l'air grave et à la barbe noire en pointe. A quelques personnes qui l'entourèrent devant la porte, il répondit en haussant les épaules :

— Fini.

L'ARMOIRE

Il faisait sombre et frais, le crépuscule tombait, quand l'express Berlin-Rome entra dans une gare d'importance moyenne. Sur la large banquette en peluche rouge à housse de crochet, d'un coupé de première classe, se dressa un voyageur solitaire : Albrecht van der Qualen. Il s'éveillait. Il sentit un goût fade dans sa bouche, et tout son corps envahi du sentiment point très agréable que produisent, après un trajet assez long, un brusque arrêt, la cessation du roulement scandé, le silence d'où appels et signaux se détachent avec un relief extraordinaire. Cet état est comme une reprise de connaissance après une ivresse, un étourdissement. Nos nerfs tout à coup privés du rythme qui les soutenait, éprouvent une impression de trouble et d'extrême abandon. Et d'autant plus, lorsque nous sortons du lourd assoupissement auquel on cède en chemin de fer.

Albrecht van der Qualen s'étira un peu, s'approcha de la fenêtre et baissa la glace. Il regarda le long du train. Là-bas, près du fourgon postal, des hommes s'affairaient à charger et décharger des colis. La locomotive émit plusieurs sons, éternua, glouglouta, et se tint coite; mais seulement comme s'arrête un cheval qui soulève ses sabots frémissants, agite les oreilles et attend en piaffant d'impatience le signal du départ. Une dame grande et replète, en long manteau de pluie, le visage ravagé de souci, trimbalait une très lourde valise qu'elle poussait en avant avec son genou, sans se lasser, le long du train, muette, traquée, et les yeux pleins d'angoisse. Sa lèvre inférieure protubérante, emperlée de minuscules gouttes de sueur, avait quelque chose d'indiciblement pathétique. « Pauvre chère femme! pensa Van der Qualen. Si seulement je pouvais t'aider, te protéger, te calmer, ne serait-ce que pour l'amour de ta lèvre supérieure! Mais chacun pour soi, telle est la loi du monde, et moi qui en cet instant n'éprouve aucune crainte, je reste là à te regarder, comme un hanneton tombé sur le dos. »

La modeste gare baignait dans la pénombre. Était-ce le soir, ou le matin? Il l'ignorait. Il avait dormi, deux heures, ou cinq, ou douze? Impossible de le dire. Ne lui arrivait-il pas de dormir vingt-quatre heures d'affilée, ou davantage, d'un sommeil profond, extraordinairement profond?

C'était un monsieur en pardessus d'hiver mi-long, brun foncé, à col de velours. Il eût été malaisé de déchiffrer son âge sur sa figure. On pouvait hésiter entre vingt-cinq ans et la fin de la trentaine. Il avait le teint jaunâtre, mais des yeux noirs ardents comme braise, cernés de grandes ombres. Ces yeux là ne présageaient rien de bon. Au cours de graves et franches conversations d'homme à homme, plusieurs médecins ne lui avaient guère accordé beaucoup de mois à vivre. A part cela, ses cheveux sombres étaient lisses, rejetés de côté.

A Berlin — bien que Berlin ne fût pas son point de départ — il était comme par hasard monté avec sa valise de cuir rouge dans l'express précisément en partance. Il s'était endormi et à présent, au réveil, se sentait si totalement affranchi du temps qu'un sentiment de bien-être l'envahit. Il n'avait pas de montre. Il fut heureux à la pensée que la poche de son gilet contenait uniquement un petit médaillon suspendu à la chaînette d'or qu'il portait au cou. Il n'aimait pas avoir la notion exacte de l'heure ou même du jour de la semaine, et ne possédait point de calendrier. Depuis longtemps, il avait perdu l'habitude de savoir en quel jour du mois on était, ou même quel mois ou quelle année. « Il faut que tout reste en l'air », pensait-il volontiers, expression qui, pour lui, en disait long, encore qu'elle fût assez vague. Son ignorance était rarement

— sinon jamais — troublée, car il avait soin d'éviter tout ce qui aurait pu l'en tirer. Ne lui suffisait-il pas de deviner à peu près en quelle saison l'on se trouvait? « C'est plus ou moins l'automne, se dit-il en regardant le hall sombre et humide. Je n'en sais pas davantage. Sais-je seulement où je suis?»

Et soudain, à cette pensée, sa satisfaction se mua en un joyeux effroi. Il ignorait où il se trouvait! Était-il encore en Allemagne? Assurément. En Allemagne du Nord? C'était à voir. Ses yeux encore hébétés de sommeil avaient vu la fenêtre de son compartiment glisser devant un écriteau éclairé, qui peut-être indiquait le nom de la station, mais pas une des lettres inscrites n'était parvenue jusqu'à son cerveau. Encore en état de torpeur, il avait entendu le conducteur crier deux ou trois fois ce nom, mais sans qu'il en eût saisi une syllabe. Là, pourtant, là-bas, dans une pénombre dont il ne savait si elle était une aube ou un crépuscule, il y avait un lieu étranger, une ville inconnue.

Albrecht van der Qualen prit son chapeau de feutre dans le filet, s'empara de sa valise de cuir rouge dont la courroie enserrait aussi un plaid de laine soyeuse à damiers rouges et blancs où était roulé un parapluie à béquille d'argent, et bien que son billet fût pris pour Florence, il quitta le compartiment, traversa la modeste gare, déposa son bagage à la consigne, alluma un cigare, enfonça ses mains — il n'avait ni canne, ni parapluie — dans les poches de son pardessus et sortit de la gare.

Dehors, sur la place sombre, humide et presque déserte, cinq ou six cochers de fiacre firent claquer leur fouet et un homme à casquette galonnée et à long manteau où il s'emmitouflait en frissonnant, dit, d'un ton interrogateur : « « Hôtel du Brave Homme? » Van der Qualen le remercia poliment et passa son chemin. Les gens qu'il croisait avaient relevé le col de leur pardessus; aussi en fit-il autant, il blottit son menton dans le velours, fuma et s'en fut d'un pas ni rapide ni lent.

Il longea un mur bas, un vieux portail flanqué de deux

tours massives, et traversa un pont au parapet orné de statues et sous lequel l'eau roulait son flot sombre et paresseux. Une longue barque vermoulue passa, à l'arrière un homme l'activait avec une longue perche. Van der Qualen s'arrêta un instant et se pencha sur le garde-fou. « Tiens, se dit-il, un fleuve ; le fleuve. Il est agréable d'ignorer son nom. » Puis, il continua sa route.

Il marcha encore un moment droit devant lui sur le trottoir d'une rue ni très large, ni très étroite, et tourna quelque part à main gauche. C'était le soir. Les lampes à arc électriques s'allumèrent en un éclair, clignotèrent un peu, ardèrent, sifflèrent et trouèrent le brouillard. Les magasins fermaient. « Donc, mettons que c'est sous tous les rapports l'automne », pensa Van der Qualen et il continua d'avancer sur le trottoir noir et mouillé. Il ne portait pas de caoutchoucs, mais ses bottines étaient extraordinairement larges, solides, durables, et cependant point dépourvues d'élégance.

Il ne cessait de se diriger vers la gauche. Des gens le croisaient, allaient à leurs affaires ou en revenaient. « Et moi je chemine parmi eux, pensa-t-il, et je suis solitaire et étranger comme vraisemblablement aucun être ne le fut jamais. Je n'ai pas d'affaires et pas de but. Pas même une canne pour m'appuyer. Nul ne saurait être plus dépourvu d'attaches, plus libre, plus dégagé. Personne ne me doit rien, et je ne dois rien à personne. Dieu n'a jamais étendu sa main au dessus de moi, il ne me connaît pas. Un honnête malheur sans aumônes est une bonne chose : on peut se dire : « Je ne dois rien à Dieu. »

Il arriva bientôt à l'extrémité de la ville. Sans doute, vers le centre, avait-il un peu obliqué. Il se trouvait dans une large rue de banlieue, avec des arbres et des villas. Il tourna à droite, passa devant trois ou quatre venelles presque semblables à des ruelles de village, éclairées de rares becs de gaz, et s'arrêta enfin dans une rue un peu plus large, devant la porte d'une maison d'apparence ordinaire, badigeonnée d'un jaune trouble, qui néanmoins se distinguait par des vitres dépolies et très convexes. Sur la porte figurait un écriteau avec l'inscription : « Dans cette maison, chambres à louer au troisième étage. » « Tiens ? » dit-il en jetant le bout de son cigare, et il franchit le seuil, puis longea une palissade qui séparait les deux propriétés mitoyennes, tourna à gauche, prit la porte d'entrée et s'engagea dans un corridor où courait sur le plancher en guise de tapis une couverture grise, élimée. Il le franchit en deux enjambées et se mit en devoir de gravir les marches d'un escalier de bois sans prétention. Les portes des logements, elles aussi, étaient très modestes, avec des vitres opaques recouvertes d'un treillis métallique, où parfois étaient fixés des écriteaux portant un nom quelconque. Des lampes à pétrole éclairaient les paliers. Au troisième étage, — le dernier avant le grenier — se trouvaient aussi des entrées à droite et à gauche de l'escalier; de simples portes de chambres, brunâtres, où ne figurait aucun nom. Van der Qualen tira par le milieu la poignée de cuivre de la sonnette. Elle résonna, mais rien ne bougea à l'intérieur du logis. Il toqua à gauche. Pas de réponse, toqua à droite. De longs pas légers se firent entendre et l'on ouvrit.

C'était une femme, une dame grande et maigre, âgée et étirée en longueur, vêtue d'une robe noire fanée, démodée. Son bonnet à grande coque d'un violet pâle encadrait un visage recroquevillé d'oiseau et sur son front s'étalait une éruption, une sorte de végétation semblable à de la mousse : c'était assez répugnant.

— Bonsoir, dit Van der Qualen. Les chambres...

La vieille dame inclina la tête. Elle l'inclina, sourit lentement, en silence, pleine de compréhension et de sa belle main longue fit un geste lent, languide et distingué, vers la porte la plus rapprochée, à gauche. Puis, elle se retira et reparut avec une clef. « Tiens, tiens, se dit-il, debout derrière elle tandis qu'elle ouvrait la porte. Vous êtes, ma bonne dame, une figure de cauchemar, comme un personnage d'Hoffmann. » Elle décrocha la lampe à pétrole et le fit entrer.

C'était une petite chambre basse au plancher brun, aux murs tapissés jusqu'en haut de nattes jaune paille. Un rideau de mousseline blanche à longs plis étroits dissimulait la fenêtre qui donnait sur l'arrière de la maison. A droite, une porte blanche conduisait à la pièce voisine.

La vieille dame ouvrit et leva sa lampe. Cette pièce était lamentablement démeublée, avec des murs blancs, nus, sur lesquels trois chaises d'osier laquées rouge clair se détachaient comme des fraises dans la crème fouettée. Une armoire, un lavabo avec une glace. Le lit, un meuble d'acajou extraordinairement imposant, était placé au milieu de la pièce.

— Avez-vous une objection quelconque? demanda la vieille dame et elle passa légèrement sa belle main longue et blanche sur la végétation moussue de son front. On eût dit qu'elle employait ces termes par mégarde, faute de se rappeler une expression plus courante. Elle ajouta aussitôt : — Pour ainsi dire?

— Non, je n'ai aucune objection, dit Van der Qualen. Les chambres sont assez ingénieusement aménagées. Je les loue... Je voudrais qu'on aille chercher mes affaires à la gare, voici le bulletin de consigne. Vous aurez l'obligeance de faire préparer le lit, la table de chevet... et de me remettre immédiatement la clef de la maison et de l'appartement, ainsi que des serviettes. Je vais faire un bout de toilette, dîner en ville et reviendrai plus tard. »

Il tira de sa poche un étui nickelé, y prit une savonnette et se mit en devoir de se rafraîchir le visage et les mains au lavabo. Entre temps, par les fenêtres aux vitres très convexes, son regard tombait sur les rues boueuses de la banlieue éclairée par les réverbères, les lampes à arc, les villas et tout en se séchant les mains, il se dirigea vers l'armoire. C'était un meuble carré, verni de brun, assez branlant, avec un fronton naïvement décoré, dressé au milieu de la paroi de droite, juste dans le renfoncement d'une seconde porte blanche qui évidemment conduisait aux pièces auxquelles donnait accès la porte principale du palier. « Tout de même, en ce monde, certaines choses s'arrangent bien », pensa Van der Qualen. « Cette armoire s'emboîte dans la niche de la porte comme si elle avait été faite tout exprès. » Il ouvrit. L'armoire était complètement vide, avec plusieurs rangées de crochets dans le haut, mais il constata que ce meuble solide n'avait pour tout fond qu'une étoffe grise, une toile d'emballage rèche, ordinaire, assujettie aux quatre coins par des clous ou des punaises.

Van der Qualen referma l'armoire, prit son chapeau, remonta de nouveau le col de son pardessus, éteignit la bougie et s'en fut. En traversant la pièce de devant, il lui sembla entendre, mêlé au bruit de ses pas, à côté, dans l'autre appartement, une résonance, un son léger, clair et métallique, mais peut-être se trompait-il? « C'est comme si un anneau d'or tombait dans une coupe d'argent », se dit-il, tandis qu'il fermait à clef la porte de son logement. Il descendit l'escalier, quitta la maison et retrouva le chemin de la ville.

Dans une rue animée, un restaurant éclairé l'attira et il prit place à l'une des premières tables en tournant le dos à tout le monde. Il consomma un potage aux fines herbes, avec du pain grillé, un bifteck et un œuf, de la compote et du vin, un petit morceau de gorgonzola vert et la moitié d'une poire. Pendant qu'il réglait l'addition et enfilait son pardessus, il tira quelques bouffées d'une cigarette russe, sur quoi il alluma un cigare et sortit. Il flâna un moment, parvint à s'orienter pour retrouver le chemin de son logis banlieusard et le parcourut sans se presser.

La maison aux vitres bombées était complètement obscure et silencieuse quand Van der Qualen ouvrit la porte et gravit les marches sombres. Il s'éclairait à la lueur d'une allumette et, au troisième palier, ouvrit à gauche la porte brune, qui conduisait chez lui. Après avoir posé sur le divan son pardessus et son chapeau, il alluma la lampe du grand bureau où il trouva sa valise ainsi que le rouleau de plaids contenant le parapluie. Il défit la couverture, tira une bouteille de cognac, prit dans la sacoche de cuir un gobelet et tout en finissant son cigare, sirota sa liqueur à petites gorgées, par intervalles, carré dans son fauteuil. «C'est agréable, pensa-t-il, que dans la vie il y ait du moins le cognac. » Il passa ensuite dans la chambre à coucher où il alluma la bougie sur la table de chevet, éteignit la lumière de la chambre voisine et se déshabilla. Pièce par pièce, il déposa son costume gris peu voyant et d'un tissu solide, sur la chaise rouge à côté de son lit. Au moment d'ôter ses bretelles, il se rappela son paletot et son chapeau, restés sur le divan. Il alla les quérir, ouvrit l'armoire...

Il recula d'un pas, s'agrippa à l'une des grosses boules rondes d'acajou qui ornaient les quatre coins du lit.

La lueur vacillante des bougies éclairait la chambre avec ses murs nus et blancs sur lesquels les chaises laquées en rouge se détachaient comme des fraises dans la crème. Mais l'armoire, dont la porte béait, n'était point vide, quelqu'un s'y dressait, une forme, une créature si suave que le cœur d'Albrecht van der Qualen s'arrêta un moment de battre, puis se reprit à palpiter à longs coups pleins et doux. Elle était nue, et l'un de ses bras minces et délicats se levait pour nouer son index autour d'un crochet du haut de l'armoire. Les ondes de ses cheveux bruns coulaient sur des épaules enfantines, d'où émanait un charme auquel seul pouvait répondre un sanglot. Le reflet des bougies se mirait dans ses yeux noirs en amande. Sa bouche un peu large avait une expression aussi douce que les lèvres du sommeil lorsque après des journées de souffrance elles se penchent sur notre front pour l'effleurer d'un baiser. Elle avait joint les talons et ses jambes élancées se serraient étroitement.

Albrecht van der Qualen se passa la main sur les yeux... et vit aussi qu'au bas du coin droit, le panneau d'étoffe grise était détaché du fond de l'armoire. « Comment? dit-il. Ne voudriez-vous pas entrer?... ou plutôt... comment dire... sortir? Prendriez-vous un petit verre de cognac? ou la moitié d'un petit verre?... » Mais il n'attendait pas de réponse à ses paroles et n'en reçut point. Le regard des yeux étroits, brillants, si noirs qu'ils semblaient insondables et dénués d'expression, se posa sur lui, mais sans repère ni but, un peu vague, comme s'il ne le voyait pas.

— Veux-tu que je te raconte?... dit-elle soudain d'une voix calme et voilée.

— Raconte! répondit-il. Il s'était laissé choir sur le rebord du lit, son paletot sur les genoux, et ses mains croisées au-dessus. Sa bouche s'entrouvrit et ses yeux étaient mi-clos, mais le sang circulait, chaud et doux, dans son corps et bourdonnait dans ses oreilles.

Elle s'était accroupie dans l'armoire et enlaçait de ses bras frêles un de ses genoux qu'elle avait remonté, tandis que l'autre jambe pendait au-dehors. Ses avant-bras comprimaient ses seins menus, et la peau tendue de son genou luisait. Elle raconta... raconta à mi-voix, tandis que la flamme des bougies exécutait des danses silencieuses...

Ils étaient deux qui cheminaient sur la lande, et sa tête à elle se blottissait sur son épaule à lui. Les plantes exhalaient un parfum violent, mais déjà les brouillards du soir montaient du sol. C'est ainsi que cela commença. Et souvent le récit était en vers qui rimaient de façon incomparablement légère et suave, comme cela nous arrive parfois au cours d'une nuit de fièvre, dans le demi-sommeil. Mais l'histoire ne finissait pas bien. Le dénouement était aussi triste que lorsque deux êtres s'étreignent indissolublement, leurs lèvres jointes, tandis que l'un plonge un large couteau dans le corps de l'autre au-dessus de la ceinture — et pour de bons motifs. Cela finissait ainsi. Puis, elle se redressa, d'un mouvement infiniment discret et modeste, souleva le bout droit de l'étoffe grise qui tapissait le fond de l'armoire — et ne fut plus là.

Désormais, il la retrouva chaque soir dans son armoire, et il l'écouta raconter. Combien de soirs? Combien de jours, de semaines ou de mois resta-t-il dans ce logis et dans cette ville ? Mais citer un chiffre ne servirait à personne. Qui donc prendrait plaisir à un misérable chiffre ? Et nous savons que plusieurs médecins n'avaient accordé à Albrecht van der Qualen que peu de mois à vivre.

Elle lui racontait des histoires. Et c'étaient des histoires tristes, désespérées ; mais elles se posaient comme un doux fardeau sur le cœur et le faisaient battre à coups plus lents, plus ineffables. Souvent, il s'oubliait. Son sang bouillonnait dans ses artères, il étendait les mains vers elle et elle ne lui résistait pas ; mais ensuite, durant plusieurs soirs, il ne la retrouvait plus dans l'armoire, et lorsqu'elle revenait, elle ne lui racontait rien ; puis, lentement, elle reprenait ses récits, jusqu'à ce qu'il s'oubliât de nouveau.

Combien de temps cela dura-t-il ? Qui sait ? Qui sait d'ailleurs si vraiment Albrecht van der Qualen s'éveilla cet après-midi-là et débarqua dans la ville inconnue ? Ou si, plutôt, il ne resta point endormi dans son compartiment de première et ne laissa pas l'express Berlin-Rome l'emporter à une vitesse inouïe par-delà les monts ? Qui d'entre nous oserait répondre avec certitude à cette question et assumer la responsabilité de la réponse ? Cela reste dans le vague. « Tout doit rester en l'air... »

GLADIUS DEI

Munich scintillait. Un ciel radieux, tendu de soie bleue, se déployait au-dessus des places imposantes, des blancs temples à colonnes, des monuments à l'antique, des églises baroques, des fontaines jaillissantes, des palais et des jardins de la Résidence, et leurs perspectives larges et lumineuses, cernées de verdure et savamment calculées, s'étendaient dans la buée solaire d'un premier beau jour de juin.

Par toutes les rues, gazouillis d'oiseaux et secrète jubilation. Sur les places et les avenues roule, bouillonne et bourdonne le trafic nonchalent et amusant de la grande ville débonnaire. Dans les petits fiacres lents, les voyageurs de tous pays circulent, en regardant de tous côtés les façades des maisons avec une curiosité sans discernement, et gravissent les perrons des musées.

De nombreuses fenêtres sont ouvertes, d'où s'échappent des bouffées de musique — exercices au piano, au violon ou au violoncelle, honnêtes efforts de dilettantes pleins de bonne volonté. Toutefois, le passant perçoit qu'à l'Odéon on étudie sérieusement, sur plusieurs pianos à queue.

Les jeunes gens qui sifflotent le motif de *Nothung* [1] et le soir tapissent le fond du moderne Schauspielhaus, errent, les poches de leur veston bourrées de revues littéraires, font le va-et-vient entre l'Université et la Bibliothèque municipale. Devant l'Académie des Beaux-Arts qui ouvre ses bras blancs entre la Türkenstrasse et le Siegestor, un car-

1. Dans la Tétralogie wagnérienne, le motif de l'épée. *(N. d. l. T.)*

rosse de la Cour s'arrête. Et en haut de la rampe, debout, assis ou couchés, en groupes bariolés, se tiennent les pittoresques modèles, vieillards, femmes et enfants vêtus du costume des monts Albains.

Nonchalance et flânerie sans hâte dans les longues artères du nord. La convoitise du gain ne talonne personne, la vie se propose des fins agréables. De jeunes artistes, leur petit chapeau rond perché sur la nuque, la cravate lâche, sans canne, des garçons insouciants qui payent leur loyer avec des esquisses en couleurs, se promènent pour permettre à ce matin azuré d'influer sur leur état d'âme, et suivent des yeux les fillettes, ce joli type un peu courtaud, aux bandeaux bruns, aux pieds un peu trop grands et aux mœurs faciles. Une maison sur cinq fait miroiter au soleil des verrières d'atelier. Çà et là, parmi la rangée des bâtisses bourgeoises, se détache un édifice artistique large et plat, d'une ornementation bizarre, dû à un jeune architecte imaginatif, œuvre d'ingéniosité et de style. Et tout à coup, quelque part, la porte d'une façade trop ennuyeuse s'encadre d'une improvisation hardie, de lignes souples et de couleurs ensoleillées — bacchantes, nymphes et nudités roses.

Il est toujours divertissant de s'attarder aux devantures des ébénistes d'art et des bazars d'articles luxueux. Quel confort, allié à la fantaisie, quel humour bizarre dans la forme des objets! Partout sont disséminées les petites boutiques de sculptures, d'encadreurs et d'antiquaires, et du fond des vitrines vous regardent des bustes de femmes du *Quattrocento*, à la fois nobles et piquantes. Le propriétaire de la plus infime de ces boutiques disserte de Donatello et de Mino de Fiesole comme s'il tenait d'eux, personnellement, les droits de polycopie.

Mais là-haut, place de l'Odéon, vis-à-vis l'imposante loggia devant laquelle s'étale le vaste pavé de mosaïque, en face du palais du Régent, la foule se presse autour des larges fenêtres et devantures du grand magasin d'art, le vaste magasin de beautés de M. Blüthenzweig. Quelle joyeuse splendeur de l'étalage! Reproductions de chefs-d'œuvre de toutes les galeries de la terre, enchâssées avec une simplicité de haut goût dans des cadres précieux aux nuances et aux ornements raffinés; copies de tableaux modernes, fantaisie captivante pour les sens, où l'art antique semble ressuscité sous une forme badine et réaliste; la plastique de la Renaissance, en moulages parfaits; des torses de bronze nus et de la verrerie fragile, des vases de terre d'un style rude que des bains de vapeurs métalliques ont parés d'un manteau de couleurs irisées; des éditions de luxe, triomphe du nouvel art de la reliure, œuvres de poètes lyriques en vogue habillées avec un faste décoratif et de bon ton. Entre elles, des portraits d'artistes, musiciens, philosophes, acteurs, poètes, exposés pour assouvir la curiosité populaire à l'égard de la personnalité privée. Les gens s'écrasent devant la première devanture de la librairie contiguë où sur un chevalet, un grand tableau se dresse, une précieuse photographie dans les tons rouge brun, sertie d'un large cadre vieil or, une pièce sensationnelle, la reproduction du *clou* de la grande exposition internationale de l'année à laquelle vous invitent, sur des colonnes d'affiche, des placards archaïsants et persuasifs entre des programmes de concert et des produits de beauté savamment prônés.

Regardez autour de vous, voyez les devantures des libraires. Votre œil rencontre des titres tels que *L'Art de l'Habitation depuis la Renaissance*, *L'Éducation du Sens de la Couleur*, *La Renaissance dans l'Artisanat moderne*, *La Soif de l'Art*, et vous saurez que ces ouvrages destinés à éveiller le goût sont achetés et lus à mille exemplaires, et que le soir, devant tous les auditoires, il sera parlé de ces mêmes sujets.

Si la chance vous sourit, vous rencontrerez en chair et en os une des femmes célèbres que l'on voit d'habitude à travers le truchement de l'art, une de ces dames riches et belles à la chevelure d'un blond Titien artificiel, parées de brillants, dont un génial portraitiste a fixé pour l'éternité les traits séduisants et dont la chronique amoureuse défraye la ville, une de ces reines des fêtes d'artistes en temps de carnaval, un peu fardées, un peu peinturlurées, noblement provocantes, avides de plaire et dignes d'adoration. Et tiens! là-bas, un grand peintre en compagnie de sa maîtresse remonte en voiture la Ludwigstrasse. On se montre l'équipage, on s'arrête pour suivre des yeux ces deux-là. Beaucoup de gens saluent. Et peu s'en faut que les agents ne s'immobilisent au port d'armes.

L'art fleurit, l'art est souverain, l'art étend sur la ville son sceptre enguirlandé de roses et sourit. L'intérêt général, respectueux, que l'on porte à son développement, sa pratique fervente, une propagande zélée, un culte fidèle de la ligne, de la parure, de la forme, des sens, de la beauté, priment tout.

Munich scintillait.

Un jeune homme descendait la Schillingstrasse. Il se dirigeait vers la large façade de la Ludwigskirche, parmi les sonneries des cyclistes, au milieu du pavé de bois. A le regarder, on eût dit une ombre passant sur le soleil ou un souvenir d'heures pénibles obscurcissant l'esprit. N'aimait-il donc point ce soleil qui baignait la belle cité dans un éclat de fête? Pourquoi, replié sur lui-même, se détournait-il tout en marchant, les yeux rivés au sol?

Il ne portait pas de chapeau, de quoi nul ne s'offusquait, étant donné la liberté vestimentaire de la ville tolérante, mais il avait rabattu sur sa tête le capuchon de son large manteau noir qui ombrageait son front bas, anguleux et saillant, lui couvrait les oreilles et encadrait ses joues hâves. Quel drame de conscience, quels scrupules et quelles macérations avaient pu évider ainsi ses joues? N'est-il pas effroyable, par de tels jours ensoleillés, de voir le tourment lové dans les cavités des joues d'un être humain? Ses sombres sourcils s'épaississaient fortement à la racine mince de son grand nez en bec de corbin qui saillait dans le visage, et ses lèvres étaient fortes et épaisses.

Levait-il ses yeux bruns assez rapprochés, des rides obliques se formaient sur son front à arêtes. Son regard exprimait le savoir, l'étroitesse de vues et la douleur. De profil, ce visage ressemblait étrangement à un ancien tableau dû à la main d'un moine, conservé à Florence dans une petite et dure cellule de cloître d'où jadis s'était élevée une terrible et foudroyante protestation contre la vie et son triomphe.

Hieronymus cheminait dans la Schillingstrasse, d'un pas lent et ferme et ses deux mains rassemblaient, de l'intérieur, les plis de son ample manteau. Deux fillettes, deux de ces jolies créatures courtaudes aux cheveux en bandeaux, aux pieds trop grands et aux mœurs faciles, bras dessus bras dessous et gaiement en quête d'aventures, passèrent à côté de lui, se poussèrent en riant, avancèrent la tête, s'esclaffèrent à la vue de sa capuche et de son visage, et se sauvèrent à toutes jambes. Mais il n'y fit pas attention. Le front incliné, sans regarder à droite ni à gauche, il traversa la Ludwigstrasse et monta les marches de l'église.

Les battants du portail central étaient grand ouverts. Dans la pénombre du sanctuaire frais, chargé de lourdes vapeurs d'encens, luisait quelque part, au fond, une faible lueur rougeâtre. Une vieille femme aux yeux injectés de sang se leva d'un prie-Dieu et se traîna sur des béquilles, entre les colonnes. Hormis elle, l'église était vide.

Hieronymus aspergea son front et sa poitrine d'un peu d'eau bénite, fléchit le genou devant le maître-autel et s'arrêta ensuite dans la nef centrale. N'eût-on pas dit que sa stature avait grandi dans cette enceinte? Droit et immobile, il se dressait, la tête librement levée et son grand nez en bec-de-corbin semblait saillir au-dessus des lèvres épaisses avec une expression impérieuse. Ses regards, non plus rivés au sol, se tournaient, hardis et directs, vers le crucifix du maître-autel. Un moment, il se tint ainsi, figé, immobile; puis il recula et après une nouvelle génuflexion, quitta l'église.

Il remonta la Ludwigstrasse d'un pas lent et ferme, la

tête baissée, au milieu de la grande chaussée non pavée, vers l'imposante loggia ornée de statues; mais arrivé place de l'Odéon, il leva les yeux de sorte que des rides obliques se formèrent sur son front à arêtes, et il ralentit l'allure. Son attention était attirée par l'attroupement devant les vitrines du grand magasin d'art, du vaste magasin de beautés de M. Blüthenzweig.

Les gens allaient de devanture en devanture, se montraient les trésors exposés et échangeaient leurs opinions, tandis que chacun se haussait pour regarder par-dessus l'épaule du voisin. Hieronymus se mêla à eux et lui aussi se mit en devoir d'examiner toutes ces choses, de les passer en revue, pièce par pièce.

Il vit les reproductions de chefs-d'œuvre de toutes les galeries de la terre, les cadres précieux, dans leur bizarrerie simple, les moulages de la Renaissance, les torses de bronze et la verrerie d'apparat, les vases irisés, la parure des livres et les effigies d'artistes, musiciens, philosophes, acteurs, poètes, il examina tout et consacra un instant à chaque objet. Tout en retenant de l'intérieur son manteau des deux mains, il tournait sa tête encapuchonnée, par petits mouvements brefs, d'une chose vers la suivante; et sous ses sourcils sombres et haussés qui s'épaississaient fortement à la racine du nez, ses yeux considéraient chacune d'elles un moment, avec une expression déconcertée, obtuse et froidement perplexe.

Ainsi arriva-t-il à la première devanture, où se trouvait le tableau sensationnel. Assez longtemps, il regarda par-dessus l'épaule des gens pressés devant lui, puis il parvint à se faufiler au premier rang, tout contre la vitrine.

La grande photographie rouge-brun encadrée de vieil or avec un goût exquis, trônait sur un chevalet, au milieu de l'étalage. C'était une Madone, une œuvre d'un sentiment absolument moderne et affranchi de toute convention. La silhouette de la sainte Génitrice était d'une troublante féminité, belle et sans voile. Un cerne sombre soulignait ses grands yeux lourds et ses lèvres délicates au sourire étrange s'entrouvraient à demi. Ses doigts minces un peu nerveux et crispés entouraient les flancs de l'enfant, un petit garçon nu d'une minceur distinguée et presque primitive qui jouait avec le sein de sa mère tout en fixant sur le spectateur un regard de biais, avisé.

Deux jeunes gens, debout auprès de Hieronymus, commentaient le tableau, deux jeunes gens avec des livres sous le bras qu'ils étaient allés quérir ou devaient rapporter à la Bibliothèque municipale, des garçons de formation humaniste, connaisseurs en art et en science.

— Le petit n'est pas à plaindre, le diable m'emporte! dit l'un.

— Et il a visiblement l'intention de nous rendre envieux, répliqua l'autre. Une femme dangereuse!

— Une femme à vous rendre fou! On en vient à concevoir des doutes sur le dogme de l'Immaculée Conception.

— Oui, oui, elle ne vous donne pas l'impresssion d'être tout à fait immaculée. As-tu vu l'original?

— Bien entendu. J'en ai été très ému. En couleurs, l'effet est encore plus aphrodisiaque, surtout les yeux.

— Au fond, la ressemblance et frappante.

— Comment?

— Tu ne connais pas le modèle? Il s'est servi de sa petite modiste. C'est presque un portrait mais fortement stylisé et haussé jusqu'au plan de la corruption. La petite est plus inoffensive.

— Je l'espère! La vie serait un trop rude effort, s'il y en avait beaucoup comme cette *mater amata*.

— Il a été acheté par la Pinacothèque.

— Vraiment? Tiens, tiens! Du reste, elle savait ce qu'elle faisait. Le traitement de la chair et la coulée de la ligne du vêtement sont vraiment remarquables.

— Oui, un type incroyablement doué!

— Tu le connais?

— Un peu. Il fera carrière, c'est certain. Il a déjà été invité deux fois à dîner chez le Régent.

Ils prononcèrent ces derniers mots tout en prenant congé l'un de l'autre.

— On te verra ce soir au théâtre? demanda l'un. L'Association dramatique doit nous régaler de *La Mandragore*, de Machiavel.

— Oh, bravo. On peut s'en promettre du plaisir. Je me proposais d'aller aux Variétés artistiques, mais il est probable que je donnerai finalement la préférence au brave Nicolo. Au revoir.

Ils se séparèrent et s'en furent, l'un à droite, l'autre à gauche. De nouveaux badauds se poussèrent à leur place pour contempler le tableau sensationnel, mais Hieronymus restait immobile, sans broncher. Il avait allongé la tête en avant et l'on voyait la crispation de ses poings serrés, qui de l'intérieur retenaient sur sa poitrine les plis de son manteau. Ses sourcils ne se haussaient plus avec cette expression froide et un peu haineusement étonnée, ils s'étaient abaissés et farouchement froncés. Ses joues à moitié recouvertes du capuchon noir semblaient plus profondément creusées qu'auparavant, et ses lèvres épaisses étaient blêmes. Lentement sa tête s'inclina de plus en plus, de sorte qu'à la fin son regard se riva de haut en bas sur l'œuvre d'art. Les narines de son grand nez palpitaient.

Il resta dans cette attitude, environ une demi-heure. Les gens autour de lui se dispersèrent, mais il ne bougeait point. Enfin, il tourna lentement, lentement, les talons et s'en fut.

Mais, il emportait l'image de la Madone. Qu'il fût dans sa petite chambre étroite et dure ou agenouillé dans la fraîcheur des églises, partout elle se dressait devant son âme indignée avec ses yeux chargés de langueur et cernés, ses lèvres au sourire énigmatique, belle et sans voiles. Et nulle prière ne parvenait à chasser cette vision.

Or, la troisième nuit, il advint qu'un ordre, un appel d'en haut, parvint à Hieronymus, lui enjoignant d'intervenir et d'élever la voix contre une impiété frivole et une arrogance blasphématoire. En vain chercha-t-il, tel Moïse, à plaider sa cause, de sa langue frappée de stupeur. La volonté du Seigneur restait formelle et exigeait bien haut de sa timidité cette marche au sacrifice parmi des ennemis ricanants.

Lors donc, il se leva et au matin s'en fut, et parce que Dieu le voulait, il se rendit au magasin d'art, le vaste magasin de beautés de M. Blüthenzweig. Il portait son capuchon rabattu sur la tête et des deux mains retenait son manteau à l'intérieur, tout en cheminant.

Le temps était devenu lourd, le ciel blafard, un orage grondait dans l'air. De nouveau, une nombreuse affluence assiégeait les devantures du magasin d'art, en particulier celle où se trouvait l'effigie de la Madone. Hieronymus n'y jeta qu'un bref regard; puis, il appuya sur le bec-de-cane de la porte vitrée, tapissée d'affiches et de revues d'art. « Dieu le veut! » dit-il et il entra.

Une jeune fille qui était en train d'écrire dans un grand registre, à un pupitre, une jolie brunette aux cheveux en bandeaux et aux pieds trop grands s'avança vers lui et demanda aimablement ce qu'il y avait pour son service.

— Je vous remercie, dit à voix basse Hieronymus, et il plongea dans ses yeux un regard grave, le front barré de rides obliques. Ce n'est pas à vous que je désire parler mais au propriétaire de la maison de commerce, M. Blüthenzweig.

Avec un peu d'hésitation, elle se retira et retourna à son travail. Hieronymus se tenait debout au milieu du magasin.

Tout ce qui dehors était exposé à un seul exemplaire, se retrouvait ici multiplié par vingt, amoncelé en tas et généreusement étalé; une débauche de couleurs, de lignes et de formes, de style, d'esprit, de goût et de beauté. Hieronymus regarda lentement des deux côtés puis ramena plus étroitement autour de lui les plis de son manteau noir.

Plusieurs personnes étaient présentes dans le magasin. Assis à l'une des larges tables qui barraient transversalement la pièce, un monsieur en costume jaune, à la barbiche de chèvre noire, se penchait sur un album de dessins français, et laissait parfois entendre un rire bêlant. Un jeune homme à l'aspect de végétarien mal payé le servait et lui apportait au fur et à mesure de nouveaux cartables. Vis-à-vis du monsieur bêlant, un peu de biais, une dame âgée, distinguée, examinait des broderies d'art modernes, de grandes fleurs fabuleuses aux tons pâles, allongées perpendiculairement côte à côte, sur leurs longues tiges raides. Autour d'elle aussi, un commis du magasin s'empressait. Sur une seconde table était négligemment juché— la casquette de voyage sur la tête et la pipe de bois à la bouche — un Anglais rasé de près, froid et d'âge indéterminé, vêtu d'un costume à toute épreuve. Il faisait son choix parmi les bronzes que lui présentait M. Blüthenzweig en personne. Il tenait par la tête une gracieuse statuette de petite fille nue, point formée, de membrure délicate, qui croisait ses mains menues sur sa gorge en un geste de coquette pudeur, et il l'examinait avec attention en la faisant lentement pivoter.

M. Blüthenzweig, un homme à la barbe pleine, courte et brune et aux yeux luisants de la même couleur, s'agitait autour de lui en se frottant les mains et vantait la petite fille avec tous les vocables dont il pouvait disposer.

— Cent cinquante marks, *sir*, disait-il, en anglais. Art munichois, *sir*. Très charmant en vérité. Plein d'attrait, vous savez. C'est la grâce même, *sir*. Vraiment extrêmement joli, mignon et digne d'admiration. Sur quoi une autre formule lui vint encore à l'esprit et il dit : « Extrêmement captivante et séduisante. »

Puis il reprit du commencement.

Son nez un peu plat rejoignait sa lèvre supérieure, en sorte qu'il reniflait constamment sa moustache avec un léger feulement; ce faisant, il s'approchait parfois de l'acheteur en courbant le dos, comme s'il le flairait. Quand

Hieronymus entra, M. Blüthenzweig l'examina rapidement de cette même façon mais tout aussitôt se consacra de nouveau à l'Anglais.

La dame distinguée avait fait son choix et quitta le magasin. Un nouveau client entra. M. Blüthenzweig le flaira un instant comme s'il voulait ainsi s'informer du degré de ses capacités d'acheteur et abandonna à la jeune comptable le soin de le servir. Le monsieur n'acheta qu'un buste en faïence de Pierre de Médicis, fils du Magnifique, et s'éloigna. L'Anglais aussi se préparait à partir. Il s'était offert la petite fille et s'en alla parmi les courbettes de M. Blüthenzweig. Le marchand d'objets d'art se tourna vers Hieronymus et se planta devant lui.

— Vous désirez ? demanda-t-il assez cavalièrement.

Hieronymus retint plus étroitement, des deux mains, l'intérieur de son manteau et regarda M. Blüthenzweig en plein visage, presque sans ciller. Il desserra lentement ses lèvres épaisses et dit :

— Je viens à cause du tableau dans cette devanture, là-bas, la grande photographie de la Madone.

Il parlait d'une voix sourde et sans inflexions.

— Oui, très bien, parfaitement, dit avec vivacité M. Blüthenzweig, et il se mit à se frotter les paumes. Soixante-dix marks, tout encadré, monsieur. Inaltérable, une reproduction de premier ordre. Extrêmement attrayante et captivante.

Hieronymus se taisait. Il baissa sa tête encapuchonnée et se tassa un peu sur lui-même, tandis que le débitant d'art parlait. Enfin, il se redressa et dit :

— Je vous informe d'avance que je ne suis pas en mesure, ni d'ailleurs en humeur, de rien acheter. Je regrette de décevoir votre attente. Je vous plains, si cela vous chagrine ; mais d'abord je suis pauvre et, ensuite, je n'aime pas les choses que vous vendez. Non, je ne peux rien acheter.

— Non ?... Soit, non, dit M. Blüthenzweig, et il renifla fortement. Mais alors, m'est-il permis de demander ?...

— Tel que je crois vous connaître, continua Hieronymus, vous me méprisez parce que je ne suis pas en mesure de vous acheter quelque chose.

— Hum! dit M. Blüthenzweig. Mais non, voyons! Seulement...

— Pourtant, je vous demande de me prêter l'oreille et d'attacher du poids à mes paroles.

— D'attacher du poids. Hum! Puis-je vous demander...

— Vous pouvez, dit Hieronymus, et je vais vous répondre. Je suis venu vous prier de retirer immédiatement de votre vitrine ce tableau, la grande photographie, la Madone, et de ne jamais plus l'exposer.

M. Blüthenzweig frappé de mutisme dévisagea un moment Hieronymus avec une expression qui semblait l'inviter à manifester quelque embarras de ses propos inouïs; mais comme rien de tel ne se produisit, il renifla violemment et finit par articuler :

— Voulez-vous avoir la bonté de me dire si vous êtes revêtu de quelque qualité officielle vous autorisant à me donner des ordres, ou ce qui vous amène ici?...

— Oh non, répliqua Hieronymus, je n'ai ni mandat ni dignité officielle. La puissance n'est pas de mon côté, monsieur. C'est simplement ma conscience qui m'amène.

M. Blüthenzweig, en quête de mots, agita de-ci de-là sa tête, souffla violemment par le nez dans sa moustache et lutta pour recouvrer l'usage de la parole. Enfin, il dit :

— Votre conscience... Eh bien... voulez-vous avoir l'obligeance... de noter... que votre conscience... est pour nous... une chose tout à fait négligeable!

Sur quoi, il se détourna, gagna d'un pas rapide son bureau au fond du magasin et se mit à écrire. Les deux commis riaient de bon cœur. La jolie demoiselle aussi pouffait sur son livre de comptes. Quant au monsieur en jaune à barbiche de chèvre noire, il apparut que c'était un étranger, car de toute évidence il ne comprit goutte à l'entretien et continua de s'occuper des dessins français, tout en laissant entendre de temps en temps son rire bêlant.

— Voulez-vous liquider ce monsieur? dit M. Blüthenzweig par-dessus l'épaule, à son assistant, puis il se remit à écrire. Le jeune homme à l'air mal payé et végétarien s'avança vers Hieronymus en s'efforçant de refréner son hilarité et l'autre vendeur s'approcha également.

— Pouvons-nous vous servir de quelque autre façon? demanda doucement le mal payé.

Hieronymus fixa sur lui sans broncher son regard douloureux, obtus et pourtant perçant.

— Non, fit-il, vous ne pouvez rien d'autre pour moi. Je vous prie de retirer immédiatement de cette vitrine l'image de la Madone, et pour toujours.

— Oh... Et pourquoi donc?

— C'est la sainte Mère de Dieu! dit Hieronymus d'une voix sourde.

— Bien sûr... mais vous venez d'entendre que M. Blüthenzweig n'est pas disposé à exaucer votre souhait.

— Il faut songer que c'est la sainte Mère de Dieu, dit Hieronymus, et sa tête trembla.

— Il est vrai. Et après? N'a-t-on pas le droit d'exposer des madones? N'a-t-on pas le droit d'en peindre?

— Pas ainsi! Pas ainsi! dit Hieronymus presque dans un murmure. Il se dressa de toute sa hauteur et branla plusieurs fois du chef avec violence. Sous le capuchon, des rides obliques, longues et profondes, sillonnaient son front à arêtes. « Vous savez très bien que c'est le vice même qu'un être humain a peint là, la volupté dénudée! J'ai entendu de mes oreilles deux personnes imples et ignorantes qui contemplaient cette effigie de la Madone, dire qu'elle les faisait douter du dogme de l'Immaculée Conception...

— Oh, permettez, il ne s'agit pas de cela, dit le jeune vendeur en souriant d'un air supérieur. » A ses heures de loisir, il écrivait une brochure sur le mouvement artistique moderne et était fort en mesure de soutenir une conversation d'ordre relevé. « Ce tableau est une œuvre d'art, poursuivit-il, et il faut lui appliquer la toise qui lui convient. Il a remporté partout le plus grand succès. L'État l'a acheté.

— Je sais que l'État l'a acheté, dit Hieronymus. Je sais aussi que le peintre a dîné deux fois chez le Régent. Le peuple en parle et Dieu sait comment on interprète le fait que quelqu'un soit comblé d'honneurs pour avoir peint une œuvre semblable! Et qu'est-ce que cela prouve? Cela prouve l'aveuglement du monde, un aveuglement qui serait inexplicable s'il ne reposait sur une hypocrisie éhontée! Ce tableau est l'œuvre de la volupté charnelle et procure une jouissance de volupté charnelle, est-ce vrai ou non? Répondez, répondez, vous aussi, monsieur Blüthenzweig! »

Il y eut un silence. Hieronymus semblait très sérieusement réclamer une réponse et ses yeux bruns au regard douloureux et perçant se posaient tour à tour sur les deux vendeurs qui le dévisageaient, curieux et ébahis, et sur le dos arrondi de M. Blüthenzweig. Seul le monsieur en jaune à la barbiche de chèvre noire, penché sur les dessins français, laissait entendre son rire bêlant.

— C'est la vérité! continua Hieronymus et dans sa voix étouffée vibrait une indignation profonde. Vous n'osez pas le nier! Mais comment est-il possible de célébrer sérieusement celui qui a fabriqué ce tableau, comme s'il avait augmenté le patrimoine des biens idéaux de l'humanité? Comment est-il possible de se mettre en face de ce tableau et de s'abandonner inconsidérément à l'infâme jouissance qu'il procure, et d'apaiser notre conscience avec le mot de beauté, oui, de nous persuader sérieusement que ce faisant nous nous abandonnons à un état noble, choisi et parfaitement digne de l'homme? Est-ce ignorance scélérate ou infâme hypocrisie? Ma raison bute ici, elle bute devant le fait absurde que sur terre un homme puisse atteindre au comble de la gloire grâce au stupide et impudent développement de ses instincts de bête! La beauté? Qu'est-ce que la beauté? En quoi la beauté se manifeste-t-elle et sur quoi agit-elle? Il est impossible de ne pas le savoir, monsieur Blüthenzweig! Mais peut-on dévoiler un scandale comme celui-là sans se sentir plein de dégoût et d'affliction devant lui? Il est criminel de confirmer, de fortifier l'ignorance des enfants impudiques et des effrontés insouciants, en portant aux nues et en adorant coupablement la beauté, et de lui conférer la puissance, car ils sont loin de la douleur et plus encore de la rédemption! « Tu vois les choses en noir, me répondrez-vous, inconnu que tu es! » La connaissance, vous dis-je, est le plus grand tourment du monde, mais elle est la flamme du Purgatoire, nulle âme humaine n'atteint au salut sans avoir passé par ses souffrances purificatrices! Ce n'est pas un insolent esprit puéril ni une naïveté perverse qui peuvent faire du bien, monsieur Blüthenzweig, mais cette connaissance dans laquelle les passions de notre chair hideuse s'abolissent et s'éteignent!

Un silence. Le monsieur en jaune à la barbiche de chèvre noire émit un bref bêlement.

— A présent vous devriez partir, dit le mal payé avec douceur.

Mais Hieronymus ne fit nullement mine de s'en aller. Drapé dans son manteau à capuchon, les yeux ardents, il se dressait au milieu du magasin d'art et ses lèvres épaisses formaient, avec un bruit dur, un bruit de ferraille rouillée, eût-on dit, intarissablement, des paroles d'anathème :

— L'art, criaient-elles, la jouissance! La beauté! Enveloppez de beauté le monde et conférez à chaque objet la noblesse du style! Croit-on, par des couleurs éclatantes, recouvrir d'un badigeon la misère du monde? Croit-on, par le tapage de fête d'un bon goût lascif, couvrir le gémissement de la terre suppliciée? Vous vous trompez, impudents! Dieu ne permet point qu'on le moque et votre insolent culte idolâtre des apparences séduisantes est une abomination à ses yeux! Tu insultes l'art, me répondrez-vous, inconnu que tu es! Vous mentez, vous dis-je, je n'insulte pas l'art! L'art n'est pas un leurre inconscient qui vous captive pour fortifier et confirmer la vie de la chair! L'art est le flambeau sacré qui doit éclairer miséricordieusement les profondeurs terribles de l'être, ses abîmes de honte et de souffrance! L'art est le feu divin, mis au monde pour l'embraser et l'anéantir avec toute sa honte et son martyre, dans une pitié rédemptrice! Retirez, monsieur Blüthenzweig, retirez de votre vitrine l'œuvre du peintre célèbre, là, oui, vous feriez bien de la jeter au feu et de semer ses cendres au vent, aux quatre vents!...

Sa voix au timbre sans beauté se brisa. Il s'était violemment reculé d'un pas, un de ses bras jailli de l'enveloppe du manteau noir se tendait dans un mouvement passionné et sa main étrangement crispée, secouée de soubresauts spasmodiques, désignait la vitrine, la devanture, l'endroit où se trouvait l'image sensationnelle de la Madone. Il demeura figé dans cette attitude dominatrice. Son grand nez en bec de corbin semblait saillir avec une expression impérieuse, ses sourcils sombres, fortement épaissis à la racine du nez, étaient haussés si haut que de larges rides obliques sillonnaient entièrement son front à arêtes ombragé par le capuchon, et dans la cavité de ses joues une chaleur fébrile s'était allumée.

Mais ici M. Blüthenzweig se retourna. Soit que la sommation de brûler cette reproduction de soixante-dix marks provoquât sincèrement son ire, soit que les discours de Hieronymus eussent lassé sa patience, toujours est-il qu'il offrait l'image d'un courroux légitime et virulent. De sa plume, il montra la porte du magasin, il souffla du nez dans sa moustache, plusieurs fois, brièvement, lutta pour recouvrer l'usage de la parole et dit enfin d'un ton énergique :

— Mon maître, si vous ne déguerpissez pas immédiatement, je charge mon emballeur de vous faciliter la sortie, vous me comprenez?

— Oh, vous ne m'intimiderez pas, vous ne me chasserez pas, vous ne réduirez pas ma voix au silence! s'écria Hieronymus en labourant du poing son capuchon roulé en boule sur sa poitrine et en agitant la tête avec intrépidité. Je sais que je suis isolé et impuissant, mais je ne me tairai point avant que vous ne m'entendiez, monsieur Blüthenzweig! Retirez de votre devanture le tableau et brûlez-le aujourd'hui même! Ah, ne brûlez pas cela seulement! Brûlez aussi toutes ces statuettes et ces bustes dont la vue précipite les gens au péché, ces scandaleuses résurrections du paganisme, ces vers d'amour somptueusement reliés! Brûlez tout ce que contient votre boutique, monsieur Blüthenzweig; car c'est une ordure aux yeux de Dieu! Brûlez, brûlez, brûlez-le!... hurla-t-il hors de lui avec un grand geste frénétique circulaire. La moisson est mûre pour la faux... L'impudence de cette époque a rompu toutes les digues... mais moi, je vous le dis...

— Krauthüber! (M. Blüthenzweig, tourné vers une porte de l'arrière-fond, exhala avec effort sa voix.) Venez ici tout de suite!

Ce qui parut sur les lieux à la suite de cette injonction fut une masse puissante, une vision monstrueuse et débordante de chair, d'une terrifiante ampleur, dont les membres gonflés, renflés, capitonnés, jaillissaient de partout, s'imbriquaient en un conglomérat informe, un géant démesuré, nourri de malt, qui se déroula pesamment, lentement au-dessus du sol et haleta avec bruit, un fils du peuple d'une effrayante vigueur. Tout en haut, sur son visage, on distinguait une barbe en frange de loup de mer. Un imposant tablier de cuir, souillé de colle d'amidon, recouvrait son corps, et les manches jaunes de sa chemise étaient retroussées sur ses bras fabuleux.

— Voulez-vous ouvrir la porte à Monsieur, Krauthüber ? dit M. Blüthenzweig, et s'il ne la trouve pas, l'aider à s'acheminer vers la rue ?

— Ha ? fit l'homme en considérant tour à tour Hieronymus et son patron courroucé, de ses petits yeux d'éléphant. Ce fut l'accent sourd d'une force péniblement refoulée. D'un pas qui ébranlait tout autour de lui, il alla vers la porte et l'ouvrit.

Hieronymus était devenu très pâle. « Brûlez... » voulut-il dire, mais déjà il se sentait retourné par une force terrible, souveraine, et le poids d'un corps contre lequel aucune résistance n'était imaginable le poussait lentement et sans arrêt vers la sortie.

— Je suis faible... balbutia-t-il. Ma chair ne supporte pas la violence... Elle ne résiste pas, non... mais qu'est-ce que cela prouve?... Brûlez...

Il se tut. Déjà il se trouvait hors du magasin d'objets d'art. L'acolyte de M. Blüthenzweig l'avait enfin lâché avec un petit coup, une petite propulsion, et il s'était affaissé de guingois sur la marche de pierre, appuyé sur une main. Derrière lui, le battant vitré se referma en tintant.

Il se releva. Il se mit debout et respirant avec peine, retint du poing son capuchon roulé en boule sur sa poitrine, cependant que son autre main pendait sous son manteau. La cavité de ses joues se teignait d'une pâleur grisâtre. Les narines de son grand nez en bec de corbin se dilataient et se refermaient en frémissant. Ses lèvres laides, crispées, exprimaient une haine désespérée et ses yeux injectés de sang erraient, fous et extatiques, sur la belle place.

Il ne s'aperçut point des regards curieux et rieurs posés sur lui. Il voyait sur la surface mosaïquée, devant la grande loggia, les frivolités de ce monde, les travestis de la fête des artistes, les ornements, vases, parures et objets de style, les statues nues et les bustes de femmes, les résurrections picturales du paganisme, les portraits de célèbres beautés exécutés de main de maître, les vers d'amour somptueusement reliés et les écrits publicitaires sur l'art, amoncelés en pyramide, et consumés en flammes crépitantes parmi les cris de joie du peuple flagellé par ses paroles terribles. Il voyait, contre le mur de nuages jaunâtres qui s'était élevé de la Theaterstrasse et où grondait sourdement le tonnerre, un large glaive de feu allongé dans une lumière de soufre, au-dessus de la ville allègre.

Gladius Dei super terram, chuchotèrent ses lèvres épaisses et se dressant plus haut dans son manteau à capuce, brandissant spasmodiquement à la dérobée son poing pendant, il murmura en tremblant : *Cito et velociter!...*

LES AFFAMÉS

A un moment, Detlev éprouva si violemment l'impression d'être de trop, qu'il se laissa entraîner comme malgré lui par la foule en fête et, sans prendre congé, disparut du champ de vision de ces deux-là.

Il s'abandonna au courant qui l'emporta le long d'un des murs latéraux de la somptueuse salle de théâtre, et ce ne fut pas avant de se savoir très loin de Lili et du petit peintre qu'il s'arrêta et reprit pied, près de la rampe. Il s'appuya contre l'encorbellement d'une avant-scène surchargée de dorures, entre un atlante barbu, baroque, qui ployait la nuque sous son fardeau, et sa contrepartie féminine, une cariatide qui pointait vers la salle ses seins gonflés. Tant bien que mal, il s'appliqua à observer nonchalamment les spectateurs, en s'aidant parfois de ses jumelles, et son regard glissant à la ronde n'évitait, dans le cercle lumineux, qu'un point unique.

La fête battait son plein. Au fond des loges ventrues on soupait et on buvait, à des tables dressées; contre les rebords, des messieurs en habit noir ou de couleur, la boutonnière fleurie d'un énorme chrysanthème, se penchaient sur les épaules poudrées de dames aux falbalas fantastiques et aux coiffures extravagantes, et tout en bavardant leur désignaient la cohue bariolée en contrebas, qui se disloquait par groupes, s'écoulait en torrent, stagnait, se rassemblait parfois en tourbillons, et de nouveau s'éclairait dans un rapide jeu de couleurs.

Les robes des femmes ondoyaient; leurs chapeaux noués sous le menton par des nœuds ridicules pareils à des gabares, elles s'appuyaient sur de hautes cannes, et braquaient devant leurs yeux des lorgnettes à long manche. Les épaules rembourrées des messieurs atteignaient presque à la hauteur de leur haut de forme gris. Des plaisanteries volaient d'en bas vers les galeries, on levait des verres de bière et de champagne en guise de salut. On se bousculait, la nuque renversée vers la scène où se déroulait quelque numéro excentrique, bariolé et strident. Puis, quand le rideau se referma en bruissant parmi les rires et les applaudissements, tout le monde reflua en arrière. L'orchestre se déchaîna. Il y eut un pêle-mêle de gens évoluant au gré de leur fantaisie. La lumière dorée qui inondait la salle de parade, bien plus crue que la lumière du jour, avivait l'éclat des regards et les spectateurs respiraient à traits accélérés, avec une vague convoitise, l'exhalaison chaude et excitante des fleurs, du vin, des victuailles, de la poussière, de la poudre, des parfums et des corps en sueur.

L'orchestre s'interrompit. Bras dessus, bras dessous, on s'arrêta et les regards rieurs se tournèrent vers la scène où un nouveau numéro commençait parmi des glapissements et des soupirs. Sur des clarinettes et des instruments à cordes nasillards, quatre ou cinq personnages costumés en paysans parodièrent la houle chromatique de la musique de *Tristan.*

Detlev ferma un instant ses paupières brûlantes. Il était ainsi fait que, même à travers leur déformation voulue, il percevait le douloureux et nostalgique désir d'union qu'exprimaient ces accents et soudain monta de nouveau en lui la suffocante mélancolie du solitaire éperdu de désir et d'amour pour une enfant lumineuse et banale...

Lili... Du fond de son imploration et de sa tendresse, il formula ce nom et il ne put se retenir plus longtemps de glisser un regard furtif vers ce point lointain, là-bas. Oui, elle était encore là, elle était encore là, au fond de la salle, à l'endroit même où il l'avait laissée, et parfois, lorsque la cohue se scindait, il la voyait tout entière, dans sa robe d'une blancheur lactée, lamée d'argent, sa tête blonde un peu inclinée de biais et les mains au dos, appuyée au mur. Elle causait avec le petit peintre, le regardait dans les yeux, le regardait malicieusement, fixement, dans ses yeux aussi bleus, aussi libres et insouciants que les siens.

De quoi parlaient-ils, de quoi pouvaient-ils bien parler encore? Ah, ce bavardage qui coulait, aisé et sans effort, jailli de l'inépuisable source de l'insignifiance, de la simplicité ingénue, de l'innocence et de la gaîté, auquel il n'était pas capable de prendre part, lui, qu'avait rendu grave une vie chargée de rêves divers, de connaissance, des points de vue paralysants et des affres de la création! Il s'était éloigné, il s'était esquivé dans un accès de dépit, de désespoir et de générosité, il avait laissé ces deux-là seuls, puis une fois loin, la gorge nouée par la jalousie, il devinait le sourire de soulagement par quoi tous deux, d'un commun accord, s'étaient vus débarrassés de son accablante présence.

Pourquoi être venu, oh, pourquoi être venu aujourd'hui encore? Qu'est-ce qui le poussait, pour son tourment, à se mêler à la foule insouciante qui l'entourait et l'excitait sans jamais l'accueillir réellement? Il le connaissait bien, ce besoin! « Nous, les solitaires, avait-il écrit quelque part en une heure d'aveu silencieux, nous les rêveurs isolés, les déshérités de la vie, qui passons nos jours méditatifs à l'écart et en marge... nous qui dégageons autour de nous comme un souffle froid d'infranchissable distance, dès que nous laissons voir, parmi les êtres vivants, nos fronts marqués du signe de la connaissance et du découragement... nous, pauvres fantômes de la vie, à qui l'on témoigne un respect timide quand on les rencontre, et que l'on abandonne aussi vite que possible pour que leur regard cave et chargé de connaissance ne trouble pas plus longtemps la gaieté... nous tous, nous avons la nostalgie secrètement dévorante de ce qui est inoffensif, simple et vivant, nous aspirons à un peu d'amitié, d'abandon, de confiance et de bonheur humain. Pour nous, qui sommes hors de la norme, la vie dont nous sommes exclus ne s'offre pas comme une vision de grandeur sanglante et de sauvage beauté; la norme, la bienséance et l'amabilité, voilà les objets de notre nostalgie, la vie dans sa séduisante banalité... »

Il jeta un coup d'œil vers le couple qui causait tandis qu'à travers la salle un rire bon enfant interrompait le jeu des clarinettes qui parodiait le lourd et doux mélo amoureux en le ravalant au niveau d'une sentimentalité glapissante.

« C'est vous, se dit-il. Vous êtes la vie brûlante, suave, insensée, telle qu'elle s'oppose à l'esprit en une perpétuelle antinomie. Ne croyez pas qu'il vous méprise! Ne croyez pas à une seule de ses mines dédaigneuses! Nous glissons dans votre sillage, kobolds des profondeurs, monstres que la connaissance a frappés de mutisme, nous nous tenons à distance mais dans nos yeux brille le désir avide et méditatif d'être semblables à vous! Mon orgueil se cabre-t-il? Voudrait-il nier que nous sommes des solitaires? Se vante-t-il que l'œuvre créée par l'esprit assure à l'amour une union plus haute avec les vivants, en tous lieux et en tous temps? Hélas, avec qui? avec qui? Toujours avec nos seuls pareils, avec les souffrants, les nostalgiques et les pauvres, jamais avec vous, créatures aux yeux bleus qui n'avez que faire de l'esprit! »

A présent, on dansait. Sur la scène, les numéros avaient pris fin. L'orchestre tonitruait et chantait. Sur le parquet lisse, les couples tourbillonnaient et ondoyaient. Et Lili dansait avec le petit peintre. Avec quelle grâce sa tête exquise et menue émergeait du calice de son col raide, brodé d'argent. En un glissement et un tournoiement souple et nonchalant, ils évoluaient à la ronde dans l'espace étroit, le visage de l'homme tourné vers celui de la jeune fille, et souriants, abandonnés sans réserve à la douce banalité du rythme, ils continuaient à bavarder.

Au fond de lui, le solitaire sentit brusquement comme des mains qui le saisissaient et le pétrissaient. « Vous êtes quand même à moi, pensa-t-il, et je vous domine. Est-ce que je ne perce pas à jour, en souriant, vos âmes simples?

Est-ce que je ne remarque pas et ne fixe pas, avec une tendresse ironique, les mouvements naïfs de vos corps? Est-ce qu'à la vue de votre inconscient manège, les forces du verbe et de l'ironie ne se bandent pas en moi, au point que mon cœur bat de désir et d'un voluptueux sentiment de puissance, car je sais que je puis vous remodeler en me jouant et, à la lumière de mon art, livrer à l'émotion du monde votre bonheur niais? »

Puis le sursaut de défi qui l'avait si obstinément dressé s'affaissa, épuisé et nostalgique. Ah, une fois, une seule nuit comme celle-ci, ne plus être un artiste mais un homme! Une fois, échapper à la malédiction qui disait, inexorable : « Il ne t'est pas permis d'être, tu dois observer, il ne t'est pas permis de vivre, tu dois créer, il ne t'est pas permis d'aimer, il te faut connaître! » Une seule fois, vivre, aimer et admirer, avec franchise et simplicité! Une seule fois, être parmi vous, être en vous, ô vivants! Une seule fois, vous aspirer à longs traits ravis, ô extases de la banalité!

Il frémit et se détourna. Il avait l'impression que tous ces jolis visages échauffés, s'ils s'apercevaient de sa présence, exprimeraient la répulsion et l'étonnement. Son envie de vider les lieux, de chercher le silence et l'obscurité devint tout à coup si forte qu'il n'y résista pas. Oui, partir, s'en aller tout à fait, sans prendre congé, comme il avait tout à l'heure quitté le voisinage de Lili; et chez soi, poser sur un coussin frais sa tête brûlante, ivre de douleur. Il se dirigea vers la sortie.

S'en apercevraient-ils seulement? Il le connaissait si bien, ce départ, cette évasion silencieuse, fière et désespérée, hors d'une salle, d'un jardin, de quelque lieu d'allègre réunion, avec le secret espoir de susciter chez l'être de clarté que l'on rêvait de rejoindre un bref instant d'assombrissement, de réflexion émue, de compassion. Il s'arrêta, lança encore un coup d'œil vers l'autre bout de la salle. Une imploration monta en lui. Rester là, tenir bon, s'attarder auprès d'elle, fût-ce de loin et attendre quelque bonheur imprévu? En vain. Aucune approche n'était possible, aucune entente, aucun espoir. « Va, va dans les ténèbres, tiens ta tête dans tes mains et pleure si tu le peux, s'il y a encore des larmes dans ton univers de pétrification, de vide, de glace, d'esprit et d'art! »

Il quitta la salle.

Une douleur aiguë, lancinante, lui broyait la poitrine, en même temps qu'une attente insensée, absurde. Il fallait qu'elle le vît, il fallait qu'elle comprît, il fallait qu'elle vînt, qu'elle le suivît — fût-ce par pitié — qu'elle le retînt à mi-chemin et lui dît : « Reste, sois heureux, je t'aime! » Et il marchait à pas très lents, bien qu'il sût, qu'il sût jusqu'à en rire, qu'elle ne viendrait aucunement, la petite Lili occupée à danser et à papoter.

Il était deux heures du matin. Dans les couloirs déserts et derrière les longues tables des vestiaires, les ouvreuses somnolentes dodelinaient du chef. Pas une âme, sauf lui, ne songeait encore à rentrer. Il s'enveloppa dans son manteau, prit sa canne et son chapeau et quitta le théâtre.

Sur la place, dans le brouillard de la nuit d'hiver troué de lueurs blanchâtres, des fiacres s'alignaient en longue file. La tête pendante, des couvertures sur le dos, les chevaux stationnaient devant les voitures, cependant que les cochers emmitouflés battaient la semelle sur la neige durcie. Detlev fit signe à l'un d'eux, et tandis que l'homme apprêtait sa bête, il resta immobile à la sortie du vestibule éclairé et laissa l'air froid et âpre se jouer sur ses tempes palpitantes.

L'arrière-goût fade du vin mousseux lui donna envie de fumer. Machinalement il tira une cigarette, craqua une allumette, l'alluma. Et soudain, à l'instant où la petite flamme s'éteignait, un incident se produisit qu'au début il ne comprit pas et qui le laissa désemparé, épouvanté, les bras ballants, sans qu'il pût se ressaisir ni l'oublier...

A mesure que ses nerfs optiques surmontaient l'éblouissement causé par la brève flamme, de l'obscurité surgit un visage ravagé, émacié, à barbe rousse, dont les yeux enflammés et lamentablement cernés se fixaient sur les siens avec une expression d'ironie farouche et une sorte d'inquisition avide. A deux ou trois pas de lui seulement, les poings enfouis dans les poches profondes de son pantalon, le col de sa jaquette en haillons relevé, l'homme à qui appartenait cette face douloureuse s'appuyait à l'un des réverbères qui flanquaient l'entrée du théâtre.

Ses yeux glissèrent sur toute la silhouette de Detlev, depuis la pelisse barrée par les jumelles en bandoulière, jusqu'aux escarpins vernis, pour scruter ensuite ses prunelles avec cette même interrogation sensuelle et avide. Une seule fois, brièvement, dédaigneusement, l'homme souffla de l'air par le nez, puis un frisson de froid secoua son corps, ses joues flasques semblèrent se creuser encore davantage, ses paupières se fermèrent en tremblant et les commissures de ses lèvres s'arquèrent vers le bas, dans une crispation à la fois haineuse, ironique et chagrine.

Detlev resta pétrifié. Il s'efforçait de comprendre. Soudain, il se rappela quelle apparence de jouisseur, d'oisif habitué à ses aises il avait dû présenter, lui, le participant à la fête, lorsqu'il avait quitté le vestibule, hélé un cocher, tiré une cigarette de son étui d'argent. Involontairement, il leva la main, comme pour se frapper la tête, fit un pas vers l'homme, prit une inspiration, pour parler, pour expliquer... Mais malgré tout il monta sans mot dire dans la voiture prête à s'ébranler, en oubliant presque de donner l'adresse au cocher, — désemparé, hors de lui, à cause de l'impossibilité de faire naître ici la clarté.

Quelle erreur, mon Dieu, quel effroyable malentendu! Ce frustré, cet exclu l'avait considéré avec amertume et convoitise, avec ce violent mépris fait d'envie et de nostalgie; mais n'avait-il pas lui-même mis quelque ostentation à s'afficher, cet affamé? Son grelottement, sa grimace chagrine et ironiquement haineuse, ne traduisaient-ils pas le désir de faire impression, de lui procurer, à lui, l'insolent heureux, un instant d'assombrissement, de réflexion songeuse, de compassion? « Tu te trompes, mon ami, tu rates ton effet! Ton image lamentable n'est pas pour moi l'effrayant et humiliant rappel d'un monde étranger et terrible. *Car nous sommes frères!*

« Ton mal, mon camarade, tu l'éprouves là, au haut de ta poitrine, et il te brûle, n'est-ce pas? Comme je connais bien cela! Mais pourquoi es-tu venu quand même? Pourquoi n'es-tu pas resté, fier et obstiné, dans l'ombre, pourquoi te postes-tu sous des fenêtres illuminées derrière lesquelles il y a de la musique et le rire de la vie? Crois-tu que je ne connais pas, moi aussi, le besoin morbide qui t'a poussé là, ce besoin de repaître sa misère, que l'on peut aussi bien qualifier d'amour que de haine? Rien ne m'est étranger de toute la détresse qui t'anime, et tu pensais me faire honte? Qu'est-ce que l'esprit? Une haine qui joue. Qu'est-ce que l'art? Une nostalgie qui crée. Tous deux nous sommes chez nous au pays des dupes, des affamés, des accusateurs et des négateurs; et les traîtresses heures de mépris de soi nous sont, elles aussi, communes, ces heures où nous nous égarons en un amour honteux envers la vie, le bonheur niais. Mais tu ne m'as pas reconnu. »

Erreur! Erreur! Et tandis que le poignait ce regret, brilla, quelque part, aux profondeurs de son être, la lueur d'un pressentiment à la fois douloureux et doux.

« Celui-là est-il donc seul à se méprendre? Où finit l'erreur? Toute aspiration sur terre n'est-elle pas une erreur, la mienne pour commencer, qui s'en prend à ce qui est simplement et impulsivement vivant, à la vie muette, ignorante de la transfiguration par l'esprit et par l'art, le salut par le verbe? Hélas, nous sommes tous frères, nous les créatures de volonté souffrante et inquiète; mais nous ne nous reconnaissons pas. Il nous faut un autre amour, un autre. »

Et une fois rentré chez lui, parmi ses livres, ses tableaux et ses bustes qui le contemplaient en silence, il s'attendrit à ces paroles de douceur : « Petits enfants, aimez-vous les uns les autres... »

CHEZ LE PROPHÈTE

Il est des lieux étranges, des cerveaux étranges, d'étranges régions de l'esprit, hautes et indigentes. A la périphérie des grandes villes, là où les réverbères se font plus rares et où les gendarmes vont par deux, il faut grimper jusqu'au dernier palier des maisons, jusqu'à des mansardes déclives où de jeunes génies hâves, des criminels du rêve, les bras croisés, ruminent leurs pensées; jusqu'à des ateliers loués à bon marché et décorés de façon suggestive où des artistes solitaires, révoltés et consumés du dedans, fiers et affamés, enveloppés dans la grisante fumée des cigarettes, sont aux prises avec des idéaux suprêmes et échevelés. Là, c'est la fin, la glace, la pureté, le néant. Là, plus aucune convention ne compte, ni concession, ni scrupule, ni mesure, ni valeur. L'atmosphère y est si chaste, si raréfiée que les miasmes de la vie n'y peuvent prospérer. C'est le royaume du défi, de la conséquence poussée à l'extrême, où le Moi trône désespérément, le royaume de la liberté, de la folie et de la mort.

C'était un vendredi saint, le soir, vers huit heures. Plusieurs des invités de Daniel arrivèrent en même temps. Ils avaient reçu des invitations — format in-quarto — timbrées d'un aigle portant entre ses serres, à travers les airs, un glaive nu, qui d'une écriture bizarre vous convoquaient pour ouïr la lecture des *Proclamations* de Daniel, le vendredi saint. A l'heure indiquée, ils se rencontrèrent donc, dans cette rue de banlieue déserte et à demi-obscure, devant la banale maison de rapport où se trouvait la terrestre demeure du prophète.

Quelques-uns se connaissaient déjà et échangèrent des saluts : le peintre polonais et la mince jeune fille qui vivait avec lui, le poète lyrique, un long sémite à barbe noire flanqué de son épouse lourde et blafarde dont les vêtements pendillaient, un personnage d'apparence à la fois martiale et maladive, spirite et capitaine de cavalerie en retraite et un jeune philosophe à l'aspect de kangourou. Seul le nouvellier, un monsieur à chapeau melon et moustache soignée, ne connaissait personne. Il appartenait à un milieu différent et ne se trouvait là que par hasard. Il n'était pas sans avoir gardé certains contacts avec les réalités de la vie et un de ses livres avait obtenu l'audience des milieux bourgeois. Résolu à observer une attitude rigoureusement modeste, reconnaissante, en somme celle de quelqu'un qui se sait toléré, il suivit les autres dans la maison en ayant soin de se tenir à une petite distance.

En file indienne ils gravirent l'escalier en s'appuyant à la rampe de fonte. Ils se taisaient car c'étaient des hommes qui connaissaient la valeur des mots et ne gaspillaient pas leurs paroles. A la lueur obscure des petites lampes à pétrole posées aux tournants de l'escalier, sur le rebord des fenêtres, ils lurent au passage les noms, sur les portes des logements. En silence, avec un sentiment non de mépris mais de dépaysement, ils laissèrent derrière eux les lieux qui abritaient le repos et les soucis d'un employé d'assurances, d'une sage-femme, d'une blanchisseuse de fin, d'un « agent », d'un pédicure. Ils montaient dans l'étroite cage de l'escalier comme dans un puits de mine à moitié obscur, d'un pas assuré et continu ; car du palier au-delà duquel on ne pouvait plus monter, une vague clarté leur faisait signe, une lueur délicate et faiblement mouvante, tombée de tout en haut.

Enfin ils se trouvèrent au bout, sous les combles, éclairés par six bougies qui à la tête des marches, dans des flambeaux disparates, brûlaient sur une petite table recouverte d'une nappe d'autel fanée. Sur la porte semblable à l'entrée d'un grenier, un rectangle de carton gris était fixé, où le nom de Daniel s'inscrivait en caractères romains tracés au crayon noir. Ils sonnèrent.

Un garçon à la tête large et au regard aimable leur ouvrit. Il était vêtu d'un costume bleu flambant neuf et portait des bottines à tiges reluisantes; une chandelle à la main, il les éclaira de biais et par un petit corridor sombre les conduisit à une pièce mansardée, non tapissée, qui ne contenait aucun meuble sauf des patères de bois. En silence, avec un geste accompagné d'un son guttural, balbutié, le garçon les invita à ôter leurs manteaux; et lorsque le nouvellier, se faisant l'interprète de l'intérêt général, lui posa une question, il apparut avec évidence que l'enfant était muet. Toujours avec son lumignon, il fit retraverser aux invités le corridor jusqu'à une autre porte et les fit entrer. Le romancier suivit en dernier. Il avait mis une redingote et des gants et était résolu à se comporter comme à l'église.

Une clarté solennelle, oscillante et vacillante, répandue par vingt ou vingt-cinq bougies, régnait dans la pièce de dimensions moyennes où ils pénétrèrent. Une jeune fille au visage candide et niais, vêtue d'une robe très simple à collerette et manchettes blanches, Maria-Josefa, la sœur de Daniel, se tenait tout près de la porte et leur tendit à tous la main. Le nouvellier la connaissait. Il l'avait rencontrée à un thé littéraire. Très droite, sa tasse à la main, elle avait parlé de son frère d'une voix claire, vibrante de tendresse. Elle avait un culte pour Daniel.

Le nouvellier le chercha des yeux.

— Il n'est pas là, dit Maria-Josefa. Il est absent, je ne sais où. Mais en esprit il sera auprès de nous et suivra la lecture des *Proclamations* phrase par phrase, au fur et à mesure qu'on les lira.

— Et qui donc les lira? demanda le nouvellier, d'un accent amorti et déférent. Il prenait la chose au sérieux. C'était un homme bien intentionné, au fond un modeste, respectueux de toutes les manifestations de la vie, prêt à s'instruire et à accorder son estime à tout ce qui la méritait.

— Un disciple de mon frère, répondit Maria-Josepha.

Nous l'attendons, il doit venir de Suisse. Il n'est pas encore arrivé. Il sera là en temps voulu.

Face à la porte, posé sur une table et appuyé par son bord supérieur contre le plafond en pente, un grand dessin à la craie apparut à la clarté des bougies. Exécuté à larges traits, avec emportement, il représentait Napoléon dans une attitude gauche et despotique, en train de chauffer à une cheminée ses pieds chaussés de bottes à l'écuyère. A droite de l'entrée se dressait une espèce d'autel sur lequel, entre des cierges brûlant dans des chandeliers d'argent, une figure peinte, un saint, les yeux levés au ciel, étendait les mains. Devant, il y avait un prie-Dieu et de plus près, on apercevait, appuyée au pied du saint, une photographie d'amateur représentant un jeune homme d'environ trente ans. Il avait le front d'une hauteur impressionnante, pâle et fuyant et un visage imberbe, osseux, d'oiseau de proie, qui témoignait d'une spiritualité concentrée.

Le nouvellier s'attarda un moment devant l'effigie de Daniel, puis se hasarda avec précaution plus avant dans la pièce. Sur le dessus jaune et poli d'un grand guéridon encadré d'une couronne de lauriers, l'aigle porte-glaive était pyrogravé, qui déjà figurait sur les invitations. Derrière le guéridon se dressait, entre deux escabeaux de bois, un siège gothique, sévère, étroit et raide comme un trône ou une cathèdre. Une longue banquette grossièrement charpentée, recouverte d'une étoffe commune, s'allongeait devant la niche spacieuse formée par le mur et le toit percé d'une fenêtre basse. Cette fenêtre, ouverte sans doute parce que le massif poêle de faïence avait trop chauffé, laissait apercevoir un pan de nuit bleue, profonde et vaste, où les points jaunes, ardents, des becs de gaz irrégulièrement disséminés, se perdaient à des distances de plus en plus grandes.

Mais en face de la fenêtre, la pièce se rétrécissait pour former une alcôve plus éclairée que le reste de la mansarde, qui semblait faire office, en partie de cabinet de travail et en partie de chapelle. Tout au fond se trouvait un divan tendu d'une étoffe mince et fanée. A droite on voyait une étagère à livres, voilée d'un rideau, surmontée de bougies dans des appliques et de lampes à huile aux formes anciennes. A gauche, une table drapée de blanc portait un crucifix, un chandelier à sept branches, une coupe pleine de vin rouge et sur une assiette, un morceau de gâteau aux raisins. Au premier plan de l'alcôve, sur une estrade plate, s'érigeait, sommée d'un candélabre de fer, une colonne de plâtre dorée au chapiteau recouvert d'une nappe d'autel en soie, d'un rouge de sang. Et là-dessus reposait une pile de papiers manuscrits, format in-folio : *Les Proclamations* de Daniel. Une tenture claire à petites couronnes Empire tapissait les murs et les pans inclinés du plafond. Des masques mortuaires, des guirlandes de roses, une grande épée rouillée pendaient aux parois; et outre Napoléon, les portraits de Luther, Nietzsche, Moltke, Alexandre VI, Robespierre et Savonarole, diversement exécutés, étaient répartis dans la pièce.

— Tout ceci est vécu, dit Maria-Josefa en guettant l'effet que l'aménagement produisait sur le visage respectueusement fermé du nouvellier. Entre temps, d'autres hôtes étaient survenus, silencieux et solennels et l'on commençait à s'installer sur les bancs et les chaises, dans des attitudes réservées. Outre les premiers arrivants, il y avait un dessinateur fantaisiste au visage de vieil enfant, une dame boiteuse qui avait l'habitude de se faire présenter sous le nom d'« éroticienne », une jeune mère non mariée, de souche aristocratique mais sans aucun titre à l'intellectualité, qui avait trouvé accès dans ce cercle uniquement en raison de sa maternité, une femme de lettres entre deux âges et un musicien contrefait, douze personnes en tout. Le nouvellier s'était retiré dans la niche de la fenêtre et tout près de la porte Maria-Josefa occupait une chaise, les mains posées à plat sur ses genoux. Ainsi attendirent-ils le disciple de Suisse qui au moment voulu devait se trouver là.

Tout à coup surgit encore la dame riche, friande de ce genre de réunions où elle se montrait assidue. Elle était venue de la ville dans son coupé capitonné de soie, elle avait quitté sa somptueuse demeure ornée de Gobelins, aux chambranles de porte en *giallo antico*, elle avait gravi toutes ces marches, et elle entra, belle, parfumée, luxueuse, dans une robe de drap bleu à broderies jaunes, sa chevelure fauve coiffée d'un chapeau de Paris; et elle souriait de ses yeux à la Titien. Elle venait par curiosité, par désœuvrement, par goût des contrastes, par bonne volonté à l'égard de tout ce qui était tant soit peu extraordinaire, par aimable extravagance. Elle salua la sœur de Daniel et le nouvellier qui fréquentait chez elle, puis s'assit sur le banc devant la niche de la fenêtre, entre l'« éroticienne » et le philosophe à l'aspect de kangourou, comme si c'était dans l'ordre naturel.

— J'ai failli être en retard, dit-elle tout bas, de sa belle bouche mobile, au nouvellier assis derrière elle. J'avais du monde pour le thé; cela s'est prolongé.

Le nouvellier fut très ému et rendit grâce à Dieu de ce qu'il était en tenue présentable. « Qu'elle est belle! pensa-t-il. Elle est digne d'être la mère d'une telle fille! »

— Et Mlle Sonia? demanda-t-il par-dessus l'épaule de la dame. Vous n'avez pas amené Mlle Sonia?

Sonia était la fille de la dame riche et, aux yeux du nouvellier une incroyable réussite de la nature, un prodige de perfection dans tous les domaines, un idéal de culture réalisé. Il répéta son nom deux fois parce qu'il prenait un indicible plaisir à le prononcer.

— Sonia est souffrante, dit la dame riche. Oui, figurez-vous elle a mal au pied. Oh rien, une enflure, quelque chose comme une petite inflammation ou un abcès. On lui a fait une incision. Peut-être n'était-ce pas nécessaire, mais c'est elle-même qui l'a voulu.

— Elle-même l'a voulu! répéta le nouvellier, dans un chuchotement enthousiasmé. Je la reconnais bien là! Mais de quelle manière, au nom du ciel, peut-on lui témoigner sa sympathie?

— Eh bien, je lui transmettrai votre souvenir, dit la dame riche. Et devant son silence : « Cela ne vous suffit pas? »

— Non, cela ne me suffit pas, dit-il très bas et comme elle appréciait ses livres, elle reprit en souriant :

— Alors, envoyez-lui une fleurette.

— Merci! dit-il. Merci! C'est ce que je vais faire!

Et à part lui il pensa : « Une fleurette? Un bouquet! Toute une gerbe! Avant même d'avoir déjeuné, dès demain je prends un fiacre et je vais chez le fleuriste! »

Et il sentit qu'il n'était pas sans avoir gardé certains contacts avec les réalités de la vie.

Dehors, il y eut un léger bruit, la porte s'ouvrit et se referma brusquement et à la clarté des bougies, les invités virent un jeune homme trapu et vigoureux, en jaquette foncée : le disciple de Suisse. Il jeta sur la pièce un regard menaçant. D'un pas vif, il se dirigea vers la colonne de plâtre devant l'alcôve et se plaça derrière elle, sur l'estrade plate, de l'air de vouloir y prendre racine; puis il s'empara de la première feuille manuscrite et se mit en devoir de lire.

Il paraissait environ vingt-huit ans; il avait le cou bref, il était laid. Ses cheveux tondus formaient une sorte d'angle aigu qui avançait sur le front bas, sillonné de rides. Sa face imberbe, maussade et massive présentait un nez de dogue, des pommettes taillées à coups de serpe, des joues en partie creuses, des lèvres mafflues et proéminentes qui semblaient articuler les mots difficilement, à contrecœur et comme avec une sourde irritation. Ce visage était tout à la fois grossier et blême. Il lisait avec fougue, d'une voix trop haute, au fond tremblante, chevrotante, et que gênait un souffle court. Sa main qui tenait le feuillet manuscrit était large et rouge mais elle frémissait. Il offrait un mélange inquiétant de brutalité et de faiblesse et ce qu'il lisait s'y accordait de façon étrange.

C'étaient des sermons, des symboles, des thèses, des lois, des visions et des appels semblables à des ordres du jour. Ils formaient une suite bigarrée et interminable, dans un style qui tenait à la fois du psaume et de la révélation, avec des expressions techniques empruntées à la stratégie militaire et à la philosophie critique. Un Moi fiévreux, terriblement exaspéré, surgissait dans une folie de grandeur solitaire et menaçait le monde en un déluge de paroles virulentes. Il avait nom *Christus imperator maximus* et il levait des troupes prêtes à la mort pour anéantir la planète. Il lançait des messages, formulait des conditions inexorables, exigeait la pauvreté et la chasteté et dans une sorte de frénésie déréglée, de volupté anormale, il rappelait sans cesse la loi de l'obéissance inconditionnée. Bouddha, Alexandre, Napoléon et Jésus étaient qualifiés d'humbles précurseurs indignes de dénouer les cordons des souliers de l'empereur spirituel.

La lecture du disciple dura une heure; puis en tremblant, il but une gorgée à la coupe pleine de vin rouge et saisit de nouvelles proclamations. La sueur perlait sur son front bas, ses lèvres mafflues frémissaient et entre les mots, avec une sorte de feulement brûlant, épuisé et rugissant, il soufflait l'air par les narines.

Le Moi solitaire chantait, tempêtait, commandait. Il se perdait en images délirantes, sombrait dans un tourbillon d'illogisme et soudain, remontait effroyablement à la surface, à un endroit tout à fait imprévu. Blasphèmes et hosannas, encens et vapeurs de sang se mélangeaient. Dans le grondement des batailles, le monde était conquis et sauvé.

Il eût été difficile d'établir l'effet des *Proclamations* de Daniel sur les assistants. Quelques-uns, la tête renversée en arrière, regardaient le plafond avec des yeux éteints. D'autres étaient profondément courbés sur leurs genoux, le visage enfoui dans les mains. A chaque fois que résonnait le mot « chasteté », les yeux de l'« éroticienne » se voilaient bizarrement et le philosophe à l'aspect de kangourou, de temps à autre, inscrivait dans l'air, de son long index tendu, quelque chose de vague. Le nouvellier cherchait depuis longtemps une position confortable pour son dos endolori. Aux environs de dix heures, il eut la vision d'un petit pain au jambon, mais avec un mâle courage la repoussa.

Vers dix heures et demie, on put constater que le disciple tenait dans sa main rouge et tremblante la dernière feuille du folio. Il avait fini. « Soldats! conclut-il d'une voix de tonnerre défaillante car il touchait à l'extrême limite de ses forces, je vous livre, pour le mettre au pillage — le Monde! » Après quoi, il descendit de l'estrade, promena sur l'assistance un regard menaçant et sortit avec violence comme il était entré.

Les auditeurs restèrent encore une minute immobiles, dans l'attitude qu'ils avaient adoptée à la fin. Puis, d'un même mouvement, ils se levèrent et incontinent s'en furent, après avoir, en murmurant quelques mots, serré la main de Maria-Josefa qui de nouveau, silencieuse et candide, avec sa collerette blanche, se tenait tout près de la porte.

Le garçon muet était dehors à son poste. Il éclaira les hôtes au vestiaire, les aida à enfiler leurs manteaux et les guida à travers l'étroite cage de l'escalier où du plus haut palier — le royaume de Daniel — tombait la lueur mouvante des bougies. Il les conduisit jusqu'à la porte de la maison et l'ouvrit. L'un après l'autre, les invités sortirent dans la rue de banlieue déserte.

Le coupé de la dame riche stationnait devant la maison. On vit le cocher sur son siège, entre les deux lanternes au clair éclat, porter à son chapeau la main qui tenait le fouet. Le nouvellier escorta la dame riche jusqu'à la portière.

— Comment vous trouvez-vous de votre soirée? demanda-t-il.

— Je n'aime pas me prononcer sur de pareils sujets, répondit-elle. Peut-être est-il vraiment un génie, ou quelque chose d'approchant...

— Oui, qu'est-ce que le génie? dit-il pensivement. Chez

ce Daniel, toutes les conditions préliminaires sont réunies : la solitude, la liberté, la passion intellectuelle, l'optique grandiose, la foi en soi, voire le voisinage du crime et de la démence. Que manque-t-il ? Peut-être l'élément humain ? Un peu de sensibilité, de nostalgie, d'amour ? Mais c'est là une hypothèse tout à fait improvisée...

— Saluez Sonia de ma part, dit-il quand, une fois assise, elle lui tendit la main en signe d'adieu; et il chercha à déchiffrer sur son visage, avec une curiosité anxieuse, comment elle prendrait le fait qu'il dît simplement « Sonia » et pas « Mlle Sonia » ou « mademoiselle votre fille ».

Comme elle appréciait ses livres, elle toléra sa familiarité avec un sourire.

— Je transmettrai votre message.

— Merci ! fit-il, et une bouffée d'espoir le grisa. Ce soir, je mangerai comme un loup !

Il n'était pas sans avoir gardé certain contact avec les réalités de la vie.

L'ACCIDENT DE CHEMIN DE FER

RACONTER quelque chose? Mais je ne sais rien. Soit, je vais vous raconter quelque chose.

Une fois, — il y a déjà deux ans — j'ai été mêlé à un accident de chemin de fer, les moindres détails en sont encore présents à mes yeux.

Ce ne fut pas un accident de premier ordre, une catastrophe collective avec « bouillie de victimes méconnaissables » et le reste à l'avenant, cela non; mais ce fut pourtant un accident de chemin de fer en bonne et due forme, avec tout ce qu'il comporte, et de surcroît à une heure nocturne. Il n'est pas donné à tout un chacun de vivre cette expérience et voilà pourquoi je vais vous la relater de mon mieux.

Je me rendais à Dresde, invité par des personnes qui encouragent la littérature. Donc, un voyage d'art, un voyage de virtuose, tel qu'il n'est point désagréable d'en entreprendre de temps en temps. On est en représentation, on se produit, on se montre à la foule jubilante, bref, on n'est pas pour rien un sujet de Guillaume II. D'ailleurs, Dresde est beau — en particulier le Zwinger — et puis je comptais monter au Cerf blanc pour y passer dix ou quinze jours, me soigner un peu et, au cas où grâce au traitement, l'Esprit me visiterait, travailler sans doute aussi. A cette intention, j'avais placé mon manuscrit tout au fond de ma malle avec mon matériel de notes, un imposant dossier enveloppé de papier d'emballage brun et d'une forte ficelle aux couleurs bavaroises.

En voyage, j'aime avoir mon confort, surtout s'il m'est

payé. Je fis donc usage des wagons-lits. Ayant, dès la veille, pris soin de m'assurer un compartiment de première, j'étais bien installé, — néanmoins en proie à une excitation un peu fébrile comme toujours en l'occurrence, car un voyage constitue une aventure et jamais je n'arriverai, en pareil cas, à acquérir l'endurcissement voulu. Je sais fort bien que le train de nuit pour Dresde quitte ponctuellement chaque soir la gare principale de Munich et arrive chaque matin à Dresde. Mais si je me trouve être parmi les voyageurs et associer mon insigne destin à celui du train, c'est là tout de même une chose considérable. Je ne puis me défendre d'imaginer que ce jour-là il roule uniquement en mon honneur et cette déraisonnable erreur provoque bien entendu une agitation silencieuse, profonde. Elle ne me quitte point que je n'en aie fini avec toutes les formalités du départ, l'emballage des effets dans la malle, le trajet à la gare dans un fiacre surchargé, l'arrivée, l'enregistrement des bagages, jusqu'au moment où je suis définitivement casé et en sécurité. Alors, il est vrai, se produit une agréable détente, l'esprit se tourne vers des objets nouveaux, le vaste monde étranger s'ouvre là-bas derrière l'arc de la voûte de verre, et une attente joyeuse occupe notre sensibilité.

Il en alla de même cette fois encore. Le porteur de mes bagages à main, largement rémunéré par mes soins, m'avait tiré sa casquette en me souhaitant bon voyage. Appuyé à l'une des glaces du couloir du wagon-lit, mon cigare vespéral aux lèvres, j'observais les allées et venues sur le quai. Sifflement, roulements, brouhaha, adieux, appels chantants des crieurs de journaux et des vendeurs de rafraîchissements, et, brochant sur le tout, les grandes lunes électriques qui brûlaient dans le brouillard de la soirée d'octobre. Deux hommes vigoureux poussaient un diable chargé de gros bagages le long du train, vers le fourgon placé à l'avant. A certains indices familiers je reconnus ma propre malle. Elle était là, parmi tant d'autres, et le précieux dossier reposait tout au fond. « Ma foi, pensai-je, rien à craindre, il est en bonnes mains! Vois ce contrôleur avec sa bandoulière de cuir, son impressionnante moustache de maréchal des logis et son regard hargneux et vigilant. Vois comme il rudoie la vieille femme en mantille élimée, parce qu'elle a failli monter en deuxième classe. Le voilà bien, notre État paternel, autorité et sécurité! On répugne à entretenir des rapports avec lui, il est sévère, voire brutal, mais l'on peut avoir confiance, confiance en lui, et ta malle est aussi à l'abri que dans le sein d'Abraham. »

Un monsieur se promène sur le quai, guêtré, en paletot jaune de demi-saison, tenant un chien en laisse. Jamais je n'ai vu plus joli petit chien. Un dogue trapu, luisant, musclé, tacheté de noir, aussi soigné et drôlet que les petits cabots que l'on voit parfois au cirque amuser le public en gambadant autour de la piste, de toutes les forces de leur petit corps. Ce chien-ci porte un collier d'argent et sa laisse est en cuir de couleur tressé. Mais tout cela n'est pas fait pour surprendre si l'on considère son maître, le monsieur guêtré, lequel est sûrement de la plus noble origine. Il a un monocle vissé dans l'œil, ce qui aiguise ses traits sans les crisper, et sa moustache retroussée avec arrogance confère aux commissures de ses lèvres, comme à son menton, une expression hautaine et autoritaire. Il pose une question au contrôleur martial et cet homme simple, sentant nettement à qui il a affaire, porte la main à sa casquette pour lui répondre. Alors le monsieur guêtré s'en va plus loin, satisfait de l'effet produit. Dans ses guêtres, il chemine d'un pas assuré, son visage est froid, il considère sévèrement hommes et choses. De toute évidence, la fièvre du voyage ne le possède pas. Pour lui, un incident aussi banal qu'un voyage ne représente pas une aventure. Il est chez lui dans la vie, et sans aucune timidité devant ses institutions et ses puissances, lui-même fait partie des dites puissances, en un mot, c'est un seigneur. Je ne me lasse point de le regarder.

Quand le moment lui semble venu, il monte dans le train. Le conducteur a précisément le dos tourné. Il passe devant moi dans le couloir et bien qu'il me bouscule, il s'abstient de dire « pardon ». Quel seigneur! D'ailleurs, tout cela n'est rien auprès de ce qui va suivre : le monsieur sans broncher, emmène son chien avec lui dans son compartiment. Voilà qui est interdit, sans aucun doute. Comment aurais-je l'audace d'emmener avec moi un chien en wagon-lit? Mais lui, il le fait en vertu de son droit de seigneur sur la vie, et il rabat la porte derrière lui.

Il y eut un coup de sifflet; la locomotive répondit, le train s'ébranla doucement. Je restai encore un peu à la fenêtre, je vis les signes que faisaient les personnes restées sur le quai, je vis la passerelle de fer, je vis des lumières planer et errer... Puis je me retirai à l'intérieur de la voiture.

Le wagon-lit n'était pas excessivement plein, un compartiment à côté du mien demeurait vide. Il n'avait pas été aménagé pour y dormir et je résolus de m'y prélasser confortablement en vue d'une paisible heure de lecture. J'allai donc chercher mon livre et m'y installai. La banquette était recouverte d'une étoffe soyeuse couleur saumon et sur la petite table pliante se trouvait un cendrier. Le gaz brûlait d'une vive clarté. Tout en fumant, je me mis à lire.

Le contrôleur des wagons-lits entre ainsi que l'exige l'exercice de ses fonctions et me demande mon billet pour la nuit. Je le remets entre ses mains noirâtres, il me parle poliment mais tient des propos strictement professionnels, il ne prend pas la peine de me souhaiter bonne nuit comme un homme à un autre homme et s'en va toquer au compartiment voisin. Il aurait mieux fait de s'en abstenir, car c'est là que gîte le monsieur guêtré; et soit que ce monsieur ne veuille pas laisser voir son chien, ou qu'il se soit déjà mis au lit, il entre dans une colère terrible, sous prétexte que l'on ose le déranger. Oui, malgré le roulement du train, je perçois à travers la mince cloison l'éclat direct et élémentaire de son courroux : « Qu'est-ce que c'est? crie-t-il. Laissez-moi en paix, queue de singe! » Il emploie l'expression « queue de singe », une expression de seigneur, une expression d'homme de cheval, de cavalier, à l'entendre on en a le cœur ragaillardi. Mais le conducteur des wagons-lits se met à palabrer, car il lui faut absolument le billet du monsieur; et comme je vais dans le couloir pour suivre les événements de près, je vois avec lui la porte du voyageur récalcitrant s'entrebâiller finalement avec une brève saccade, et le billet voler au nez du conducteur, durement, violemment, pan! en pleine figure! Il le rattrape des deux bras, et bien qu'il ait reçu l'un des angles du carton dans son œil qui se met aussitôt à larmoyer, il joint les talons et remercie, la main à la casquette. Bouleversé, je regagne ma couchette.

Si je fumais encore une cigarette? Je me demande quelle objection on pourrait élever là-contre et n'en trouve quasiment point. J'en grille donc encore une tout en roulant et en lisant, je me sens bien, et riche de pensées. Le temps passe, il est dix heures, dix heures et demie ou davantage, les occupants du wagon-lit sont tous allés se reposer et je me décide enfin à suivre leur exemple.

Je me lève donc et retourne à ma petite cabine-dortoir. Une vraie, une luxueuse petite chambre à coucher, lambrissée de cuir repoussé, avec crochets pour les vêtements et cuvette nickelée. La couchette inférieure, neigeuse, est préparée, la couverture faite, et vous invite. « O grandeur de l'époque moderne! me dis-je. On se couche dans ce lit comme chez soi, un peu brimbalé à travers la nuit, avec ce résultat qu'au matin l'on se trouve à Dresde. » Je prends ma valise dans le filet pour faire un bout de toilette. A bras tendus je la maintiens au-dessus de ma tête.

A ce moment précis, se produisit l'accident de chemin de fer. Je m'en souviens comme si c'était aujourd'hui.

Il y eut un choc — un « choc », c'est peu dire. Un choc qui se présentait comme indubitablement maléfique, une secousse accompagnée d'horribles craquements et si violente que ma valise me tomba des mains et vola je ne sais où. Projeté en avant, mon épaule heurta douloureusement la paroi. Et pas le temps de réfléchir. Suivit un effroyable balancement du wagon et tant qu'il dura on eut abondamment les loisirs de s'inquiéter. Il arrive qu'un wagon oscille parfois aux changements de voie ou aux brusques virages, chacun sait cela. Mais ici il oscillait au point qu'on ne pouvait se tenir debout, on était précipité d'une paroi à l'autre, en s'attendant à voir culbuter la voiture. Une pensée très simple m'obséda, je me concentrai sur elle, exclusivement, je me disais : « Cela ne va pas, cela ne va pas, cela ne va pas bien du tout. » Mot pour mot. En outre, je me disais : « Halte! Halte! Halte! » Car je savais que si seulement le train s'arrêtait, il y aurait déjà beaucoup de gagné. Et voici que soudain, obéissant à mon injonction silencieuse et fervente, le convoi stoppa.

Jusqu'alors, un silence de mort avait régné dans le wagon-lit. Soudain, ce fut une explosion de terreur. Aux appels stridents des femmes se mêlèrent les sourds cris d'effroi de quelques hommes. J'entends crier :« Au secours!» A côté de moi et nul doute que c'est la voix qui tantôt s'est servie de l'expression « queue de singe », la voix du monsieur guêtré, sa voix déformée par la peur. « Au secours! » clame-t-il, et à l'instant où je pénètre dans le couloir, où les voyageurs accourent, il bondit hors de son compartiment, en vêtement de nuit soyeux, et le voilà debout devant moi, le regard éperdu. « Grand Dieu! dit-il. Dieu tout-puissant! » Et pour s'humilier tout à fait, peut-être pour éviter ainsi d'être anéanti, il ajoute encore, d'un ton suppliant : « Bon Dieu! »... Tout à coup, une autre pensée lui vient et il vole à son propre secours. Il se jette sur l'armoirette de la paroi, où sont accrochées à toutes fins utiles une hache et une scie, d'un coup de poing il fait voler en éclats la vitre, puis, comme il n'arrive pas tout de suite à atteindre les outils, il y renonce, se fraye un chemin en jouant sauvagement du coude à travers les voyageurs rassemblés, si bien que les dames à moitié nues glapissent de nouveau, et il parvient à l'air libre.

Ce fut l'affaire d'un instant. Alors seulement j'eus conscience de mon propre effroi : une certaine faiblesse dans le dos, une incapacité passagère d'avaler. Tout le monde se pressa autour de l'employé des wagons-lits aux paumes noircies également accouru, les yeux rougis. Les dames, bras et épaules nues, se tordaient les mains.

L'homme expliqua que c'était un déraillement, nous avions déraillé. Ce qui n'était d'ailleurs point exact, ainsi qu'il apparut plus tard; mais voilà, les circonstances l'avaient rendu loquace, il envoyait promener son objectivité professionnelle, la grandeur de l'événement lui déliait la langue et il se mit à parler familièrement de sa femme. « Je le disais encore tantôt à ma femme : « Je te dis, j'ai « tout à fait l'impression qu'aujourd'hui il va se passer « quelque chose. » Eh bien, pouvait-on dire que rien ne s'était passé? Oui, chacun lui donna raison en cela. Une traînée de vapeur se répandit dans la voiture, une épaisse vapeur venue on ne savait d'où et nous préférâmes tous descendre du train et nous lancer dans la nuit.

Pour exécuter notre propos, il fallait faire un bond assez haut du marchepied jusqu'à la voie ferrée, car il n'y avait point de quai et en outre notre wagon inclinait sensiblement vers le côté opposé; mais les dames qui avaient en toute hâte voilé leur nudité, sautèrent avec désespoir, et bientôt nous fûmes tous sur les rails.

Il faisait presque obscur. On voyait cependant que les wagons derrière le nôtre étaient indemnes, encore que de guingois; mais devant, à quinze ou vingt pas en avant! Ce n'est pas pour rien que le choc s'était accompagné de si affreux craquements! Des décombres s'amoncelaient dont nous ne distinguions que le pourtour et parmi eux les petites lanternes errantes des conducteurs du train.

Les nouvelles arrivèrent de là-bas, des gens surexcités apportèrent des renseignements sur la situation. Nous nous trouvions à proximité d'une petite gare, un peu en arrière de Ratisbonne, et notre express, à cause d'un aiguillage défectueux, s'était engagé sur la mauvaise voie; roulant à toute vitesse, il avait rencontré un train de marchandises garé là, l'avait tamponné en queue, projeté hors de la gare, déchiquetant sa partie arrière, et subissant lui-même de graves dommages. La grande locomotive Maffei, de Munich, était détruite, brisée en deux. Coût soixante-dix mille marks. Dans les wagons de tête, presque couchés sur le flanc, les banquettes s'étaient pour la plupart télescopées. Non, grâce à Dieu, pas de pertes humaines à déplorer. On parlait bien d'une vieille femme qui avait été retirée des décombres, mais personne ne l'avait vue. Toujours est-il que des gens avaient été jetés les uns sur les autres, pêle-mêle, des enfants s'étaient trouvés enfouis sous les bagages, et une grande panique régnait. Du fourgon, il ne restait que des miettes. Hein, qu'était-il arrivé au fourgon? Réduit en miettes.

Me voilà bien loti!...

Un employé sans casquette court le long du train, c'est le chef de gare. D'un ton égaré et larmoyant il donne des ordres aux voyageurs afin d'assurer la discipline et leur faire évacuer la voie ferrée; mais nul ne prend garde à lui dès l'instant où il a perdu sa casquette et sa belle prestance. Le malheureux! Sans doute sa responsabilité est-elle en cause. Peut-être sa carrière se trouve-t-elle brisée, sa vie détruite. C'eût été de ma part un manque de tact que de m'enquérir auprès de lui du sort des gros bagages.

Un autre employé arrive clopin-clopant, et à sa moustache de maréchal des logis, je le reconnais. C'est le conducteur, le hargneux et vigilant conducteur de ce soir, notre État paternel. Il claudique, courbé en deux, une main appuyée sur son genou et n'a souci de rien que de ce genou. « Aïe, aïe, aïe! gémit-il — Eh bien, qu'y a-t-il? — Aïe monsieur, j'étais coincé entre les deux, n'est-ce pas, ça m'a heurté en pleine poitrine, je me suis évadé par le toit du wagon, aïe, aïe! » Cet « évadé par le toit » vous a un goût de compte rendu de journal, l'homme n'a certainement pas l'habitude d'employer le mot « évadé »... Il a vécu, non point tant son accident qu'un article de journal sur son accident, mais moi, à quoi cela m'avance-t-il? Il n'est pas en état de me renseigner au sujet de mon manuscrit. Et je m'enquiers des gros bagages auprès d'un jeune homme qui, frais, important et agité, arrive de l'amas de décombres.

— Ah monsieur, personne ne sait au juste ce qui s'est passé là-bas! Son ton implique que je dois encore m'estimer heureux de m'en être tiré avec tous mes membres intacts. « Là-bas, tout est sens dessus dessous. Des chaussures de dame... dit-il avec un geste violent pour indiquer l'ampleur des dégâts, et il fronce le nez. Le déblaiement nous permettra de constater... Des chaussures de dame... »

Voilà où j'en suis, réduit à moi seul, dans la nuit, sur la voie ferrée, à sonder mon cœur. Le déblaiement s'effectuera sur mon manuscrit. Donc, détruit, sans doute mutilé, en pièces! Ma ruche, ma toile artistement tissée, mon ingénieux terrier, mon orgueil et ma peine, le meilleur de moi-même! Que faire s'il en est ainsi? Je n'ai pas de copie, rien hormis ce texte qui, déjà agencé et forgé, avait pris vie et résonance, sans parler de mes notes et mes études, le trésor de ma hotte de brocanteur, accumulé au cours des ans, acquis, happé par l'oreille ou obtenu par la ruse ou la souffrance et qui constitue mon matériau. Que faire? M'étant interrogé avec précision, je sus que je repartirais à pied d'œuvre. Oui, avec une patience de bête, avec la ténacité d'une créature primitive dont on a détruit l'ouvrage bizarre et compliqué dû à son petit entendement et à son application, après un moment de trouble et de désarroi, je repartirais du commencement, et peut-être cette fois la tâche serait-elle un peu moins ardue...

Entre temps, les pompiers étaient arrivés sur les lieux, munis de torches qui jetaient une lueur rouge sur le tas de décombres, et lorsque j'avançai pour vérifier l'état du fourgon à bagages, il se révéla presque indemne, sans qu'aucune malle eût souffert. Les objets et marchandises épars alentour provenaient du train de marchandises, notamment d'innombrables pelotes de ficelle, un océan de pelotes de ficelle, qui couvrait le sol à perte de vue.

Je me sentis soulagé et me mêlai aux gens qui bavardaient et liaient amitié en raison de leur commune mésaventure, fanfaronnaient et faisaient les importants. Une chose semblait en tout cas certaine : le mécanicien du train s'était bien comporté et avait évité de justesse un grand malheur en actionnant le frein de secours au dernier moment. Sinon, disait-on, il y aurait eu sans aucun doute une catastrophe collective et le train eût peut-être basculé par-dessus le talus escarpé, à sa gauche. Admirable mécanicien! Il était invisible, personne ne l'avait vu, mais sa gloire se répandit tout le long du convoi et nous la célébrâmes en son absence. « Cet homme, dit un monsieur, et de la main gauche, il désigna un vague point dans la nuit, cet homme nous a tous sauvés! » Et chacun d'opiner du chef.

Mais notre train se trouvait sur une voie qui n'était point la sienne et il s'agissait de le préserver d'un éventuel tamponnement par derrière. Des pompiers armés de torches enduites de poix se postèrent donc autour du wagon de queue; et le jeune homme agité qui m'avait tant inquiété avec ses chaussures de dame, s'empara, lui aussi, d'une torche et la brandit en guise de signal, encore qu'il n'y eût rien en vue qui ressemblât le moins du monde à un train.

De plus en plus, une sorte d'ordre s'établissait et l'État paternel recouvrait son maintien et sa dignité. On avait télégraphié et pris toutes les mesures qui s'imposaient. Un train de secours venu de Ratisbonne entra en gare avec précaution dans un nuage de vapeur, et de grands appareils d'éclairage à gaz munis de réflecteurs furent dressés sur les lieux. Nous les voyageurs fûmes délogés et l'on nous signifia d'attendre notre prochaine affectation dans le petit bâtiment de la gare. Chargés de nos valises et certains d'entre nous la tête bandée, nous nous rendîmes, entre une haie de badauds indigènes, à la petite salle d'attente où l'on se parqua tant bien que mal. Au bout d'une nouvelle heure, tout le monde se casa au petit bonheur dans un train spécial.

J'avais mon billet de première classe (mon voyage m'étant payé) mais cela ne me servit à rien car chacun donnant la préférence aux premières, ces compartiments se trouvèrent donc encore plus envahis que les autres. Pourtant, juste au moment où j'avais déniché une petite place, qui vois-je, assis de biais en face de moi, tassé dans un coin? Le monsieur aux guêtres et au langage cavalier, mon héros! Il n'a plus son chien auprès de lui, on le lui a pris, au mépris du droit des seigneurs, la petite bête est présentement enfermée quelque part dans d'obscures oubliettes, derrière la locomotive et pousse des hurlements. Le monsieur a, lui aussi, un billet jaune qui ne lui sert de rien, et il grogne, il essaye de protester contre le communisme, contre le grand nivellement devant la majesté du malheur. Mais quelqu'un lui répond d'un ton de vertueuse indignation : « Estimez-vous encore heureux d'être assis! » Et le monsieur, avec un sourire amer, se résigne à cette situation inouïe.

Mais qui entre là, appuyée sur deux pompiers? Une vieille bonne femme, la petite mère au fichu élimé qui a failli monter en deuxième classe à Munich. « Ce sont bien ici les premières? ne cesse-t-elle de demander. Ce sont bien vraiment les premières? » Et lorsqu'on le lui a affirmé et qu'on lui a fait place, elle s'affaisse avec un « Dieu soit loué! » sur le coussin de peluche, comme si à présent seulement elle était sauvée.

A Hof, il était cinq heures et il faisait jour. Là-bas, nous trouvons de quoi déjeuner et un train rapide m'accueille pour m'amener à Dresde, moi et mes effets, avec trois heures de retard.

Oui, voilà l'accident de chemin de fer que j'ai vécu. Il fallait bien que cela m'arrivât une fois; et malgré les objections des logiciens, je crois avoir désormais de fortes chances pour qu'un incident semblable ne se reproduise pas de sitôt pour moi.

Après mon [illegible], le [illegible] [illegible] pour voyage (cette parc) [illegible] [illegible] [illegible] chacun donnant la [illegible] [illegible] [illegible] [illegible] [illegible] [illegible] encore [illegible] [illegible] les autres. [illegible], pour [illegible] [illegible] [illegible] une petite [illegible] [illegible] [illegible] [illegible] de [illegible] [illegible] dans un coupé [illegible] [illegible] [illegible] et [illegible] Mais [illegible].

[illegible] [illegible].

COMMENT JAPPE ET DO ESCOBAR SE BATTIRENT

Je fus très bouleversé quand Johnny Bishop m'apprit que Joppe et Do Escobar voulaient se donner une raclée et m'engagea à aller y assister avec lui.

C'était aux vacances d'été, à Travemunde, par une journée d'une touffeur tropicale, avec un vent languissant qui soufflait de terre et une mer plate à marée très basse. Après être restés environ trois quarts d'heure dans l'eau nous étions étendus sur le sable ferme, à l'abri des poutrelles de l'établissement de bains, avec Jürgen Brattström, le fils de l'armateur. Johnny et Brattström s'étalaient sur le dos, tout nus, alors que j'avais préféré garder ma serviette de bains roulée autour des reins. Brattström me demanda pourquoi je faisais cela et comme je ne sus trouver de réponse valable, Johnny dit avec son charmant et séduisant sourire que j'étais sans doute trop grand pour m'exhiber tout nu.

En effet, j'étais plus grand et plus développé que lui et Brattström, d'ailleurs d'un peu leur aîné à tous deux je crois, car je comptais environ treize ans. J'acceptai donc en silence l'interprétation de Johnny, encore qu'elle eût pour moi un certain caractère mortifiant. Car en présence de Johnny on se trouvait facilement placé sous un jour un peu ridicule, si l'on était moins mignon, fin et physiquement puéril que lui, qui était tout cela à un si haut degré. Il pouvait alors lever vers vous ses jolis yeux bleus de fille tout à la fois aimables et ironiquement souriants, de l'air de dire : « Quel grand dadais tu fais! » Le rêve de la virilité et des pantalons longs s'abolissait dans son voisinage, et ce, à une époque, peu après la fin de la guerre, où la force, le courage et toutes sortes de mâles vertus étaient fort à l'honneur parmi nous jeunes garçons, et où tout le reste passait pour efféminé. Pourtant Johnny, en sa qualité d'étranger ou de demi-étranger, avait échappé à cette mentalité et au contraire ressemblait un peu à une femme qui a préservé sa beauté et se moque de celles qui se négligent. En outre, il était de loin le premier garçon de la ville vêtu avec élégance et vraiment un petit patricien, c'est-à-dire qu'il arborait des costumes marins à col de toile bleue, des nœuds marins, des lacets, un sifflet d'argent dans sa poche et une ancre brodée sur sa manche bouffante, serrée au poignet. Tout autre que lui, dans cet accoutrement, eût été raillé et flétri du nom de petit-maître. Mais il le portait avec grâce et aisance, en sorte qu'il n'avait pas le moins du monde à en pâtir.

Tel qu'il était, étendu là, il ressemblait à un petit cupidon maigre, les bras levés, sa jolie tête blonde, anglo-saxonne, allongée, aux boucles lâches, reposant sur ses mains étroites. Son papa, un négociant allemand qui s'était fait naturaliser anglais, était mort plusieurs années auparavant. Mais sa mère était une Anglaise authentique, une dame douce et calme au long visage, fixée en notre ville avec ses enfants, Johnny et une petite fille aussi jolie que lui et un peu rusée. Toujours en noir, elle continuait à porter le deuil de son mari et sans doute était-ce pour se conformer aux dernières volontés de ce dernier qu'elle faisait élever ses enfants en Allemagne. Elle jouissait manifestement d'une agréable aisance. Propriétaire d'une maison spacieuse aux portes de la ville et d'une villa au bord de la mer, elle se rendait de temps à autre avec Sissie et Johnny à des stations balnéaires lointaines. Bien qu'elle ne fît point partie de la société, elle y aurait eu ses entrées si elle l'avait voulu. Elle vivait dans la plus grande réclusion, soit à cause de son deuil, soit parce que l'horizon de nos familles de notables lui semblait trop borné; mais elle prenait soin que ses enfants entretinssent des rapports mondains, grâce à des invitations, des jeux organisés en commun, ou à la participation de Johnny et Sissie à un cours de danse et de maintien et si elle ne prenait pas l'initiative de ces rapports, elle les surveillait avec une calme vigilance, de sorte que Johnny et Sissie ne fréquentaient en somme que les enfants de familles riches; non pas, bien entendu, en vertu d'un principe ouvertement formulé, mais en fait, tout simplement. Mme Bishop contribua de loin à mon éducation en m'enseignant que pour être considéré, il n'est rien de tel que de faire cas de soi-même. Privée de son chef masculin, la petite famille ne présentait néanmoins aucun des signes d'abandon et de déchéance qui si souvent en l'occurrence éveillent la suspicion bourgeoise. Sans parentèle, sans titre, sans tradition, influence ni position mondaine, son existence était à la fois distincte des autres et exigeante, exigeante avec tant d'assurance et de sûreté que silencieusement, sans y réfléchir, on lui faisait toutes les concessions et l'amitié de ses enfants était très hautement prisée par les jeunes filles ou les garçons.

Pour ce qui était de Jürgen Brattström, son père venait seulement d'accéder aux fonctions publiques et à la richesse, et avait fait construire pour lui et les siens, au Burgfeld, une maison de grès rouge, voisine de celle de Mme Bishop. Jürgen était donc devenu, avec le calme consentement de Mme Bishop, le camarade de jeux de Johnny au jardin et son compagnon lorsqu'il se rendait à l'école, un garçon flegmatique, empressé, aux membres brefs, au caractère sans relief, et qui déjà en sous main pratiquait un petit commerce de réglisses.

Ainsi que je l'ai déjà dit, je fus terrifié d'apprendre par Johnny qu'un combat singulier, farouche, entre Jappe et Do Escobar devait ce jour-là, à midi, se dérouler sur le Leuchtenberg. Cela pouvait devenir terrible car Jappe et Do Escobar étaient deux gaillards vigoureux et hardis, ils avaient un code d'honneur chevaleresque, et leur rencontre pouvait donner matière à bien des inquiétudes. Dans mon souvenir, je les vois toujours aussi grands et virils qu'ils m'apparaissaient à l'époque, bien qu'en ce temps-là ils n'aient guère pu compter plus de quinze ans. Jappe appartenait à la bourgeoisie moyenne de la ville. Peu surveillé chez lui, il était déjà presque ce que nous appelions un « Butcher » (autrement dit un mélange de vagabond et de viveur). Do Escobar, lui, était libre de toute attache, un étranger de souche exotique qui ne fréquentait même pas régulièrement le lycée mais se bornait à suivre les cours sans être inscrit, en auditeur (existence en dehors de la norme, mais paradisiaque!). Il vivait en pension chez de vagues bourgeois et jouissait d'une indépendance totale. Tous deux hantaient les tavernes, flânaient le soir dans la Breitenstrasse, suivaient les filles, faisaient de la gymnastique avec une audace de casse-cou, bref des cavaliers accomplis. A Travemunde, ils n'étaient pas descendus au Kurhotel — où du reste leur présence eût détonné — mais quelque part en ville; cependant, ils évoluaient avec aisance, en hommes du monde, dans les jardins de l'établissement thermal et je savais que le soir, en particulier le dimanche, alors que depuis longtemps j'étais dans un des chalets suisses, couché et paisiblement assoupi aux accents des flonflons de l'établissement, eux, parmi d'autres représentants de la jeunesse noceuse, se mêlaient d'un air conquérant au flot des baigneurs et des excursionnistes, pour flâner devant le long toit en auvent de la pâtisserie; et qu'ils cherchaient et trouvaient des divertissements d'adultes. C'est là qu'ils s'étaient pris de querelle, Dieu sait comment et pourquoi? Peut-être s'étaient-ils heurtés de l'épaule, au passage, et leur sentiment sourcilleux de l'honneur en avait-il fait un *casus belli?* Johnny qui naturellement dormait lui aussi depuis belle lurette et ne connaissait l'affaire que par ouï-dire, déclara de son aimable voix d'enfant un peu voilée, qu'il s'agissait sans doute d'une « fi-ille » et cette pensée s'imposait fatalement, étant donné la précocité audacieuse de Jappe et de Do Escobar. Bref, ils s'étaient abstenus de faire un esclandre en public;

mais devant témoins, en paroles brèves et mordantes, ils avaient fixé le lieu et l'heure où ils videraient cette affaire d'honneur. Rendez-vous le lendemain à midi, à tel et tel endroit, au Leuchtenberg. Bonsoir! — Knaak, le maître de ballet de Hambourg, et organisateur des réunions du Kurhaus, s'étant trouvé là, avait promis sa présence sur le terrain de combat.

Johnny manifestait une joie débridée à la pensée de cette joute, ni lui ni Brattström ne semblaient partager mes appréhensions. Il affirma à maintes reprises en roulant les *r* tout au bord de son palais selon sa charmante habitude, que ces deux-là allaient se battre très sérieusement, en ennemis; après quoi, avec une objectivité à la fois amusée et ironique, il évalua leurs chances. Jappe et Do Escobar étaient tous deux terriblement forts, ho! tous deux déjà de robustes drilles! Ce serait amusant de les voir s'affronter une fois avec tant de sérieux, pour savoir lequel des deux était le plus vigoureux. Jappe, disait Johnny, avait le torse large, des biceps, des jambes admirablement musclées, comme on pouvait s'en assurer tous les jours pendant le bain. Mais Do Escobar était extraordinairement nerveux et violent, de sorte qu'on se trouvait fort embarrassé de pronostiquer qui des deux l'emporterait. Il était singulier d'entendre Johnny commenter avec tant d'autorité les qualités de Jappe et de Do Escobar, et en même temps de voir ses propres bras d'enfant débile, aussi incapables de rendre un coup que de le parer. Quant à moi, je ne songeais pas, il est vrai, à manquer le spectacle. C'eût été ridicule et d'ailleurs ce qui se préparait m'attirait extrêmement. Il fallait à tout prix que j'y aille et que je voie tout cela, dès l'instant où j'en étais informé, c'était une sorte de devoir, mais en même temps me tiraillèrent d'autres sentiments contradictoires. Une grande timidité, la honte de m'aventurer sur le terrain où allaient s'accomplir des actes si virils, moi si peu belliqueux et combatif, une crainte nerveuse de l'émotion que susciterait en moi la vue d'une âpre lutte menée sérieusement et pour ainsi dire à la vie à la mort; émotion que je ressentais déjà par avance; en outre, peut-être y avait-il aussi une simple et lâche inquiétude de me trouver là-bas avec les autres, — sitôt pris, sitôt pendu — exposé pour mon propre compte à des obligations qui répugnaient à ma nature intime — la crainte d'être entraîné dans la mêlée et forcé de m'affirmer, moi aussi, pour un vaillant gaillard, perspective qui me répugnait comme pas une. D'autre part, je ne cessai de me mettre à la place de Jappe et de Do Escobar, d'éprouver en mon for intérieur les sensations consumantes que je leur attribuais. Je me représentais l'insulte et le défi dans le jardin de l'établissement thermal, je refoulais avec eux, mû par un élégant scrupule, le désir de tomber tout de suite sur l'adversaire à bras raccourcis. J'éprouvai leur passion de justice indignée, le sursaut de haine qui les déchirait, les accès d'impatience furieuse et la soif de vengeance qui les avaient probablement fait se convulser toute la nuit. Arrivé au paroxysme, ayant dépassé toute peur, je me ruai en imagination, aveugle et couvert de sang, contre un adversaire également inhumain, de toutes mes forces j'enfonçais mon poing dans sa bouche détestée, en lui cassant plusieurs dents; je recevais en revanche un coup brutal au bas ventre et m'affaissai dans des flots rouges après quoi, les nerfs calmés, et la tête enveloppée de compresses de glace, je me réveillais dans mon lit parmi les tendres reproches des miens. Bref, lorsqu'il fut onze heure et demie et que nous nous levâmes pour nous vêtir, je défaillais presque d'émotion, et dans la cabine aussi bien que plus tard, quand, rhabillés, nous quittâmes l'établissement de bain, mon cœur palpitait exactement comme si c'était moi qui devais me battre avec Jappe ou Do Escobar en public, et dans des conditions pénibles.

Je me rappelle encore nettement comment tous trois nous nous engageâmes sur la mince passerelle de bois qui du rivage montait à pic vers l'établissement. Bien entendu, nous sautions pour ébranler dûment cette passerelle et nous précipiter en avant comme d'un tremplin. Mais arrivés en bas, nous ne suivîmes pas le chemin de planches qui longeait la plage, entre des guérites et des fauteuils d'osier; nous nous dirigeâmes vers l'intérieur des terres, du côté de l'établissement thermal, en appuyant un peu sur la gauche. La maigre végétation des dunes cuisait sous le soleil; les ajoncs, les chardons exhalaient leur parfum sec et brûlant. On n'entendait rien, hormis l'incessant bourdonnement des mouches d'un bleu métallique qui semblaient immobiles dans la touffeur accablante, changeaient soudain de place et reprenaient plus loin leur stridulation monotone. L'effet rafraîchissant du bain s'était depuis longtemps dissipé. Brattström et moi, nous soulevions tour à tour nos couvre-chefs (lui sa casquette à visière de marin suédois en toile cirée, moi mon béret rond de Helgoland en laine, un « tam-o-shanter » comme on l'appelait) pour nous éponger le front. Johnny ne souffrait guère de la chaleur, grâce à sa maigreur et sans doute aussi parce que son vêtement était plus élégamment accordé à la journée estivale que le nôtre. Dans son léger et confortable costume marin en tissu lavable à rayures, qui laissait le cou et les mollets à découvert, avec sa jolie petite tête coiffée d'un béret bleu à courts rubans orné d'une inscription en anglais, ses pieds longs et étroits chaussés de fins souliers de cuir blanc presque sans talons, il marchait, en levant haut les jambes, les jarrets un peu pliés, entre Brattström et moi, tout en chantant avec son agréable accent une chanson des rues : « Pêcheuse, ô ma petite! » qui faisait alors fureur. Il la chantait avec une variante inconvenante, inventée par les garçons précoces; car il était ainsi : malgré son aspect enfantin il savait déjà maintes choses et n'était pas assez farouche pour craindre de les répéter de ses propres lèvres; après quoi il arborait une mine de sainte nitouche et disait : « Fi! Qui chanterait de si vilaines chansons? » Tout à fait comme si c'était nous qui avions lancé à la petite pêcheuse cette apostrophe grivoise.

Je n'avais du reste pas le cœur à chanter, tant nous étions déjà proches du terrain de rencontre, du lieu fatidique. L'âpre herbe des dunes s'était transformée en mousses des sables, en un maigre terreau de pré, nos pieds foulaient le Leuchtenfeld [1], ainsi dénommé à cause du phare jaune et rond qui se dressait sur la gauche, au loin, et tout à coup nous fûmes au but.

C'était un coin chaud, paisible, où presque jamais pied humain ne s'aventurait, et que des saules dissimulaient à tous les regards. Dans la clairière, à l'intérieur du taillis, étaient assis et installés — telle une vivante clôture — un cercle de jeunes gens, presque tous nos aînés, appartenant à diverses couches de la société. Manifestement, nous étions les derniers arrivants. On n'attendait plus que le maître de ballet Knaak, lequel devait assister à la lutte en qualité de juge et arbitre; mais Jappe et Do Escobar étaient là tous les deux, je les aperçus du premier coup d'œil. Assis très loin l'un de l'autre, dans le cercle, ils affectaient de s'ignorer. Après avoir, d'une brève inclinaison de tête, salué quelques connaissances, nous prîmes place à notre tour sur le sol chaud, en nous accroupissant.

Quelques-uns des assistants fumaient. Jappe et Do Escobar aussi avaient des cigarettes au coin des lèvres. Chacun d'eux, clignotant à cause de la fumée, fermait un œil et l'on voyait bien qu'ils sentaient la grandeur qu'il y avait à tirer ainsi des bouffées de cigarette avant que de se battre. Tous deux étaient habillés comme des messieurs, mais Do Escobar beaucoup plus en homme du monde que Jappe. Il portait des souliers jaunes très pointus, un costume d'été gris clair, une chemise rose à manchettes, une cravate de soie bariolée et un canotier de paille rond à bord étroit, perché en arrière sur le sommet de sa tête de manière à découvrir le monticule épais, compact, pommadé et d'un noir luisant, que formaient ses cheveux séparés sur le côté par une raie et frisés en hauteur sur le front. Parfois, il levait sa main droite pour repousser sous sa manchette un bracelet d'argent.

1. L. Champ du phare. *(N. d. l. T.)*

Les jambes prises dans un pantalon collant plus clair que l'habit et le gilet, assujetti par des sous-pieds sous ses bottines noires cirées, Jappe avait sensiblement moins grand air. A l'encontre de Do Escobar, il avait ramené très bas sur le front la casquette de sport à carreaux qui recouvrait ses cheveux blonds frisés. Assis à croupetons, il enlaçait son genou des deux bras et ce geste permettait de remarquer, d'abord qu'il portait des manchettes détachées, par-dessus les poignets de sa chemise, et ensuite que les ongles de ses doigts entrecroisés étaient coupés trop ras ou qu'il avait le travers de les ronger. Du reste, malgré l'attitude indifférente et désinvolte des fumeurs, l'atmosphère ambiante était grave, voire contrainte et surtout silencieuse. Seul réagissait Do Escobar, qui ne cessait de parler à ses voisins à voix haute, enrouée, en roulant vertigineusement les *r* sur la pointe de sa langue, et en soufflant de la fumée par le nez. Son bruit de crécelle me déplut et malgré les ongles trop ras, je me sentis plutôt disposé à faire cause commune avec Jappe qui adressait à ses voisins à peine un mot de temps à autre par-dessus l'épaule et suivait d'un regard en apparence très calme les volutes de sa cigarette.

Enfin arriva M. Knaak — je crois le voir encore dans son costume du matin en flanelle rayée bleutée, s'en venir d'un pas ailé, du côté du Kurhaus, et, levant son chapeau de paille, s'arrêter hors de notre cercle. Qu'il fût venu volontiers, j'en doute, je suis plutôt convaincu qu'il faisait de la nécessité une vertu en honorant de sa présence une séance de pugilat; mais sa situation, sa position difficile à l'égard de la jeunesse combative et nettement virile, l'y obligeaient probablement. Brun, beau et dodu (dodu en particulier dans les parages des hanches), il donnait en hiver des leçons de danse et de maintien, tant au casino que dans des milieux familiaux fermés et remplissait en été les fonctions d'organisateur des fêtes et de commissaire des bains, au Kurhaus de Travemunde. Avec ses yeux de fat, sa démarche balancée et ondoyante, — ayant soin de poser d'abord la pointe des orteils très écartée en dehors, et de laisser ensuite tomber le reste du pied, — avec son débit complaisant et affecté, l'assurance théâtrale de ses entrées, la distinction extraordinaire, démonstrative, de ses manières, il était la coqueluche du beau sexe alors que le monde masculin, notamment celui des adolescents doués de sens critique, le considérait avec suspicion. J'ai souvent réfléchi à la situation de François Knaak dans la vie et l'ai toujours trouvée étrange, fantastique. Elle reposait en l'air, ni plus ni moins, car bien que fils de petites gens, il cultivait l'art de vivre le plus raffiné, et sans appartenir à la société, il était appointé par elle pour être le gardien et le professeur de ses conventions idéales. Jappe et Do Escobar figuraient, eux aussi, parmi ses élèves, — pas au cours privé comme Johnny Brattström et moi, mais à ses leçons publiques du casino. C'est là que la personne et la situation de M. Knaak étaient soumises à la plus sévère critique; car, au cours privé, nous faisions preuve de plus d'indulgence. Un type qui vous enseignait à faire des grâces aux petites filles; un type sur lequel courait le bruit — non démenti — qu'il portait corset, et qui tenait les pans de sa redingote par la pointe des doigts, faisait la révérence, gambadait et tout à coup bondissait en l'air pour exécuter un trille des jambes, puis reprenait pied avec souplesse sur le parquet — était-ce là, après tout, un type recommandable? Voilà le soupçon qui pesait sur la personne et l'existence de M. Knaak et précisément son excès d'assurance et ses airs supérieurs vous y incitaient. De beaucoup notre aîné à tous, on disait, hypothèse comique, qu'il avait femme et enfant à Hambourg. Son état d'adulte, et le fait qu'on ne le rencontrait jamais que dans la salle de danse, le préservaient d'être confondu et démasqué. Savait-il faire de la gymnastique? En avait-il jamais fait? Avait-il du courage? de la force? Bref, fallait-il le considérer comme honorable? Il ne se trouvait jamais en situation de fournir la preuve de qualités plus martiales, qui auraient pu contrebalancer ses talents salonniers et assurer sa respectabilité. Il y avait des gars pour le traiter carrément de singe et de couard sans doute en avait-il eu vent et voilà pourquoi il était venu en ce jour, manifester l'intérêt qu'il prenait à un combat sérieux et se rallier au parti des jeunes gens, en camarade, encore que ses fonctions de commissaire des bains eussent dû en somme lui interdire de tolérer cette affaire d'honneur, contraire à la règle. Mais j'en suis convaincu, il ne se sentait point à l'aise et se rendait nettement compte qu'il était sur un terrain glissant. Certains des assistants l'examinèrent d'un œil froid et lui-même se retournait d'un air inquiet pour voir si quelqu'un venait.

Il s'excusa poliment d'être en retard. Une conférence avec la direction du Kurhaus au sujet de la réunion de samedi l'avait, dit-il, retenu. « Les combattants sont-ils sur les lieux? demanda-t-il là-dessus avec raideur. Alors, nous pouvons commencer. » Appuyé sur sa canne et les pieds croisés, il se tint en dehors de notre cercle, mordilla de sa lèvre inférieure sa molle moustache brune et affecta un sombre regard d'expert.

Jappe et Do Escobar se levèrent, jetèrent leur cigarette et commencèrent à se préparer à la lutte. Do Escobar fut prêt en un tournemain, avec une impressionnante rapidité. Il jeta à terre son chapeau, sa veste et son gilet, et détacha aussi sa cravate, son col et ses bretelles, qui rejoignirent le reste. Après quoi, il tira sa chemise rose hors de son pantalon, se débarrassa prestement des manches et resta là, dans un petit sous-vêtement de tricot rayé blanc et rouge qui découvrait ses bras jaunâtres, déjà striés de poils noirs à partir du milieu de l'avant-bras. « Vous permettez, Monsieur », dit-il avec un *r* tonitruant. Il s'avança d'un pas vif jusqu'au milieu de la piste et bombant le torse cambra ses épaules pour bien faire jouer ses articulations. Il avait gardé son bracelet d'argent.

Jappe, point encore prêt, tourna la tête vers lui et, les sourcils haussés, regarda un instant les pieds de son adversaire, entre des paupières mi-closes, comme pour dire : « Attends un peu. Je viens, même si je ne fais pas le faraud comme toi! » Bien que de carrure plus large, il était loin d'avoir l'apparence athlétique et martiale de Do Escobar, lorsqu'il se planta en face de lui. Ses jambes dans leurs bottines étroitement lacées tendaient à dessiner un X et sa vêture n'avait rien d'impressionnant : chemise molle, déjà un peu douteuse, avec de larges manches boutonnées aux poignets et porte-bretelles en élastique gris posé par-dessus; alors que le maillot en tricot rayé de Do Escobar et surtout les poils noirs sur ses bras produisaient une impression extraordinairement martiale et menaçante. Tous deux étaient blêmes mais la pâleur de Jappe se remarquait davantage à cause de ses joues en général rubicondes. Il avait un visage de blondin réjoui et un peu brutal, le nez camus tavelé de taches de rousseur. Le nez de Do Escobar, en revanche, était bref, droit et tombant, un soupçon de moustache noire ombrageait sa lèvre supérieure mafflue.

Les bras ballants, ils se tinrent presque poitrine contre poitrine, et chacun, la mine sombre et dédaigneuse, regardait l'autre dans la région de l'estomac. De toute évidence, ils ne savaient au juste par où commencer et je partageais tout à fait leur sentiment. Une nuit entière et la moitié d'une journée s'étaient écoulées depuis leur altercation, et le désir de foncer l'un sur l'autre, si vif la veille au soir et refoulé uniquement par esprit chevaleresque, avait eu tout le temps de se calmer. Or, à présent, à l'heure fixée, et de sang-froid, ils étaient obligés de faire sur commande, devant un public assemblé, ce que la veille ils auraient si volontiers fait dans un sursaut impulsif. Après tout, ils étaient des garçons civilisés et non des gladiateurs de l'antiquité. A tête reposée, on éprouve tout de même une appréhension humaine, à la pensée de démantibuler à coups de poing le corps sain de quelqu'un. C'est ce que je me disais, et sans doute en allait-il ainsi.

Toutefois, le point d'honneur exigeant que quelque chose se passât, chacun se mit à cogner des cinq doigts contre la poitrine de son adversaire, comme s'il se figurait, dans un accès de dédain réciproque, le terrasser d'une chiquenaude, et dans l'intention manifeste de s'exaspérer mutuellement.

Mais à l'instant où le visage de Jappe commençait à se crisper d'énervement, Do Escobar mit fin à cette escarmouche préliminaire.

— Pardon, monsieur! dit-il en faisant deux pas en arrière et il se détourna pour serrer dans le dos la boucle de son pantalon, car il avait ôté ses bretelles et comme il avait les hanches étroites, sa culotte commençait sans doute à glisser. Une fois sanglé de nouveau, il proféra quelque chose de sonore, de guttural, en espagnol, que nul ne comprit et qui sans doute signifiait qu'à présent seulement il était fin prêt. Il bomba de nouveau le torse et avança. Manifestement sa fatuité ne connaissait point de limites.

La lutte harcelante à mains plates et à coups d'épaule reprit de plus belle; mais tout à coup, à l'improviste, elle dégénéra en un bref corps-à-corps, aveugle, rageur, un pêle-mêle confus de poings tourbillonnants, qui dura trois secondes et s'interrompit tout aussi brusquement.

— Les voilà lancés, dit Johnny assis à côté de moi, à mâchonner un brin d'herbe sèche, je parie que Jappe va le descendre. Do Escobar fait de l'esbrouffe. Voyez-moi un peu, comme il louche tout le temps vers la galerie! Jappe, lui, est bien à son affaire. Parions qu'il va lui administrer une forte raclée?

Ils avaient rebondi loin l'un de l'autre et, haletants, restaient là, les poings sur les hanches. Sans aucun doute, tous deux avaient été sérieusement touchés, car leur visage prenait une expression méchante et tous deux avançaient les lèvres d'un air indigné comme pour dire : « Qu'est-ce qui te prend de me faire tant de mal? » Jappe avait les yeux rouges et Do Escobar découvrait ses dents blanches, lorsqu'ils se ruèrent de nouveau l'un contre l'autre.

A présent ils cognaient de toutes leurs forces, tour à tour et avec de brèves pauses, sur les épaules, les avant-bras et le thorax de l'adversaire. « Ce n'est rien, dit Johnny, avec son charmant accent. De cette façon-là, on ne peut venir à bout de personne! C'est sous le menton qu'ils devraient taper, de bas en haut, dans la mâchoire. C'est définitif. »

Mais entre temps, Do Escobar avait, de son bras gauche, enlacé les deux bras de Jappe, les serrait contre sa poitrine comme dans un étau, sans cesser de labourer du poing droit le flanc de son ennemi.

Il y eut une vive sensation. « Il ne faut pas le maintenir! » crièrent plusieurs spectateurs et ils se levèrent d'un bond. M. Knaak effrayé se précipita dans le cercle : « Ne le retenez pas! criait-il, lui aussi. Vous le maintenez de force, voyons, mon cher ami! C'est contraire à tous les usages des étudiants! » Il les sépara et notifia une fois encore à Do Escobar qu'il était absolument interdit de maintenir de force l'adversaire, après quoi il se retira de nouveau, hors de la piste.

Jappe écumait, cela se voyait. Très pâle, il se massait le flanc tout en observant Do Escobar avec un lent hochement de tête qui ne présageait rien de bon. A la reprise suivante, sa mine exprima une résolution si farouche que tout le monde s'attendit à des prouesses décisives de sa part.

Et vraiment, dès le début de la nouvelle rencontre, Jappe réussit un *coup* [1], il usa d'une feinte, probablement préméditée : de la main gauche, il simula un horion vers le haut, qui obligea Do Escobar à se couvrir le visage; aussitôt, la dextre de Jappe l'atteignit en plein estomac, si fort que Do Escobar se tordit, plié en deux, et son visage prit la couleur de la cire jaune.

— Ça, c'est touché! dit Johnny. Ça, ça fait mal! Maintenant, peut-être va-t-il se ressaisir et s'employer à fond pour prendre sa revanche.

Mais le coup dans l'estomac avait porté avec trop de violence, et le système nerveux de Do Escobar se trouvait visiblement ébranlé. On voyait qu'il n'était plus capable de serrer le poing pour frapper et son regard révélait qu'il n'avait plus toute sa lucidité. Toutefois, sentant que ses muscles le trahissaient, sa vanité lui dicta un nouveau manège : il se mit à jouer le rôle du Méridional agile qui

1. En français dans le texte.

raille l'ours allemand grâce à sa prestesse et le réduit au désespoir. A pas brefs et avec toutes sortes de passes inutiles, il dansotta en petits cercles autour de Jappe, puis il esquissa un sourire arrogant, qui étant donné son état piteux, me sembla héroïque. Mais Jappe, nullement réduit au désespoir, se bornait à pivoter sur ses talons à chaque fois, et lui assena plusieurs coups durs, tout en parant du bras gauche les faibles attaques de Do Escobar. Pourtant, ce qui scella le sort de ce dernier, fut le fait que son pantalon ne cessait de glisser, si bien que sa chemise de tricot en sortait, découvrant une partie de son corps nu, jaunâtre — ce qui provoqua quelques rires dans l'assistance. Mais aussi, pourquoi avoir ôté ses bretelles? Il aurait dû faire fi des raisons esthétiques! A présent, son pantalon le gênait, l'avait gêné durant tout le combat. Il cherchait toujours à le remonter et à y introduire sa chemise; malgré son lamentable état, la pensée de présenter un aspect négligé et ridicule lui était odieuse. Ainsi advint-il finalement que Jappe — alors que Do Escobar luttait d'une seule main, et de l'autre essayait de réparer le désordre de sa toilette — lui appliqua sur le nez un tel coup qu'aujourd'hui encore, je me demande comment il ne le lui cassa point tout à fait.

Le sang jaillit, Do Escobar se détourna et s'écarta de Jappe. De sa main droite, il chercha à arrêter l'hémorragie et de la gauche il fit vers l'arrière un signe qui en disait long. Jappe, ses jambes cagneuses crispées et les poings serrés, attendait toujours le retour de Do Escobar; mais celui-ci avait quitté la partie. Si j'ai bien compris son caractère, il était le plus civilisé des deux et trouvait qu'il était grand temps de mettre un terme à l'affaire. Jappe, sans nul doute, eût continué de se battre, le nez ensanglanté, mais presque aussi sûrement Do Escobar, dans ce cas-là aussi, se fût retiré du combat, et le faisait à présent d'autant plus volontiers que lui-même saignait. On lui avait fait couler le sang du nez, le diable les emporte, les choses n'auraient jamais dû en venir là, à son avis! Le sang dégoulinait entre ses doigts et sur ses vêtements, maculait son pantalon clair et gouttait sur ses souliers jaunes. C'était ignoble, tout simplement; et dans ces conditions, il refusait, comme un acte inhumain, la continuation de la lutte.

Au surplus, la plupart des assistants partageaient sa façon de voir. M. Knaak entra dans la ronde et déclara le combat terminé. « L'honneur est sauf, dit-il; tous deux se sont admirablement comportés. » On voyait à son air combien il se sentait soulagé que la chose se fût si bien passée. « Mais aucun des deux n'a mordu la poussière! » dit Johnny, étonné et déçu. Pourtant, Jappe aussi fut d'accord pour que l'on considérât la querelle comme vidée, et reprenant haleine, il se dirigea vers ses vêtements. La délicate fiction de M. Knaak, selon laquelle l'issue du combat était restée indécise, fut approuvée à l'unanimité. On ne félicita Jappe qu'à la dérobée. D'autres prêtèrent à Do Escobar leurs mouchoirs, car le sien s'était vite imbibé de sang.

— Continuons! cria là-dessus quelqu'un. Que d'autres entrent dans la lutte! »

C'était exprimer le vœu général. La rixe de Jappe et de Do Escobar avait duré trop peu, rien que dix bonnes minutes, à peine davantage. Une fois qu'on était là, on avait encore du temps de reste, il fallait bien faire quelque chose! Donc, deux autres lutteurs et celui qui veut aussi prouver qu'il mérite le nom de rude gaillard, n'a qu'à entrer dans la lice!

Personne ne se présenta. Mais pourquoi, à cet appel, mon cœur se mit-il à battre comme une petite cymbale? Mes craintes se réalisaient; voilà que le défi rejaillissait sur les spectateurs. Mais pourquoi avais-je à présent presque l'impression d'avoir tout le temps attendu, avec une joie mêlée de terreur, ce grand instant, pourquoi, dès qu'il se produisit, me trouvai-je précipité dans un tourbillon d'impressions contradictoires? Je jetai un coup d'œil à Johnny. Assis à côté de moi, parfaitement nonchalant et indifférent, il faisait tournailler son brin de paille dans sa bouche, et regardait autour de lui, d'un air franc et intrigué, s'il ne se trouverait pas encore quelques vigoureux gars prêts à se fendre le nez en deux pour son plaisir privé. Pourquoi fallait-il que je me sente personnellement atteint et provoqué, en proie à une agitation terrible, et tenu, vis-à-vis de moi-même, de dompter ma crainte par un effort violent et surnaturel, et d'attirer sur moi l'attention générale, en me lançant héroïquement dans la lice ? En fait, soit orgueil, soit excès de timidité, j'allais lever la main et me présenter pour le combat, quand quelque part dans le cercle une voix impertinente s'éleva :

— Maintenant, au tour de M. Knaak!

Tous les yeux se rivèrent sur M. Knaak. Ne disais-je pas qu'il était sur un terrain glissant, exposé au danger qu'on lui sondât le cœur et les reins? Mais il répondit :

— Merci, j'ai déjà assez reçu de coups comme cela dans ma jeunesse!

Il était sauvé. Il s'était tiré avec aisance du nœud coulant, il avait fait allusion à son âge, laissé entendre que naguère il ne s'était jamais dérobé à une honnête rixe, et loin de fanfaronner, il avait su donner à ses paroles un accent de vérité en avouant avec un sympathique dénigrement de sa personne, qu'il avait été rossé. L'attention se détourna de lui. On reconnut qu'il était difficile sinon impossible, de provoquer sa chute.

— Alors, une séance de pugilat! demanda quelqu'un. La proposition éveilla peu d'échos, mais au milieu des délibérations, Do Escobar (et je n'oublierai jamais la fâcheuse impression qu'il causa) fit entendre derrière son mouchoir sanglant sa voix rauque, espagnole : « Le pugilat est lâche! ce sont les Allemands qui pratiquent le pugilat! » Manque de tact inouï de sa part, et il reçut sur-le-champ son paquet comme il le méritait; car ce fut alors que M. Knaak lui décocha la pertinente riposte : « Il se peut. Mais il semble aussi que les Allemands administrent parfois aux Espagnols de bonnes raclées. »

Un rire d'approbation le récompensa. Cette réplique

consolida grandement sa situation et Do Escobar se trouva liquidé pour ce jour-là.

L'opinion prédominante fut cependant, malgré tout, que le pugilat était plus ou moins ennuyeux et l'on décida de se livrer, pour passer le temps, à des tours d'adresse : saute-mouton, stations sur la tête, marche sur les mains et ainsi de suite. « Venez, partons », dit Johnny à Brattström et à moi, et il se leva. C'était bien là Johnny Bishop tout entier. Il était venu parce qu'il escomptait du concret, un spectacle au dénouement sanglant. Dès l'instant où la chose tournait au jeu, il s'en allait.

Ce fut lui qui le premier me donna le sentiment de la singulière supériorité du caractère national britannique que plus tard je devais apprendre à admirer si fort.

FIORENZA

PERSONNAGES

Jérome Savonarole, prieur de Saint-Marc.
Laurent de Médicis, le Magnifique.
Pierre. } Ses fils.
Jean (le futur pape Léon X). } Ses fils.
Pic de La Mirandole.
Ange Politien. } Humanistes.
Marsile Ficin. } Humanistes.
Messer Luigi Pulci, poète.
Grifone.
Francesco Romano.
Ghino.
Leone.
Aldobrandino.
Ercole.
Andreuccio.
Simonetto.
Guidantonio.
Pandolfo.
Dioneo.
} Artistes.
Pierleoni, médecin de Laurent.
Niccolo Cambi, bourgeois de Florence.
Ognibene, élève de Botticelli.
Gentile, page.
Fiore, maîtresse de Laurent.

Gardes, pages, bourgeois de Florence.

FIORENZA

Le temps : après-midi du 8 avril 1492.
Le lieu : la Villa Médicis à Careggi près Florence.

ACTE PREMIER

Le cabinet de travail du cardinal Jean de Médicis. Une pièce intime à l'étage supérieur de la villa. Aux murs, tapisseries; dans les intervalles, rayons de livres encastrés dans le mur et bibliothèques pleines de livres et de manuscrits roulés. Fenêtres haut placées à larges rebords. L'entrée, fermée par une tapisserie, est au milieu de la paroi du fond. A gauche, sur le côté, table avec lourde couverture de brocart où posent un encrier, des plumes, des papiers. Sur le devant de la scène, un fauteuil orné du blason à boules, auquel s'appuie un luth. A la paroi de droite, grand tableau à sujet théologique. Étagère avec vases artistiques.

I

Sur le sofa, au premier plan à droite, est assis le jeune cardinal Jean — dix-sept ans, petit bonnet rouge, large col blanc et pèlerine rouge — un joli visage tendre, spirituel. Près de lui, dans le fauteuil, Ange Politien vêtu d'une longue robe sombre plissée, à manches bouffantes, simplement fermée au cou, à l'étroite encolure blanche. Sa figure sage et sensuelle, encadrée de boucles grises, au nez fort et busqué, à la bouche entourée de rides, est tournée vers le cardinal qui, très myope, joue avec son lorgnon en forme de ciseaux. Des livres — dont certains ouverts — traînent côte à côte ou superposés, sur le tapis de la table. Politien en tient un entre les mains.

POLITIEN. — ... Et maintenant, Jean, mon ami, et fils de mon grand et bien aimé ami Laurent, j'en reviens à l'espoir, au souhait si légitime et fondé, que comme moi, le monde épris de sagesse formule en te regardant... Ne crois point que je néglige les ménagements que je dois à ton auguste rang dans la hiérarchie sacrée.

JEAN. — Pardonnez-moi, maître Ange. Avez-vous ouï-dire que récemment, à la cathédrale, le père Jérôme a déclaré que dans la hiérarchie des esprits, le prédicateur chrétien se classe tout de suite après la dernière catégorie des anges?

POLITIEN. — Comment?... Peut-être... Il se peut que j'en aie entendu parler. Passons. Ce que je voudrais te rendre évident, c'est que le vicaire du Christ dont, selon le cours probable des événements, tu es appelé à porter un jour la tiare, ne contreviendra pas à sa mission sacrée s'il exauce mon vœu, celui de tous les amants de la belle sagesse. Il s'agit de la sanctification de Platon, Jean, tu le sais. Il est divin, et faire de lui un dieu n'est qu'un commandement de la raison. Que cet acte raisonnable et magnifique soit réservé à un pape de la maison de Médicis, brillante de sapience et de beauté, non seulement les astrologues le lisent au ciel, mais c'est dans l'ordre logique et vraisemblable. Pour ce qui est du Christ, sans aucun doute, il ne pourrait qu'approuver la canonisation du philosophe antique. Les sybilles ont maintes fois prédit expressément la venue du Christ. Point n'est besoin de rappeler à mon élève les vers si allusifs de Virgile. Platon lui-même, selon une sûre tradition, l'a annoncé en termes très clairs et l'on peut lire dans Porphyre que les dieux avaient reconnu la piété, la dévotion extraordinaires du Nazaréen, affirmé son immortalité, et somme toute, lui ont apporté le plus favorable témoignage... Bref, mon

Jean, veuillent les dieux me permettre de vivre le jour où tu combleras le vœu que je ne cesse de soumettre à ton cœur... Car ce jour verra le plus beau fruit de nos communes études platoniciennes... *(Comme le cardinal rit sous cape.)* Puis-je te demander le motif de ton hilarité?

JEAN. — Rien... rien... rien, maître Ange! Mais, je me suis avisé que le frère Jérôme a dit récemment à la cathédrale que dans le dialogue de Platon régnait une « vertu obscène »... Je la trouve bien bonne, hé! hé! Le trait est mordant!... Quoi qu'il en soit...

POLITIEN. *(après un silence)*. — Je suis froissé, maître Jean, et j'ai sujet de l'être. Vous vous êtes montré distrait cet après-midi, déjà distrait pendant toute la lecture, et au plus haut degré. J'attribuais votre inattention à l'inquiétude et aux soucis de cette heure peu propice. Votre magnifique père est malade, fort malade, nous tremblons tous pour ses jours mais nous plaçons notre espoir dans le précieux remède que lui a prescrit le médecin juif de Pavie; en outre, il me semble qu'aux heures de détresse et de peine précisément, la philosophie devrait être notre consolatrice la plus noble et la mieux accueillie. Cependant, je ne comprendrais que trop bien que la pensée de votre père détournât votre esprit de l'étude. Mais quand je dois constater que vous vous occupez plutôt du... du frère Jérôme, ce froqué risible, ce grotesque petit moine mendiant!...

JEAN. — Hé! Qui ne s'occuperait de lui? pardonnez-moi, maître Ange! Voyons! Ne soyez pas fâché! Soyez gentil! La colère ne vous sied pas. Vous devriez ne jamais exprimer que des pensées belles, mesurées et limpides. Est-ce que je vous aime, oui ou non? Qui donc connaît par cœur presque tous vos huitains et toute votre fête du Cellier en hexamètres latins? Alors? Mais quant au Ferrarais, j'ai vraiment envie de parler un peu de lui. Vous avouerez malgré tout que c'est une figure singulière et fascinante. Il est prieur d'un ordre mendiant, et l'on doit mépriser les ordres mendiants. Ils sont l'objet de la risée publique et à chacun de mes séjours à Rome j'ai appris qu'ils constituent un embarras pour l'Église. Or, voici que l'un de ces *frati* dédaignés et raillés se dresse, et grâce à ses dons étranges, triomphe non seulement de tous les préjugés à l'égard de son état, mais aussi attire l'admiration publique sur sa personne...

POLITIEN. — L'admiration? Qui donc l'admire? Pas moi! Certes, pas moi! Le peuple vénère en lui un de ses pareils.

JEAN. — Non, non, non, maître Ange, il n'est pas de la même essence que le peuple! et pas seulement parce qu'il appartient à une vieille famille bourgeoise très considérée de Ferrare! Je l'ai entendu maintes fois à Sainte-Marie-de-la-Fleur et je vous assure que j'ai gardé de lui des impressions extraordinaires et très complexes. Il manque de culture et de grâce à un degré effarant, je vous l'accorde; mais à l'observer de plus près, il semble quand même que son corps et son âme sont de nature étrangement délicate. Souvent, en chaire, il est forcé de s'asseoir tant sa propre passion le bouleverse, et l'on dit qu'après chaque sermon, son épuisement l'oblige à garder le lit. Sa voix est singulièrement douce, seuls son regard et son geste semblent lui donner parfois la force effroyable du tonnerre. Tenez, je vais vous faire un aveu... Parfois, quand je suis seul, je prends mon miroir de Venise et m'essaye à l'imiter lorsqu'il fulmine contre le clergé. *(Le contrefaisant :)* « Mais à présent je vais étendre ma main, dit le Seigneur. Voici que je viens à toi, Église vénale, débauchée, infâme, indigne, impudique! Mon glaive s'abattra sur ton népotisme, sur tes lieux de scandale, sur tes prostituées, tes palais, et tu sentiras le poids de ma justice! » Oui, certes. Mais moi, voyez-vous, je n'y arrive pas. Je ferais un lamentable prêcheur de pénitence. Florence se rirait bien de moi, l'insolente fille! Mais tout cardinal que je suis, et destiné à devenir pape, et bien qu'il ne soit, lui, qu'un pauvre frère mendiant, je suis encore moins capable que lui de prédire l'avenir, maître Ange! Un an à l'avance, il a annoncé la mort du pape et de mon père le Magnifique, et à Dieu ne plaise que cette prophétie s'accomplisse jusqu'au bout! Mais le fait est qu'aujourd'hui, le bon vivant qui a choisi avec tant d'ironie le nom d'Innocent gît depuis des semaines dans une morne léthargie, en sorte que toute la Cour le croit mort par moment, et mon père est si malade qu'on lui a administré ce matin le sacrement. Il semble d'ailleurs en avoir été revigoré au point qu'il a pu ensuite à ce propos faire un bon mot, il est vrai exhalé d'une voix très faible. Mais...

Politien. — Ton père s'est surmené pendant le carnaval, voilà tout. Les fêtes organisées par les artistes ont été particulièrement débridées et Laurent porte à la beauté et la jouissance une si brûlante ardeur qu'il néglige trop sa santé. Il brandit la coupe de l'amour et de la joie comme si son corps était aussi invincible que son âme merveilleuse. Il ne l'est point. Un enfant aurait pu prédire qu'il recevrait un jour une leçon à cet égard, et tu veux en faire mérite à ton moine, comme d'un miracle? Allons, Jean! Tu es un jeune fou, ou tu te gausses de moi, ce qui est plus probable. Ne vas-tu pas aussi me parler de ses visions? Me représenter que de temps à autre le ciel s'entrouvre pour lui, il entend des voix et regarde pleuvoir des glaives, des flèches et du feu? Je consens que le bon *frate* croie à ses révélations et à ses apparitions, je veux mettre cela au compte de sa ridicule ingénuité. Mais s'il était un peu plus instruit, plus cultivé, si dans ses aptitudes et ses études, il entrait moins de désordre et de confusion, je veux croire que tout cela s'abolirait...

Jean. — Me voilà convaincu. C'est parfaitement exact. Nous autres, nous sommes beaucoup trop instruits et cultivés pour avoir des visions, et si nous en avions, nous n'y croirions point. Pourtant, à sa façon, il obtient du succès, maître Ange.

Politien. — Nul n'a le droit de parler de succès, quand il n'a conquis que la plèbe en flattant ses misérables instincts; sinon, Florence devrait rougir devant l'Italie entière du succès de ce répugnant capucin! Je ne l'ai entendu prêcher qu'une fois à la cathédrale, ce prieur de Saint-Marc tant vanté, et par toutes les grâces, les muses et les nymphes! Je n'y retournerai plus! J'ai toujours pensé m'y connaître un peu en matière d'éloquence, je faisais sans doute erreur. On croyait autrefois à Florence que ce qui rendait un prédicateur digne d'admiration, c'était le choix mesuré et noble de ses mouvements, de ses paroles et de ses tournures, sa vaste connaissance des auteurs de l'antiquité, attestée par des citations savamment ordonnées, par des sentences chargées de pensée, la pureté et l'éloquence du langage, le beau timbre de la voix, la construction magistrale des périodes et la chute harmonieuse des syllabes. Tout cela, il paraît que ce sont des billevesées. Le comble du sublime, c'est qu'un barbare maladif aux yeux ardents et aux gestes frénétiques gémisse sur la décadence de la chasteté, rabaisse la culture et les arts, vitupère les poètes et les philosophes, emprunte exclusivement ses citations à la Bible, comme si cet ouvrage n'était point écrit en un latin vraiment abominable; et de surcroît, qu'il ait l'insolence de diffamer la vie et le gouvernement du grand Laurent!

(Il s'est levé et parcourt la pièce avec agitation tandis que le cardinal l'observe complaisamment à travers son lorgnon.)

Jean. — Par la Sainte Vierge, maître Ange, que vous voilà dans une belle colère! Vous vous obstinez à voir les choses sous un seul angle, quasiment comme le Frère Jérôme en personne! Poursuivez! Vos paroles me sont une vraie joie! Dites-le avec plus de mordant encore, dites-le en termes écrasants! « Épicuriens et pourceaux... » Il a parlé d'épicuriens et de pourceaux. Le mot est devenu populaire. Il visait les amis de mon père, Ficin, Messer Pulci, les artistes et sans doute vous aussi, héhé...

Politien. — Écoutez, seigneur cardinal...

Jean. — Allons, allons! Qu'y a-t-il, voyons? Est-ce que je vous aime, oui ou non? Vous avez raison, autant qu'il se peut...

Politien. — Je ne dis pas que j'ai raison, je dis que je méprise ce ver de terre, parce qu'il croit détenir la vérité! que n'a-t-il un sourire, dieux bons! une petite raillerie cachée! Un subtil mot de doute et de supériorité, par-dessus la tête du peuple, pour s'entendre avec nous, les gens cultivés — et je lui aurais pardonné! Mais non, rien de tel. Un anathème sinistre et stupide lancé à l'incrédulité et à l'immoralité, au goût de l'ironie, au vice, à la sensualité et aux voluptés charnelles...

Jean *(se trémoussant de plaisir)*. — *Vaccae pingues...* Ah mon Dieu, savez-vous ce qu'il a dit des vaches grasses qui paissent sur la montagne de Samarie? Il en a parlé lorsqu'il commentait Amos. « Ces vaches grasses, a-t-il dit, voulez-vous savoir ce qu'elles symbolisent? Elles symbolisent les courtisanes, les milliers et milliers de grasses courtisanes d'Italie. » Voilà qui est bon! Voilà qui est magnifique! Ne dites pas le contraire. Il faut de la fantaisie, pour s'aviser d'une chose pareille, et c'est une image amusante, inoubliable! *Vaccae pingues!* Je ne peux plus voir de vache grasse sans penser à une fille de joie, ni une prêtresse de Vénus sans qu'elle me rappelle une vache grasse. J'ai d'ailleurs fait une petite observation. Dans le trait d'esprit, dans la représentation cocasse, réside le meilleur antidote au désir charnel. Je ne suis pas un cafard, n'est-ce pas? Les statues, les tableaux, les vers, la musique, les plaisanteries font mes délices et mon unique souhait est de pouvoir mener une vie sereine et paisible en me consacrant à ces belles choses. Mais je vous assure, il n'est pas rare que je ressente les tentations amoureuses comme une gêne. Elles troublent mon équilibre, mon enjouement, m'échauffent de façon désagréable... Enfin, n'insistons pas. Hier, sur la Piazza, a passé à côté de ma litière la grosse Penthésilée qui loge à la Porte San Gallo; je l'ai regardée, sans l'ombre d'une tentation, je vous l'affirme. Seulement, j'ai été pris d'un tel fou rire que j'ai dû tirer les rideaux. Elle avait tout à fait la démarche d'une vache grasse paissant sur le mont de Samarie!

Politien *(à moitié amusé)*. — Quel enfantillage, Jean, tes histoires de vaches! Donna Penthésilée est une très belle femme qui a acquis une grande culture humaniste et artistique et ne mérite en rien ta comparaison! D'ailleurs, je me réjouis d'apprendre que tu prends au comique ton frère le prédicateur de carême.

Jean. — Ha, vous vous trompez! Oh, mais pas du tout! Je le prends au sérieux autant qu'il est possible! Peut-on faire autrement? C'est un homme célèbre! Notre aimable Florence s'entend à enterrer sous ses quolibets les gens dépourvus de talent qui se risquent en public. Lui, il l'a bouleversée. A tout le moins, il faut lui concéder une religiosité et une expérience du christianisme rares.

Politien. — L'expérience du christianisme... parfait! N'a-t-on rien appris, on appelle à la rescousse l'expérience du christianisme, l'illumination, l'aventure intérieure! Il renie les Anciens, il n'a cure ni de Crassus, d'Hortensius, ni de Cicéron. Il n'a même point le titre de docteur en théologie et il méprise tout le savoir du monde. Il ne connaît, ne sait, ne veut, que lui, lui, lui, lui seul et il parle de lui, quelque sujet qu'il traite. Oui, parfois, il se sert d'anecdotes empruntées à sa vie privée, en cherchant à leur donner une signification plus profonde — comme si un homme cultivé, un homme de goût, songeait à accorder la moindre importance aux aventures de ce hibou! Il y a quelques jours, chez Antonio Miscomini l'imprimeur, m'est tombé sous la main un exemplaire de son traité, *De l'amour pour Jésus-Christ*, qui a atteint en peu de temps la septième édition, ce qui est grotesque. Comme le digne frère réfute le magnifique dialogue de Platon, j'étais curieux de savoir ce qu'il a lui-même à dire sur l'amour. Ce que j'ai trouvé, mon ami, était répugnant au-delà de toute attente. Un mélange déréglé et passionné de sensations obscures, de prémonitions délirantes, fébriles, et d'états psychiques intermédiaires, intimes, qui cherchent en vain à s'exprimer sous une forme verbale plastique. J'en avais le vertige, la nausée. Sérieusement, je comprends très bien que ce genre d'étude doit être une occupation épuisante, je comprends ses défaillances et ses évanouissements. Au lieu de fuir ses estimables parents et se réfugier au cloître et dans la sainteté, au lieu de contempler fixement, entre les murs d'une cellule nue, ses ténèbres intérieures, ce fou aurait dû s'instruire un peu, clarifier et aiguiser son regard pour percevoir la substance variée et splendide du monde extérieur! Il saurait alors que la création n'est ni martyre ni macération mais joie, que tout ce qui est bien s'exécute avec une bienheureuse légèreté. J'ai écrit mon drame d'*Orphée* en quelques jours. Mes chants coulent de mes lèvres devant la beauté de ce monde, en dégustant du vin, au cours d'une fête, sans que je sois forcé de me mettre ensuite au lit!...

Jean. — A moins que la faute n'en soit au vin!... Oui, maître Ange, vous êtes la lumière de ce siècle. Qui donc vous égale? Nul ne voit le monde avec autant de suavité que vous. Nul ne chante avec autant de charme les louanges d'un bel enfant. Peut-être frère Jérôme s'est-il dit qu'un ambitieux devait procéder d'une façon un peu différente, pour pouvoir rivaliser avec vous...

Politien. — Te moques-tu?

Jean. — Je ne sais. C'est trop me demander. Je ne sais jamais quand je me moque et quand je suis sérieux... Qu'y a-t-il?

Un gardien des portes *soulève la tapisserie masquant l'entrée.* — Le prince de La Mirandole

Jean. — Pic? Il est le bienvenu. N'est-ce pas, maître Ange? Il sera le bienvenu. *(Le garde se retire.)* Allons, venez ici! Soyez gentil! Je vous aime, ou pas? Vous avez raison, je me donne pour battu, Frère Jérôme est une chauve-souris!... Là, êtes-vous content? Il faut bien discuter un peu, n'est-ce pas? Si vous aviez pris son parti, je l'aurais noirci de toutes mes forces... Voilà Pic! Bonjour Pic!

Politien. — Que n'es-tu moins aimable, fripon, pour qu'au moins on puisse te tenir rigueur...

II

Jean Pic de La Mirandole entre rapidement, laisse son manteau aux mains du serviteur et s'avance d'un pas vif vers le devant de la scène. C'est un jeune homme pétulant, vêtu avec une élégance personnelle, de tissus de soie; il a de longues boucles blondes, soignées, le nez fin, la bouche féminine et un double menton.

PIC. — Comment va le Magnifique?... Bonjour, Vannino. Salut, maître Ange... Pouah, je meurs de chaleur. Celui de vous deux qui est mon ami, messeigneurs, me procurera une limonade, et aussi fraîche que les eaux du Cocyte! *(Le cardinal, faisant à Politien signe de rester, se dirige vers la porte et donne lui-même l'ordre à la cantonade.)* Par Bacchus, la langue me colle au palais! Quelle chaleur pour un mois d'avril! A San Stéfano in Pane, il était déjà quinze heures et le temps ne fraîchit pas! Il faut vous dire que je viens de Florence à bride abattue. J'avais déjeuné chez vos parents les Tornabuoni, Jean, et m'y suis trop longtemps attardé. Il faut reconnaître que les Tornabuoni ont une cuisine remarquable. Il y avait des poulardes venues de France, mon petit, d'une tendreté que tu aurais su apprécier! Oui, la vie a ses agréments. Et Laurent... Soyons sérieux. Comment se porte Laurent depuis ce matin?

POLITIEN. — Son état semble sans changement depuis que vous l'avez vu, seigneur. Le cardinal et moi, nous attendons ici le rapport de son médecin privé sur l'effet de la potion de pierres précieuses distillées que le sieur Lazzaro de Pavie a administrée à notre maître et pour donner des ailes à ces heures pénibles, nous avons un peu sacrifié à l'étude dont un sujet indigne nous a d'ailleurs beaucoup écarté, par la suite... Mais maître Pierleoni ne nous a toujours rien annoncé de nouveau. Ah, cher seigneur, je commence à douter des merveilleuses vertus de ce breuvage tant prôné! Son inventeur est reparti de Careggi d'un pied léger, après avoir, soit dit en passant, reçu en échange des honoraires scandaleux et nous a prescrit d'attendre l'action favorable de son remède. Ah, puisse-t-il se manifester! Mon grand maître bien-aimé! Ne t'ai-je, il y a quatorze ans, sauvé des poignards des Pazzi, dans la cathédrale, que pour qu'à présent, au faîte de ta vie, un mal perfide t'arrache à moi? Que deviendrai-je, infortuné que je suis, si tu descends au royaume des Ombres? Je ne suis qu'une plante grimpante qui t'enlace, toi mon laurier, et condamnée à dépérir si tu te flétris! Et Florence? Que deviendra Florence? Elle est ta bien-aimée! Je la vois se faner dans un deuil de veuve...

PIC. — Messire Ange, de grâce, c'est là un chant funèbre et il est prématuré! Laurent vit et vous composez déjà un poème sur sa mort! Votre génie vous emporte... Dites, maître Pierleoni s'est-il enfin prononcé sur la nature du mal?

POLITIEN. — Non, seigneur. Il explique, en périphrases difficilement intelligibles au profane, que chez lui la moelle de la vie est attaquée par la décomposition. Effroyable pensée!

PIC. — La moelle de la vie?

POLITIEN. — Et le plus affreux, c'est l'agitation intérieure que manifeste le cher malade malgré sa grande faiblesse. Il refuse de s'aliter. Aujourd'hui dans sa litière, il s'est fait transporter au jardin, à la loggia de l'Académie platonicienne, puis en diverses pièces de la villa, sans trouver de repos nulle part.

PIC. — As-tu vu ton père aujourd'hui, Vannino?

JEAN. — Non, Pic. Et soit dit entre nous, rester auprès de lui m'est si pénible que je préfère m'en abstenir. Mon père est tellement changé!... Il a une façon de vous regarder en levant d'abord les yeux vers le ciel, puis de biais, avec une expression tourmentée!... Tu ne sais pas combien le voisinage de la maladie et de la souffrance m'est terrible. J'en deviens misérable! Je sens passer sur moi le souffle du sépulcre! Hou! Non, mon père lui-même nous a enseigné à écarter de nous, d'un front serein, tout ce qui est laid, triste et affligeant et à n'ouvrir notre âme qu'à la joie et la beauté... Il ne peut donc s'étonner à présent...

PIC. — Je comprends. Néanmoins, tu devrais essayer de te surmonter... Où est ton frère?

JEAN. — Pierre? Le sais-je? A cheval, à faire des armes ou *(essayant de ramener la conversation sur un ton badin)* auprès d'une vache grasse...

PIC. — Auprès d'une?... Ha! Ha! Voyez un peu! Voyez un peu ce petit Jean! Je raconterai à mon prieur que le cardinal de Médicis ne cite plus Aristote mais certains sermons... *(Un valet lui apporte la limonade et se retire.)* Mais dites donc, dites, dites... Comment Laurent a-t-il accueilli la dernière nouvelle?...

POLITIEN. — Quelle nouvelle, seigneur?

PIC. — Le dernier coup du frère Jérôme... Le scandale de la cathédrale...

JEAN et POLITIEN. — De la cathédrale?

PIC. — Il ne sait donc rien encore? Et vous aussi, vous ignorez? Tant mieux! Je vais vous raconter! Laissez-moi boire et je raconte. Voilà une belle cuiller.

JEAN. — Montre... Oui, elle est jolie. C'est l'œuvre d'Ercole, l'orfèvre. Un homme habile.

PIC. — Charmant! Charmant! Les boules... Quel gracieux feuillage! une pièce réussie! Ercole? Je vais lui passer des commandes. Il a beaucoup de goût.

JEAN. — Et ce scandale, Pic?

PIC. — Ah oui, c'est vrai! Je vais vous narrer le scandale. Apprenez tout d'abord qu'il s'agit d'*elle*.

POLITIEN. — D'*elle*, vraiment?

JEAN. — Parle! Parle!

PIC. — Vous savez qu'elle assiste aux sermons du frère Jérôme?

POLITIEN. — Je le sais... sans me l'expliquer.

PIC. — Oh, je me l'explique très bien. Ce sont en premier lieu les femmes qui se soumettent passionnément à sa parole, et l'on peut constater qu'il exerce la plus forte influence, en particulier, sur celles qui ont beaucoup aimé. Et puis, que voulez-vous? Le Frère est à la mode. Son succès dépasse mon attente; il ne cesse de grandir, tant dans le bas peuple que dans la noblesse, et même l'épaisse bourgeoisie commence à s'occuper de lui. Il est de bon ton d'assister à ses prêches et, pardonnez-moi, maître Ange, mais se buter comme vous le faites, dénote à mon sens du fanatisme! Pour en venir au fait, la divine Fiore est moins obstinée. Ces derniers temps, on la voit assez régulièrement aux pieds du Frère, ce qui en soi serait une chose vraiment réjouissante, même divertissante. Seulement, l'inquiétant, c'est qu'elle fait cela d'une façon trop particulière et provocante. En effet, elle a accoutumé de venir en retard d'une petite demi-heure à la cathédrale, au moment où le sermon bat son plein, et cela aussi pourrait à la rigueur passer; si du moins son arrivée tardive s'effectuait sans bruit et sans attirer l'attention. Mais, circonstance aggravante, la belle des belles aime le faste et les entrées princières, sous ce rapport elle s'impose encore bien moins de retenue que son noble amant Laurent. Toute une nuée de serviteurs magnifiquement vêtus entourent sa chaise à porteurs et accompagnent leur maîtresse à l'intérieur de l'église, pour lui frayer — sans trop de précautions, sans trop de ménagements — à travers la foule, un chemin jusqu'à sa place. J'étais présent, lorsqu'elle fit ainsi son entrée pour la première fois, au beau milieu du prêche. Sa venue aurait fait sensation, sans plus; mais telle qu'elle se produisit, elle suscita un léger tumulte. Tout le monde se pressait, chuchotait, murmurait, se la désignait, et ceux qui tout à l'heure encore courbaient l'échine sous les effroyables prédictions du frère Jérôme, se tordaient maintenant le cou pour ne point manquer ce noble et revigorant spectacle, la vue savoureuse de cette femme célèbre, fastueuse, au port de reine, à la divine beauté. Pour ce qui est du Frère, je craignis une seconde qu'en la voyant il ne perdît contenance et le fil de son discours. Le mot qu'il s'apprêtait à prononcer resta en suspens sur ses lèvres épouvantées. Il semblait pétrifié. S'il est toujours blême, en cet instant, une lividité vraiment cireuse envahit son visage et jamais je n'oublierai le sinistre changement de ses yeux qui à maintes reprises flamboyèrent puis s'éteignirent, et se rallumèrent...

POLITIEN. — Vous racontez bien, seigneur. C'est en vérité un plaisir de choix que de suivre le cours harmonieux de votre récit.

PIC. — Par Hercule, maître Ange! En l'occurrence l'événement narré est tout de même un peu plus important que la narration, et je vous prie de fixer plutôt votre attention sur le fait que sur l'effet...

JEAN. — L'événement narré... la narration!... Le fait... l'effet!... Bravo, Pic! Bravo!

PIC. — Écoutez-moi jusqu'au bout! Depuis lors, une âpre et secrète lutte oppose le Frère Jérôme et la divine Fiore. Si dans les premiers temps son arrivée tardive semblait due à une élégante nonchalance, l'entêtement avec lequel elle s'y obstine trahit de plus en plus son désir d'irriter le Frère et ses auditeurs. Lui, de son côté, a usé de différents moyens pour pallier cette inexactitude. Il prêcha d'une voix haute et terrible pour couvrir le tapage des valets qui faisait irruption. Il assourdit sa voix en un murmure mystérieux, pour forcer ainsi l'attention. Il se tut et laissa régner un silence réprobateur jusqu'à ce que Donna Fiore eût gagné sa place et que le calme fût rétabli, pour reprendre son sermon avec une véhémence plus terrifiante encore. Car la chose offre cet avantage pour nous autres, que depuis que Fiore se montre assidue à la cathédrale, le Padre se surpasse. Il prêche dans l'effroi, les larmes et l'épouvante. Effroyables sont les châtiments dont il menace la ville pour son luxe et sa frivolité, et après, chacun s'en va errer par les rues comme à demi-mort et sans voix. Souventes fois, lorsqu'il parlait de la détresse du monde, de la pitié et de la rédemption, le scribe qui consigne ses sermons, vaincu par les sanglots, a dû interrompre sa tâche. Le Frère possède l'art de toucher les consciences, par un mot qu'il accentue d'un ton mystérieux, si bien que la foule frémit comme un seul corps et il est très intéressant d'observer ce phénomène alors que l'on éprouve soi aussi, en son âme, le même ébranlement. Bien entendu, l'affluence à ses sermons s'est considérablement accrue. Mais notre belle dame n'a rien changé à sa conduite singulière et obstinée. Et aujourd'hui on en est venu à un éclat, à la catastrophe. Le Frère Jérôme est allé trop loin. Je ne le défends pas. Son grand talent l'a entraîné... Voyez, comment tout cela advint. Avant la pointe du jour, la cathédrale était déjà remplie de gens soucieux de s'assurer une bonne place; mais à l'heure du sermon, la foule devint si compacte devant l'église et à l'intérieur, qu'une aiguille n'aurait pu tomber sur le pavement. Je calcule qu'au bas mot, dix mille personnes se pressaient là, on évalue à deux mille le seul chiffre des étrangers accourus de toutes parts. De la campagne et des villes, propriétaires ou paysans s'étaient déjà mis en route, de nuit, pour arriver à temps au sermon et l'on voyait jusqu'à des gens venus de Bologne. La cohue entre Saint-Marc et la cathédrale était effroyable. Les autorités publiques eurent peine à défendre le prieur contre l'amour du peuple qui au passage lui baisait les mains, les pieds, et voulait couper des morceaux de son froc. Dans la Grand-Rue, non loin de votre palais, Jean, une femme proclamait à grands cris qu'elle était guérie d'hémorragie depuis qu'elle avait touché le pan de la robe du Prophète. On annonça aussitôt qu'un signe s'était produit et la foule de crier « miséricorde! » A l'intérieur de la cathédrale étaient assemblés les Pères de Saint-Marc, les confréries et tout le monde. L'on voyait des membres de la Seigneurie et les capuces rouges du collège des Huit. L'on voyait des hommes et des femmes de toutes les classes et de tous les âges, des gamins cramponnés aux colonnes, des artisans, des poètes et des philosophes... Enfin, Frère Jérôme se dresse sur sa chaire. Son regard, cet étrange regard fixe et brûlant se pose sur la foule et dans un silence oppressé où le souffle est suspendu, il commence à parler. Il s'adresse à Florence, il l'apostrophe en la tutoyant, et lui demande avec un calme et une lenteur terribles comment elle vit, comment elle passe ses jours et comment, ses nuits. Dans la pureté, la chasteté, dans l'esprit, dans la paix? Puis, il se tait, la sommant de répondre, et Florence, cette multitude aux mille têtes qui remplit la cathédrale, se courbe sous ce regard intolérable qui fouaille, devine, reconnaît tout, sait tout. « Tu ne réponds point? » dit-il... Et tandis que son corps chétif se déploie, il clame d'une voix terrible : « Je vais « donc te le dire! » Et alors commence un impitoyable réquisitoire, un jugement dernier, une tempête de mots, sous lesquels la foule se convulse comme sous des coups de verge. Dans sa bouche, toute faiblesse charnelle devient hideux péché. Sans aucune retenue, en termes affreusement crus, il nomme les vices par des noms que nul n'a encore entendus dans une enceinte sacrée, et il tient pour responsables le Pape, le clergé, les princes italiens, les humanistes, les poètes, les artistes et les ordonnateurs des fêtes. Il lève les bras et une horrible vision, une image diabolique, tentatrice, monte du gouffre de l'Apocalypse, la Prostituée assise sur les grandes eaux, la Femme sur la Bête. Elle est vêtue d'écarlate et de rose, ruisselante d'or et de perles, elle tient à la main une coupe d'or pleine d'abominations et de la souillure de son impudicité. Et sur son front s'inscrit le nom, le secret, la grande Babylone, mère des coupables voluptés. « Cette femme, s'écrie-t-il, c'est toi, Florence, courtisane insolente et lascive! Tu es parée de grâces, exquisement vêtue, parfumée et fardée avec art... Ton langage est spirituel, harmonieux et châtié, ta main dédaigne tout objet qui ne porte le cachet de la beauté, ton œil se pose voluptueusement sur des tableaux précieux et sur les statues de dieux païens nus! Mais le Seigneur t'a vomie de Sa bouche!... Écoute! N'entends-tu pas des voix dans l'air? N'entends-tu pas battre dans l'air les ailes de la Perdition? C'en est fait! Tout est consommé! Le remords vient trop tard! La sentence est là! Je te l'ai cent fois prédit, ô Florence, mais toi, ivre de plaisir, tu refusais d'écouter le pauvre moine qui savait! Malheureuse, tu es perdue! Horreur! Vois, les ténèbres surgissent! Le tonnerre emplit les airs! Le glaive du Seigneur frémit et s'abat!... Sauve-toi! Fais pénitence!... Trop tard! Le Seigneur fait déferler ses eaux sur le monde entier! Leur flot balaye tes masques et déguisements de carnaval, les livres de tes poètes latins et italiens, tes parures, tes objets de toilette, tes parfums, tes miroirs, tes voiles, tes atours, tes tableaux d'une beauté impudique, tes œuvres d'art païennes! Vois-tu la lueur sanglante de l'incendie? Des hordes sauvages passent sur toi, traînant après elles la guerre! La famine court les rues en grimaçant! La peste souffle sur toi son haleine puante!... C'est la fin! La fin! Tu es anéantie, anéantie dans les supplices!... » Non, mes amis, je n'arrive pas à vous restituer son image. Vous ne voyez pas sa mine et ses gestes, vous n'entendrez pas sa voix, vous ne subissez pas la fascination de son démon. La foule gémissait comme sur un chevalet de torture. J'ai vu des hommes, des hommes ayant barbe au menton, bondir, frappés d'épouvante, prendre la fuite. Un long cri désespéré, un appel à la clémence, monta du peuple : « Pitié! » Puis, un silence de mort... Alors, son regard chavire. A cet instant de suprême terreur, un miracle s'accomplit. La colère qui déforme son visage s'apaise. Dans un élan débordant d'amour, il ouvre les bras. « La grâce!... crie-t-il. La grâce est accordée! Florence, mon peuple, ma ville, il m'est loisible de te l'annoncer : si tu fais pénitence, si tu renonces aux voluptés impies et prends pour époux le Roi d'humilité et de souffrance... Vois Celui-ci *(et il brandit son crucifix)*, Celui-ci, ô Florence, veut être ton Roi. Le veux-tu? Vous tous, tourmentés par vos péchés, marqués par la douleur, vous, les pauvres en esprit, qui ne savez rien de Cicéron ni des philosophes, vous tous, les misérables, les opprimés, les malades et les honnis, il veut vous consoler, vous protéger, vous réconforter, vous élever! Saint Thomas d'Aquin n'a-t-il point prédit qu'au royaume céleste les bienheureux assisteront au châtiment des damnés, afin de mieux goûter leur béatitude? Ainsi sera-t-il. Mais la ville qui se choisit Jésus pour Roi est déjà bienheureuse en ce monde. Nul ne vivra plus dans l'indigence quand d'autres dans leur demeure, foulent un pavé de mosaïque parmi de beaux meubles! Jésus veut (et je vous l'annonce comme son lieutenant) que la viande soit ramenée à un prix très bas, à quelques sols la livre, il veut que celui qui est condamné à livrer cinq mesures de farine à un couvent en guise d'amende, les donne aux pauvres. Il veut que l'on monnaye les vases somptueux et les tableaux des églises, et que le produit en soit distribué au peuple... Il veut... » et alors — ah Jean! ah maître Ange! — alors, à cette minute d'émotion, de contrition, d'abandon total, survient la catastrophe qui longtemps alimentera les clabaudages des Florentins. Du portail principal s'élève un grand tapage, on entend des cliquetis, des murmures, des pas sonores éveillent les échos et s'amplifient. Dans les faisceaux de lumière obliques qui tombent des vitraux, on voit étinceler des armes. Des hommes porteurs de piques pénètrent dans la nef centrale, qui à grands cris réclament libre passage et refoulent la multitude apeurée vers les bas-côtés. Et sur le chemin ainsi frayé, entourée de pages et de toute sa suite, droite et belle, s'avance la divine Flore. Jamais je ne l'ai vue plus magnifique. La grosse perle que Laurent vient de lui offrir verse un éclat laiteux sur son front parfait. Les mains croisées sur son giron, les yeux baissés et pourtant clairvoyants, un sourire incomparable aux lèvres, elle se dirige d'un pas lent vers sa place, qui se trouve être la meilleure, juste en face de la chaire; mais lui, le Ferrarais, s'interrompant brusquement dans une phrase et penché sur la balustrade, en proie à une fureur prophétique, le bras tendu vers le bas, désignant son visage : « Regardez! clama-t-il, tournez-vous tous et regardez! Elle vient, elle est là, la courtisane qui a forniqué avec les rois de la terre, la mère des abominations, la femme sur la Bête, la grande Babylone!

POLITIEN. — Horreur! Le misérable!

JEAN. — Quoi qu'il en soit, le trait est incisif.

PIC. — Non, non, ne jugez pas, messeigneurs. Puisque pour votre malheur, vous n'étiez pas présents, vous chercheriez en vain à imaginer la grandeur impressionnante de l'instant. Songez que tout ce qu'il voit devient pour lui une réalité tangible, au moment même où il l'exprime. Sa main pâle sortait de la manche sombre de son froc, et tremblante se dressait et s'abaissait, tandis que d'un geste rigide et justicier, il désignait le visage de la belle Flore. Et aussi longtemps qu'il ne la laissa pas retomber, elle fut en effet la Femme de *l'Apocalypse*, la grande Babel dans sa splendeur impudique. Le peuple partagé entre des sentiments contradictoires, entre la damnation et la grâce, agité, excité, n'en douta point. Le dégoût, la crainte et la haine brillaient dans les milliers et les milliers de regards fixés de toutes parts sur elle. Un gémissement rauque se fit entendre, qui semblait avide de son sang. Moi aussi je la regardai et je vous assure *verbo domini*, je sentis mes cheveux se dresser sur ma tête et un frisson glacé me parcourir l'échine.

POLITIEN. — Vous recherchez ces frissons-là. Avouez-le, seigneur.

JEAN. — Et elle? Et elle?

PIC. — Elle resta comme clouée sur place par un enchantement, le temps de dire un *Ave Maria*. Puis, avec une exclamation de fureur, elle se leva d'un bond, fit signe à sa suite et quitta la cathédrale, en proie à une violente émotion. Le bruit court qu'elle a ordonné à ses gens de tuer le Frère en pleine chaire, mais que nul n'a osé l'attaquer. D'autres disaient aussi qu'après le sermon elle avait dépêché un messager au couvent de Saint-Marc. Dans tous les cas, l'impétuosité du Frère l'a entraîné à une terrible outrance. Je ne plaide aucunement sa cause. Mais quelle que soit la conduite qu'adoptera cette femme, il n'est pas permis de la traiter ainsi! L'insulter à la face du peuple! Est-elle donc une courtisane?

JEAN *(riant sous cape)*. — Oui...

PIC. — Elle est la bien-aimée du Magnifique, par le

grand Éros! C'est tout autre chose que si elle était de ces créatures qui portent le voile jaune et sont tenues de loger dans certaines venelles! Une femme merveilleuse! Bien que née à l'étranger, elle est le rejeton naturel d'une noble souche florentine. Même si nous l'ignorions, son esprit brillant, ses talents multiples, sa haute culture humaniste, nous l'apprendraient tous les jours et à toute heure. Ses tierces-rimes et ses stances sont un ravissement, sa façon de jouer du luth m'a ému jusqu'aux larmes! Sa mémoire a retenu d'innombrables beaux vers latins de Virgile, Ovide, Horace, et j'aurais voulu me prosterner en signe d'adoration, pour la grâce avec laquelle tout récemment, après le repas de midi au jardin, elle nous a récité ce conte audacieux emprunté au *Décaméron*. Mais lors même que tout ceci ne suffirait pas à lui assurer les suffrages unanimes, eh bien, elle est la femme qui possède l'amour du grand Laurent!

Politien. — Vous l'avez dit, seigneur. Et c'est moi, moi qui dois vous inviter à tirer de ce fait une explication des événements? Vous dont le regard pénétrant perce à jour tant de choses du ciel et de la terre, vous le phénix des esprits, prince entre les érudits et érudit entre les princes, vous vous refusez à voir ce qu'il en est? à voir que ce dernier scandale du Ferrarais n'est qu'un nouvel acte d'hostilité, une nouvelle manifestation insolente et haineuse contre le Magnifique et sa maison? Notre divine maîtresse a témoigné au moine tout le mépris qu'il mérite; mais en se vengeant de façon aussi effrénée, il n'a nullement cédé, comme vous semblez le croire, à l'aveugle impulsion d'une passion coléreuse. Tout au contraire, il a agi sciemment, il avait prémédité son esclandre, il a profité de l'occasion pour lancer une nouvelle attaque perfide contre l'homme qu'il a lui-même, de sa langue de lâche, coutume d'appeler le Fort, au pied duquel Florence ravie est couchée depuis quatre lustres! *(Avec transport.)* Vous êtes, vous, un grand seigneur qui pourrait commander une ville et conduire des armées s'il ne préférait vivre en libre amant de la science, et moi je ne suis qu'un pauvre poète, qui ne possède rien sur terre hormis son ardent amour pour la maison de Médicis, source de lumière, de beauté et de joie! Mais, justement, mon amour me fait un devoir de parler, de vous arracher, vous jeune aveugle, du lieu où la vipère est tapie dans l'herbe! Eh bien : la conjuration des Pazzi qui, autrefois dans la cathédrale, coûta la vie au beau Julien, et dont Laurent lui-même eût été victime si un dieu ne m'avait, au dernier moment, donné la force de verrouiller derrière lui la porte de la sacristie; eh bien, c'était un rien, une plaisanterie, un jeu d'enfant en regard des machinations infernales qui présentement, au même endroit, toujours à Sainte-Marie-de-la-Fleur, se trament contre les Médicis et leur fastueuse domination! Ce ver de terre a eu la tête tournée par les succès faciles que lui ont valus, auprès d'une foule curieuse, les visions apocalyptiques de sa hideuse nature. Sa rapacité, avide des cœurs humains, son ambition de gagner les esprits, se révèlent chaque jour plus clairement. Comprenez, comprenez donc, Seigneur! Son regard sinistre est tourné vers le pouvoir! Et s'il allait s'en emparer, qu'adviendrait-il? Observez ce qui se passe devant vous et vous serez glacé d'effroi! Le nombre de ceux qui, éblouis par la trouble douceur de son enseignement, s'assemblent autour du triste dictateur, s'accroît dans des proportions effroyables. Cette engeance lamentable, austère, ennemie de la beauté, des mortels plus joviaux l'ont affublée du sobriquet de Pleureurs, du nom qu'aux funérailles on donne aux pleureurs à gages. Or, qu'est-il arrivé? Dans leur humilité, ils ont adopté ce qualificatif comme un titre honorifique, et l'appellation « les pleureurs » désigne à présent un nouveau parti politique hostile aux Médicis et dont votre moine se considère comme le chef. Et après? Les fils des premières familles de la ville, un Gondi, un Salviati, des jeunes gens élégants et brillants, des favoris des dieux comme vous, se sont jetés aux pieds du monstre en implorant leur admission comme novices à Saint-Marc. Le menu peuple est bercé et appâté par des promesses. On est allé si loin que quelques vauriens ont placardé à la cathédrale et sur le palais des sonnets satiriques sur le seigneur Pierre de Médicis. Ah, noble seigneur, qu'avez-vous fait, que fîtes-vous en mandant à Florence cet homme et en lui aplanissant les voies, par votre prestige?...

Pic. — Est-il permis de rire un peu de vous, maître Ange, ou vous en formaliserez-vous? Ah! si vous pouviez voir votre mine! Allez donc vous regarder dans la glace! A vous voir, on croirait que vous appartenez vous-même aux Pleureurs, au parti politique des Pleureurs! Ha! ha! Grands dieux! Drôle de parti politique! Une chose du plus grand poids! Voyons, vous n'allez pas m'apprendre à connaître nos Florentins? Je ne les connais pas, je ne les ai pas étudiés? Je me figure que c'est un petit peuple incroyablement profond et posé, de tempérament peu porté à la plaisanterie! Non, non, pardonnez-moi, mais je n'arrive pas à garder mon sérieux. J'ai beau examiner les choses, il m'apparaît que Pierre n'est pas aimé à Florence parce que ses façons conquérantes et rudes y sont déplacées. Néanmoins, il serait un peu hardi d'établir un rapport entre les sonnets boiteux que l'on fait sur lui, et les sermons du Frère Jérôme! Si Andrea Gondi et le petit Salviati estiment que le fin du fin consiste à revêtir le froc des dominicains, voulez-vous les en empêcher? Je vous avoue que j'ai moi-même joué avec cette idée. Je crois que nous vivons à une époque où les préjugés n'ont plus cours? A Florence, suis-je libre de me vêtir à ma fantaisie, selon mon goût particulier et ma personnalité, sans que l'on me montre du doigt? Oui ou non? Je le puis — au propre comme au figuré. Et alors, si d'aventure, excédé de la pourpre et du bleu de ciel, je préférais la sobriété neutre du froc de moine? Pourquoi n'avez-vous pas poussé les hauts cris lorsque après tant de cortèges de carnaval bariolés, le fameux cortège de la Mort où les cadavres sortaient des cercueils noirs, a remporté un si étonnant succès? Des choses pareilles, c'est un peu de poivre après un excès de douceurs... Ce que j'ai fait, quand j'ai décidé Laurent à appeler à Florence le

Frère Jérôme? J'ai donné à la ville un grand homme, par Jupiter! et je m'en flatte! Laurent d'ailleurs, j'en suis sûr, est le premier à m'en savoir gré. N'a-t-il pas, tout récemment encore, prié les habitants de Spolète, de lui céder pour la cathédrale la dépouille de Filippo Lippi, afin d'augmenter les sépultures illustres de Florence d'une nouvelle pierre tombale? Le jour où le Frère Jérôme sera mort, les Ferrarais, et peut-être aussi les Romains, nous enverront des ambassades pour nous supplier de leur donner ses cendres. Mais nous ne les leur donnerons pas! L'Italie tout entière viendra voir le tombeau du moine qui tant fit parler de lui, et alors je pourrai dire que c'est moi le premier, qui ai découvert et encouragé ses dons... Oui, messeigneurs, j'ai gagné la partie! Je n'étais pas du tout sûr de mon affaire, car comment prévoir les humeurs de Florence? A ce chapitre des dominicains, à Reggio, où je le vis pour la première fois, nul ne fit tout d'abord attention à lui. Je me trouvais dans un cercle de littérateurs et d'érudits qui prenaient part au chapitre et lui, assis parmi les moines, il resta muet et replié sur lui-même, aussi longtemps que la discussion roula sur des controverses scolastiques. Mais quand ce fut au tour de la discipline, il intervint brusquement et stupéfia toute l'assistance par l'étrangeté démoniaque de ses vues et de ses discours. L'état de l'Église et des mœurs publiques apparut soudain sous un jour cru, infernal, et l'ardente spontanéité, la fanatique étroitesse de ses vues me bouleversèrent extraordinairement. Oh, pas moi seul! Plusieurs personnalités remarquables, voire princières, entrèrent en rapports épistolaires avec lui! Pour ma part, je cherchai à faire sa connaissance et ma première impression s'en trouva renforcée. Partout, au cours de mes voyages, je chantai ses louanges. Enfin j'arrivai à Florence, et plongé dans l'excitante étude de ce petit peuple remuant, cultivé, à la langue acérée, de cette communauté infatigable et curieuse, je conçus en une heure de gaîté le projet d'employer mon influence à faire appeler ici le Frère Jérôme. Sa renommée était établie, mes éloges lui avaient frayé la voie, la possibilité d'agir allait lui être offerte. L'entreprise était audacieuse et risquée. Un tel homme, me disais-je, dans une telle ville, va être noyé sous les rires, lardé de brocards — ou bien il remportera le plus grand succès du siècle. Messeigneurs, c'est ce qui est arrivé! J'en touche un mot à mon ami le Magnifique, le Magnifique parle au prieur de Saint-Marc. Frère Jérôme est appelé. Il se borne d'abord à enseigner les novices du cloître, mais pour satisfaire la curiosité en éveil, il est prié d'ouvrir à quelques privilégiés l'accès du cloître pendant ses leçons. L'auditoire grandit de jour en jour, et il le tolère. Bien sûr, il le tolère! On le supplie de monter en chaire, il est assailli de demandes émanant de connaisseurs, de dames nobles, de tout le monde. Il se rebiffe un peu et finit par céder. La petite église de Saint-Marc est comble. Il prêche et produit un effet inouï. Son nom est dans toutes les bouches. Platoniciens et aristotéliciens abandonnent un instant leur querelle pour disputer de la valeur de ce moraliste chrétien. Bientôt l'église du couvent est trop petite pour contenir la foule et il ira désormais prêcher à Sainte-Marie-de-la-Fleur. Si à l'origine il a suscité l'intérêt de quelques lettrés et amateurs, à présent c'est le bas peuple qui s'enflamme pour lui et sur l'âme duquel ses sombres dons de voyance, le jugement pénétrant qu'il porte sur tout ce qui vit, exercent une influence magique. Ses moines l'ont élu pour prieur et il a fait de Saint-Mars, où jusqu'alors les choses n'allaient ni mieux ni plus mal que dans les autres cloîtres, le refuge de la sainteté. Ses écrits sont lus avec avidité. Sa personne défraie les conversations du jour. Avec Laurent de Médicis, il est l'homme le plus célèbre, le plus grand de Florence, celui dont on parle le plus... Quant à moi, j'ai observé tout ceci avec la plus joyeuse satisfaction et vos lubies, mon bon maître Ange, ne troubleront point ce plaisir instructif.

Politien. — Il ne faut pas qu'elles le troublent, seigneur! Au surplus, j'estime que Florence me connaît pour tout le contraire d'un songe-creux. Mettons que seule l'envie m'ait soufflé mes paroles et que je vous conteste un plaisir que je ne comprends pas et auquel je ne puis m'associer. Car j'avoue que je ne comprends absolument rien à ce qui se passe! J'ai souvent rendu grâce aux dieux de m'avoir fait naître en un temps d'aurore et de renaissance, qui me semble si beau et d'un charme matutinal. Le monde, à son réveil, sourit, il respire et ouvre son calice à la jeune lumière, pareil à une fleur qui éclôt. Des spectres ineptes aux orbites creuses, des préjugés affreux et cruels qui épouvantèrent l'humanité durant une longue nuit, se dissipent dans le néant. Tout est redevenu neuf. Un royaume séduisant d'études oubliées ou jamais soupçonnées, se découvre à l'infini devant nous. La terre en gésine enfante pour nous, les heureux, tous les trésors de beauté du monde antique. Instruit et libéré, l'individu jouit de se savoir unique. Des actions puissantes s'accomplissent sans scrupules, que la gloire couronne. Dégagé de tout voile et de tout lien, l'art progresse avec ingénuité sur la terre et toute chose qu'effleure son doigt s'en trouve ennoblie. L'humanité, pénétrée du dieu qui verse l'ivresse, forme un cortège de fête derrière celui qui la guide en souriant, et sa jubilation est un culte rendu à la beauté et à la vie. Et là-dessus, qu'advient-il? Qui surgit? Un homme, un isolé, trop laid, trop gauche pour prendre part à la ronde joyeuse, rabougri, haineux, ingrat, se dresse et proteste contre cet état divin; oui, sa fougue venimeuse fait que les foules du cortège de fête se dispersent, que des transfuges s'assemblent en masse autour de lui et font autant d'embarras que s'il était porteur d'un message inouï, une nouveauté saisissante! Et que dit-il? Que répand tout son être? Un flot de morale... Mais la morale, voyons, c'est ce qu'il y a de plus vieux, de plus dépassé, de plus ennuyeux, de plus périmé! La morale est ridicule! La morale est impossible!... Ou non? Ou peut-être que non? Parlez, seigneur! Que me répondrez-vous?

Pic. — Rien. Tout d'abord, rien, maître Ange! Je veux savourer en silence la beauté de vos paroles. Que c'était beau, ce que vous avez dit de notre époque! Pareille à une fleur qui éclôt... Je vous en prie instamment, il faut que vous fassiez quelque chose de cela... il faut que vous le mettiez en vers... Je me demande si l'octosyllabe... ou peut-être l'hexamètre latin...

Jean. — Il faut répondre, Pic, sinon tu es vaincu!

Pic. — Répondre? Volontiers. Mais il me semble que j'ai déjà demandé si nous vivions à une époque libérale? Et s'il en est ainsi, eh bien, faut-il que notre absence de préjugés ait des limites? Faut-il que la libre pensée devienne une religion et l'immoralité un jeu du fanatisme? Je m'y refuse! Si la morale est devenue impossible, si elle est devenue ridicule, soit! Puisque le ridicule constitue à Florence le danger suprême, l'homme le plus courageux me semble être celui-là qui ne redoute même point ce danger. Il y aurait déjà de quoi plonger dans l'étonnement. Mais qui a pu étonner Florence a déjà à moitié gagné la partie. Ah, mes chers seigneurs, le péché a beaucoup perdu de son charme depuis l'abolition de la conscience! Regardez autour de vous. Tout est permis ou du moins, rien ne déshonore plus! Pas une impiété qui nous fasse encore dresser les cheveux sur la tête! Aujourd'hui, les négateurs de Dieu pullulent, tout de même que ceux qui disent que le Christ a fait ses miracles à l'aide des constellations. Mais qui donc avait osé jusqu'à présent s'élever contre l'art et la beauté? Est-ce que je blasphème? Comprenez-moi bien! Je loue fort ceux qui défendaient la beauté au temps où elle n'était le souci que d'une minorité et où trônait une morale sotte et incontestée. Mais depuis que la beauté est descendue sur la place publique, la vertu commence à hausser de prix. Laissez-moi vous murmurer à l'oreille une petite nouveauté, maître Ange : *la morale est redevenue possible*...

Jean *(lorgnant par la fenêtre)*. — Arrête, Pic! Car je vois, là-bas dans le jardin, des visiteurs à qui il faut absolument que tu racontes cela...

Pic *(regardant dehors)*. — Des visiteurs. En effet. Ce sont des artistes. Toute une bande d'artistes est au jardin. Je reconnais Aldobrandino... et Grifone... et le grand Francesco Romano... A eux? non à eux je ne dirai rien, mon Jean. Ce n'est pas fait pour eux. Mais descendons les rejoindre. Viens, cardinal, venez, chantre de la gloire des Médicis! Nous allons nous divertir avec ces braves garçons.

Politien. — Vous n'écoutez pas, vous ne voulez pas entendre. Et moi je vous dis que je vois se préparer de sombres choses...

ACTE II

Un jardin. Au fond, le palais se détache sur la campagne d'un gris vert qui, avec ses cyprès, ses pins et ses oliviers se perd jusqu'à la ligne onduleuse de l'horizon. Une large allée centrale, d'où bifurquent vers la gauche et la droite un chemin de traverse (et flanquée d'hermès et de vases de fleurs) conduit de la maison jusqu'au premier plan où elle s'élargit pour former une place découverte. Au centre de cet espace, un bassin à jet d'eau, avec des nénuphars nageant à sa surface. A droite et à gauche, au premier plan, des bancs de marbre à l'ombre de tonnelles en forme de baldaquins.

I

A gauche, un groupe de onze artistes débouche du chemin transversal et s'avance en discutant avec vivacité. Ce sont les peintres et sculpteurs : Grifone, un blond un peu voûté, dégingandé, barbiche pointue et grandes mains osseuses; Francesco Romano, un personnage imposant à large tête de bronze romain, bouche repue et souriante, yeux noirs à l'expression animale, qu'il roule lentement de tous les côtés; Ghino, yeux bleus, mine rayonnante et juvénile; Leone, tête de faune au nez accusé, petits yeux ronds rapprochés et barbe de Pan, laissant entrevoir des lèvres retroussées; Aldobrandino, un gaillard bruyant, agressif, au visage rouge et grimaçant; le brodeur d'art Andreuccio, d'une douceur féminine, aux cheveux déjà gris, à la vue faible; Guidantonio, l'ébéniste d'art; Ercole, l'orfèvre; Simonetto, l'architecte; Pandolfo et Dioneo, dont l'un sculpte des arabesques et l'autre modèle des portraits en cire. Tous, sauf Ghino qui est un petit-maître, sont vêtus avec négligence et coiffés de couvre-chefs variés, ronds ou de bonnets pointus. Absorbés par leur discussion, ils s'avancent dans l'allée centrale, en bousculade, et se regardent dans les yeux avec force gestes.

ALDOBRANDINO. — On verra, on verra la figure que fera Laurent en apprenant la chose! Je suis son ami et je justifie les plus grands espoirs, il me vengera!

GUIDANTONIO. — A ta place je ne mènerais pas si grand tapage pour des coups de bâton reçus!

ALDOBRANDINO. — Il n'est pas question de coups de bâton, espèce de pot de colle, imbécile! C'étaient des coups de poing!

GRIFONE. — Sur mon âme, n'insiste pas! Le peuple t'a administré assez de coups de trique pour conduire un âne jusqu'à Rome!

ALDOBRANDINO. — Faudra-t-il que je te les rende, farceur, bricoleur? C'étaient des coups de poing! Et même si c'étaient des coups de bâton, ils ne pourraient porter atteinte à l'honneur d'un homme comme moi! Le peuple stupide était excité par ce hibou de Frère Jérôme, cet ignare, qui s'entend à notre beau travail autant qu'un bœuf à jouer du luth! En un mot, que veut-on? Je ne peux pourtant pas peindre la Madone sous les traits d'une pauvre femme déguenillée comme l'exige notre mâcheur de patenôtres! Il me faut de la couleur, il me faut de l'éclat! Et comme la très Sainte Vierge n'a pas la complaisance de poser en personne pour son portrait, je dois me contenter d'avoir à ma disposition une fille de la terre...

LEONE *(très amusé)*. — A ta disposition... Si une fille est à sa disposition!... Ah, sacripant!

ALDOBRANDINO. — Tu me sembles très en verve, mon cher Leone. Et pourtant tout le monde sait que ta gentille Laurette, ton modèle pour une Madeleine repentante, t'a donné ponctuellement un enfant? Tu es sans doute béni et endurci contre les bastonnades?

GRIFONE. — Contre les coups de poing! Contre les coups de poing! Il ne saurait être question de coups de bâton!

Leone. — C'est différent. Je ne l'ai pas engagée comme modèle de la Madeleine pour m'amuser coupablement avec elle, mais elle vit avec moi pour mon plaisir et elle m'a servi incidemment de modèle. C'est tout à fait différent. Cela ne peut irriter la sainte.

Aldobrandino. — Oui, mais cela irritera le Frère Jérôme, imbécile! Et de nos jours, il n'en faut pas plus.

Ercole. — Oui, Dieu nous garde, il est si sévère que pour une vétille il enverrait à la potence saint Dominique lui-même! Il a fait croire au peuple qu'il s'était entretenu avec Dieu comme Moïse. Alors on l'écoute aveuglément. Il peut tout se permettre!

Simonetto. — C'est vrai. Nous avons bien vu aujourd'hui, à la cathédrale, de quelle façon affreuse il a insulté madonna Fiore!

Dioneo. — Où est-elle? Quelqu'un sait-il où elle est?

Pandolfo. — Chez le Magnifique, et elle lui raconte tout.

Guidantonio. — Non, elle ne peut être déjà à Careggi. On l'a vue en ville peu avant notre départ.

Aldobrandino. — Et toi, maître Francesco, tu es là silencieux à ton habitude et tu souris comme à l'accoutumée. Pourtant, tout le monde sait que tu as aménagé ta demeure tout à fait dans le goût païen, comme un vieux Romain, et que tes tableaux diffèrent assez sensiblement de ceux du Beato Angelico...

Grifone. — Tu es vexé d'être seul à avoir reçu la bastonnade!

Aldobrandino. — Ah Grifone, tu aurais dû t'appeler Bouffon! Tu n'es capable de rien sauf d'ordonner des fêtes et de faire ta cour aux princes en leur procurant des divertissements, et voilà pourquoi tu m'en veux d'être un peintre habile! Couds des oreilles d'âne à ton bonnet, espèce de fou! Je vais de ce pas chez le Magnifique!

Andreuccio. — Non, attendez, écoutez! Laurent est très mal, nous ne devons pas faire irruption chez lui comme des masques au carnaval, selon notre habitude! A notre arrivée, j'ai aperçu le cardinal à la fenêtre. Il m'a fait signe, comme s'il s'apprêtait à descendre. Nous ferions mieux d'attendre...

GHINO *(d'une voix claire)*. — Retenez bien mes paroles! Nous devrions conjuguer nos efforts, pour agir! Il faut que l'Association des Artistes florentins porte plainte auprès des Huit, contre les sermons du Frère Jérôme. Et ceux d'entre nous qui font partie de l'orchestre de Laurent doivent se réunir pour exiger que l'on ferme la bouche au Ferrarais...

ALDOBRANDINO. — A votre guise! Je m'en tiens au seul Laurent. C'est lui le maître et non le *frate*. Il coupera les oreilles au coquin qui a osé me toucher de cette façon malséante, il les fera pendre au mur du palais! Je suis son meilleur ami, il m'aime! Je suis revenu de Rome tout exprès à cause de sa maladie! J'ai fait le trajet depuis Rome en huit heures!

GRIFONE. — Comment? Comment? En huit heures, de Rome?

ALDOBRANDINO. — En sept heures et demie, te dis-je!

GRIFONE. — Quoi? Quoi? Toi, le meilleur ami de Laurent? Pourquoi t'aurait-il particulièrement distingué? Et ne suis-je pas, moi aussi, revenu de Bologne et de Rimini — où j'avais du travail à la Cour — uniquement parce qu'il est malade?

ALDOBRANDINO. — Tais-toi, bouffon! Tu me hais, je le sais, tu es mon ennemi mortel parce que tu es de Pistoïa, de cette Pistoïa notre vassale, et moi je suis Florentin et ton maître par droit de naissance...

GRIFONE. — Comment? Comment? Mon maître? Tu es un hâbleur! un fanfaron qu'on a bâtonné!

ALDOBRANDINO. — Dégaine! Dégaine, tête creuse! Tire l'arme, quelle qu'elle soit, que tu portes sur toi et défends-toi ou je t'étripe sans autre forme de procès! Je suis mortellement offensé! Je suis prêt à commettre un acte terrible!

ANDREUCCIO. — Arrêtez! Calmez-vous! Regardez! Regardez là-bas!

LEONE. — Par Vénus! Par la mère de Dieu! C'est elle! Elle arrive!

GHINO *(enthousiasmé)*. — Saluons-la! Allons lui rendre hommage!

II

Une litière dorée et ornementée, avec lanternes et rideaux de soie s'arrête au fond. Fiore en descend, jette par-dessus son épaule un regard sur les artistes et fait signe aux porteurs de s'éloigner avec la litière. Elle reste encore un instant immobile puis s'avance lentement par l'allée centrale, dans l'attitude qu'a décrite Pic, les bras pliés à angle droit, les mains rejointes sur le giron, svelte et la tête rejetée en arrière, mais les yeux baissés. Elle est d'une beauté merveilleuse et singulièrement artificielle. Son apparence est strictement linéaire, d'une paisible symétrie, comme celle d'un masque. Ses cheveux pris dans une étoffe légère, coulent le long de ses joues en boucles blondes, régulières. Au-dessus de ses yeux allongés, les sourcils, par un procédé quelconque, ont été supprimés ou rendus invisibles, en sorte que la partie de chair nue surmontant les paupières supérieures baissées, semble étirée vers le haut avec une expression de souffrance. La peau de son visage est comme polie, lisse, tendue; ses lèvres au dessin net sont closes sur un sourire énigmatique. Une très fine chaîne en or cerne son cou long et blanc. Sa robe de brocart raide, aux manches de velours sombre, collantes, avec de légers crevés, est taillée de façon à faire ressortir un peu le ventre et sur la gorge apparaît une partie du corsage à lacets.

LES ARTISTES *(se pressent vers elle avec d'impétueuses marques de respect. Quelques-uns vont jusqu'à s'agenouiller devant elle, en levant les bras pour la saluer)*. — Salut, Fiore! Salut à notre divine maîtresse! Salut!

FIORE *(toujours sans lever les paupières, avec une autorité glacée, et si bas qu'un grand silence se fait dès qu'elle parle)*. — Vous allez remettre vos armes au fourreau.

ALDOBRANDINO. — Oui, maîtresse, oui! Nous les rengainons! Voyez! Elles ont disparu...

FIORE. — Vous vous dites des artistes?

GRIFONE. — Vous le savez bien, Madonna, que nous sommes des artistes!

FIORE. — Mais il me semble que vous-mêmes l'ignorez puisque vous pouvez prendre autre chose tellement au sérieux! *(Silence.)* C'est un art frivole, un art puéril, me semble-t-il, s'il vous laisse un tel excès de sang et de feu.

ALDOBRANDINO. — Maîtresse, j'ai reçu une offense mortelle.

FIORE *(sarcastique, et toujours à voix très basse)*. — Mortelle? Oh, en ce cas, évidemment. Si l'offense est mortelle...

GHINO. — Vous vous exprimez de façon étrange, aujourd'hui, Madonna.

FIORE. — Étrange, vraiment? Est-ce que je te trouble? Je jette la confusion dans ta petite tête, mon pauvre!... Quoi? Voyons un peu. Comment t'appelles-tu?

GHINO *(froissé)*. — Vous me connaissez pourtant, d'habitude!

FIORE. — C'est vrai. Tu es Ghino, l'aimable Ghino qui portraiture les belles dames, Ghino, l'homme du monde accompli, Ghino, le danseur qui fleure toujours très bon. Ne dit-on pas que tu parfumes jusqu'à ton petit cheval, lorsque tu sors en compagnie?... Et là-bas, Guidantonio, qui fabrique les beaux sièges. Tiens! Et voici Leone. Bonjour, messire. Vous avez passé une nuit agréable, j'espère...

ALDOBRANDINO *(incapable de se contenir)*. — Madonna... Vous aussi, vous fûtes mortellement offensée aujourd'hui.

FIORE. — Offensée? Moi? Par qui?

ALDOBRANDINO. — Maîtresse chère et admirable... ce *Frate*...

FIORE. — Quel *Frate?* un vrai moine comme dans les contes?... Ah, oui, je me souviens! Ne l'ai-je pas vu tantôt à la cathédrale? Et toi? Et toi? J'étais entrée pour passer le temps. Vous n'offriez pas un vilain spectacle. Je vous ai vus blêmir jusqu'au blanc des yeux.

ALDOBRANDINO. — De rage, maîtresse! De rage!

Fiore. — En effet. Vos lèvres tremblaient. Votre héroïsme vous faisait défaillir! Je l'ai bien vu.

Aldobrandino. — Le scélérat! Le Juif! Le brigand! Il a osé vous insulter...

Fiore. — Hé là, voyons, quelle impétuosité de langage! Bientôt tu égaleras ton *Frate*, Aldobrandino, mon vaillant artiste! Emboîtez-lui donc le pas, vous autres! Resterez-vous en arrière? Combien ses injures doivent vous soulager, puisque à la cathédrale, la colère ne vous a pas laissé le temps d'agir!

Aldobrandino. — Agir... Par tous les dieux, vous avez tort de nous railler, Madonna! Tout à l'heure encore, avant votre arrivée, nous délibérions sur la manière de clouer la bouche au monstre! Mais que pouvons-nous? Laurent nous aime; mais un seul mot de vous a plus de poids auprès de lui que toutes nos accusations. Pour peu que vous le vouliez, c'en sera fait du Ferrarais. On lui coupera cette langue qui vous a insultée, on lui défoncera la poitrine comme il le mérite! ah, bref on le tuera!...

Fiore *(avec une violence soudaine)*. — Alors, tue-le! *(Prompte comme l'éclair, elle a tiré un stylet de son corselet et le tend à Aldobrandino.)* Tue-le! Vois-tu cette mignonne petite arme? Là, à la pointe, la lame est un peu teintée de brun... Prends! Cette couleur provient d'un poison très fort dans lequel je l'ai trempée! Il suffirait d'une égratignure... Prends! Au lieu de rouler ainsi des yeux éperdument! Prends, Ghino, mon beau chevalier! Ou toi, Guidantonio qui fabriques les belles chaises! Prends, toi, Francesco le Romain! Ne ressembles-tu pas à un boucher antique? Et lui n'est qu'un prêtre débile...

Aldobrandino. — Madonna... On ne peut l'approcher! Il loge à Saint-Marc... En outre, le peuple l'aime!... Et sur le chemin de la cathédrale, il est gardé à vue!...

Fiore *(le dévisage)*. — Il va venir ici.

Les artistes. — Venir. Ici? Qui donc? Qui donc?

Fiore. — Le Frère Jérôme. Ici. Aujourd'hui.

Aldobrandino. — Le Frère Jérôme... vient... ici...

Fiore *(cache son stylet. Sur un autre ton.)* — Je plaisantais. J'ai voulu plaisanter avec vous. Non, n'est-ce pas, c'est une pensée absurde : le Frère Jérôme ici! A présent, laissez-moi prendre congé de vous.

Aldobrandino *(encore un peu décontenancé)*. — Vous allez voir Laurent?

Fiore. — Laurent? Laurent est dans son lit et gémit. Le grand Laurent est très mal. J'ai envie de me promener un peu dans les jardins.

Ghino. — Ne nous accordez-vous pas, Madonna, la belle faveur de rester un peu à vos côtés?

Fiore. — J'apprécie votre courtoisie, messire. Mais au risque de passer à vos yeux pour fantasque et insociable, je préfère pour cette fois renoncer à votre précieuse compagnie.

(Elle s'éloigne.)

Ghino *(qui l'a escortée un bout de chemin, revenant)*. — Elle est magnifique, elle est divine, elle est merveilleuse au-delà de toute expression!

Guidantonio. — Par ma foi! Elle t'a congédié avec assez de dédain!

Ghino. — Cela ne fait rien! Absolument rien! Sa vue seule vous transporte!

Aldobrandino. — On est transporté d'extase si seulement elle vous accorde un regard! Et si elle ne vous remarque pas du tout, on s'évertue d'autant plus à capter un instant son attention hautaine, hélas! à lui arracher un sourire, un signe d'approbation... Au fond, on ne pense qu'à elle en travaillant. C'est sa beauté qui nous incite à créer sans cesse.

Les autres. — C'est vrai! c'est vrai!

Aldobrandino. — Grands dieux, quel doit être le bonheur de celui à qui elle se soumet, devant qui elle s'agenouille, qui l'a conquise!

Ercole. — Avez-vous remarqué de quelle façon étrange elle a parlé de Laurent?

SIMONETTO. — Tout ce qu'elle a dit était étrange.

ANDREUCCIO. — Tout ce qu'elle a dit semblait céler autre chose!

LEONE. — Elle m'a questionné sur ma dernière nuit. C'est un peu fort!

ALDOBRANDINO. — Tout lui est permis! Elle décoche les plus grandes impertinences d'une façon si belle et charmante que l'on croit entendre la musique des anges!

PANDOLFO. — Je ne la savais pas armée!

DIONEO. — Une maîtresse dangereuse!

ALDOBRANDINO. — C'est une femme mûrie, indépendante, hardie! L'arme lui sied à merveille.

ANDREUCCIO. — Peut-être est-ce ce même poignard dont jadis son père menaça les Médicis, avant que de partir en exil, au temps de Luca Pitti?

LEONE. — Je ne crois pas à cette histoire! Je ne crois pas qu'elle soit la fille naturelle de quelque gentilhomme proscrit! Quand Zeus détrôna Chronos, il lui vola un membre de son corps, un membre important, et le jeta à la mer. Après cet étrange accouplement, la mer enfanta... notre maîtresse!

GRIFONE. — Pas mal! Mais cela lui ferait alors un bel âge!

LEONE. — Sait-on quel âge elle a? Nul ne le sait. Si tant est qu'elle puisse vieillir, elle s'entend à le cacher!

GHINO. — C'est vrai. On raconte des choses prodigieuses sur ses lotions de beauté et ses mixtures. On dit qu'elle s'expose au soleil à longueur de journée pour blondir ses cheveux. D'aucuns affirment qu'elle se teint même les dents.

ALDOBRANDINO. — Beaucoup prétendent qu'elle pratique la sorcellerie. On raconte, comme un fait certain, qu'elle a envoûté Laurent pour qu'il se consume d'amour jusqu'à en mourir. Elle a fait bouillir des nombrils de petits enfants dans l'huile dérobée à des lampes perpétuelles, et les lui a fait manger...

GRIFONE. — Allons donc! Je n'en crois pas un mot!

ALDOBRANDINO. — Tu ne vois pas plus loin que le bout de ton nez et tu t'en vantes! De nos jours, il est vrai, les esprits sont éclairés et ne prennent plus pour argent comptant tout ce qui jadis était accepté comme tel; cependant, tout a des limites. Je ne crois pas à la transsubstantiation, non, cette doctrine est absurde et mon cousin Pasquino qui est prêtre m'a déclaré expressément qu'il n'y croyait pas non plus. Mais qu'il y ait à Fiesole des sorcières, que beaucoup de prostituées aient recours à la magie pour envoûter les hommes, la chose est prouvée!

LEONE. — Prouvée! Toutes les femmes sont des sorcières! Je le sais!

ALDOBRANDINO. — Croyez-moi, il y a sur terre beaucoup de prodiges et si je voulais raconter...

GHINO. — Voici l'éminentissime seigneur cardinal!

III

Le cardinal, Jean Pic de La Mirandole et Ange Politien sortent du palais et s'avancent par l'allée centrale. Politien porte un bonnet de drap en forme de cône tronqué, Pic une coiffure ronde un peu retroussée par derrière. Accueil chaleureux de la part des artistes avec une nuance de respect familier ou ironiquement exagéré. Au cours de la scène, des groupes se formeront librement sur les bancs latéraux et sur la margelle du bassin.

JEAN. — Salut à vous, messires! On vous trouve engagés dans de graves entretiens?

ALDOBRANDINO. — Des questions philosophiques, des questions de croyance, monseigneur! Nous disputions de problèmes surnaturels.

PIC. — Sur lesquels j'espère que vos opinions concordent absolument avec les enseignements de notre Sainte Église!

ALDOBRANDINO. — Tout à fait, seigneur sérénissime. Sur tous les points essentiels. Absolument. Je me pique d'être un homme pieux. J'observe les rites de la religion et j'allume un cierge chaque fois que je termine un tableau. Pas plus tard qu'aujourd'hui, j'ai assisté au sermon à la cathédrale. Mais on en est mal récompensé, mes chers seigneurs, il faut que vous le sachiez.

Jean. — Mal récompensé? Comment cela, Aldobrandino?

Aldobrandino. — Je vais vous le dire, Éminentissime seigneur; je le dirai à vous et à la Magnificence de votre glorieux Père, car c'est le motif de ma venue. J'ai été maltraité!

Politien. — Maltraité?

Guidantonio. — Le peuple l'a roué de coups devant la cathédrale à l'issue du sermon.

Politien. — A l'issue du sermon? *(Avec reproche, à Pic.)* Seigneur!

Pic. — On t'a battu, mon Aldobrandino? Viens plus près! Où t'a-t-on battu? Qui t'a battu? Raconte-moi tout!

Aldobrandino. — Je le ferai, monseigneur, et mon innocence vous sautera aux yeux. J'étais donc à la cathédrale où j'avais déniché une toute petite place, juste assez pour m'y tenir debout. Il faisait une chaleur terrible dans la cohue, j'avais peine à respirer et la sueur me coulait de partout; mais que ne supporterait-on en l'honneur de Dieu...?

Pic. — Et par curiosité.

Aldobrandino. — En effet. J'ai d'ailleurs beaucoup pleuré, bien que je n'aie même pas pu apercevoir le Frère Jérôme, mais tout le monde pleurait et c'était en somme très édifiant. L'incident qui s'est produit avec Madonna Fiore m'avait violemment bouleversé. A peine un peu remis, je m'aperçus que Frère Jérôme parlait de l'art et j'ai aussitôt dressé l'oreille. Ses vues sont étranges, seigneur, elles diffèrent essentiellement des miennes. C'est, dit-il, chose coupable et fausse de peindre la Très Sainte Vierge en fastueux vêtements de velours, de soie et d'or, car, criait-il avec colère, elle était vêtue comme une pauvresse! Soit, mais si la vêture des pauvres ne m'offre, à moi, pas le moindre intérêt artistique! Et après? J'ai la plus profonde révérence pour la Très Sainte Vierge, puisse-t-elle intercéder pour moi, pauvre pécheur, devant le trône de Dieu! *Amen, amen!* Mais lorsque je travaille, je me soucie moins d'elle que de faire bellement ressortir un certain vert auprès d'un certain rouge... Vous comprenez cela, monseigneur?

PIC. — Je comprends, mon Aldobrandino.

ALDOBRANDINO. — Il a affirmé que c'était un sacrilège, un péché mortel, de portraiturer des courtisanes et des femmes de mauvaise vie et de les donner ensuite pour des Madones et des saints Sébastiens comme il est d'usage aujourd'hui. Il a réclamé que ces méfaits soient punis par la torture et la mort! Or, tout Florence sait que je viens d'achever une Madone dont le modèle est une fort belle fille qui vit chez moi pour mon plaisir. Moquez-vous de moi, monseigneur, si je me vante, mais c'est un tableau magnifique! Aussitôt achevé, j'ai composé là-dessus un sonnet et pendant que j'y travaillais j'avais constamment l'impression qu'une clarté planait au-dessus de ma tête...

PIC *(d'un ton sérieux)*. — Tu as raison, Aldobrandino. Ta Madone est un chef-d'œuvre.

ALDOBRANDINO. — Pic de La Mirandole, vous êtes un grand connaisseur! Laissez-moi fléchir le genou devant vous... Bon. Mais lorsque le sermon eut pris fin et que je parvins à sortir dans la cohue, qui portait le Frère à Saint-Marc, « Voyez, crie un faquin à côté de moi, et il me regarde en plein visage, voici l'un de ces fils du diable qui peignent la Madone en fille de joie! » Aussitôt, dans un transport de fureur bestiale, toute la foule se tourne contre moi, me frappe avec les pointes des capuchons, me pilone à coups de coudes, me foule presque aux pieds... Je ne pouvais lever les bras, mon corps était étroitement coincé! J'ai craché à la face de mes voisins les plus proches, mais ce fut une piètre défense! C'est miracle, vous dis-je, si j'en ai réchappé vivant! Dieu veut sans doute que je fasse encore quelques belles choses puisqu'il m'a sauvé!...

Politien. — Voyez-vous à présent, seigneur, où l'on en est venu ?

Pic. — Dire que je n'ai rien soupçonné, mon Aldobrandino ! Que je n'ai pu courir à ton secours ! Je ne devais pas être loin !

Aldobrandino. — Qu'on me laisse les mains libres, monseigneur, et je n'ai pas besoin de renfort ! Un cœur solide bat dans ma poitrine, je l'ai prouvé dans mainte aventure. Une fois, je me suis défendu contre trois hommes... C'était hier, pas plus tard qu'hier soir, à mon retour de Rome où j'avais eu des commandes. Vous savez que je suis revenu de Rome, d'une traite, dès que j'ai appris la maladie de mon auguste bienfaiteur. Eh bien ! Je n'étais plus loin de Florence, déjà je voyais en esprit la porte de Saint-Pierre-Gattolini... La nuit tombait. J'étais seul et à pied. Je traversais d'un pas alerte le chemin creux que vous connaissez, quand soudain s'élancent deux individus à la mine patibulaire, qui s'étaient dissimulés dans le fourré ; ils me barrent la route, et comme je me retourne, j'en aperçois un troisième derrière moi. Avez-vous compris quel piège infâme on m'avait tendu ? Trois gredins hauts comme des cyprès, à la mine terrible et armés jusqu'aux dents ! Peut-être des *bravi* que les envieux de mon talent avaient appostés là, peut-être de vulgaires détrousseurs de grands chemins qui en avaient à mon argent. Toujours est-il que ma situation était désespérée. « Ma foi, pensai-je, si je dois mourir, je vendrai chèrement ma vie » ; et je dégaine promptement, m'adosse contre le talus du chemin creux, entonne du fond du cœur un *miserere* et assène au premier qui approche un coup sur le crâne, si violent que des étincelles lui jaillissent des yeux et qu'il tombe inanimé ! Lors, les autres, terrifiés par ma violence, m'implorèrent, les bras en croix sur la poitrine, de leur faire quartier et de les laisser partir, faveur que je leur octroyai par charité chrétienne ! Ainsi ils déguerpirent, emportant le cadavre de leur complice, cependant que je continuai mon voyage sain et sauf !

Grifone. — Eh bien, par tous les anges! Si ce ne sont point là des mensonges!...

Aldobrandino. — Que Dieu m'afflige de la peste et me fasse mourir!...

Pic (*froidement*). — Tiens, Grifone, te voilà? En vérité, je ne te voyais pas jusqu'à présent. J'avais pourtant l'impression que tu étais en voyage?

Grifone. — J'y étais, pour vous servir, monseigneur. J'admire votre mémoire. J'étais en voyage. Je ne suis rentré que d'hier. J'avais reçu des commandes importantes et flatteuses. J'ai organisé pour Malatesta un cortège, pour célébrer la fête de son auguste épouse, et le seigneur Giovanni Bentivoglio lui aussi a recouru à mes joyeux talents. Un prince spirituel et généreux! Il m'a donné beaucoup de doublons lorsque au cours des festins je parodiais tous les dialectes italiens ou contrefaisais les visages d'hommes célèbres... C'est un fait, noble seigneur, les gens de notre espèce doivent voyager s'ils veulent faire un peu valoir leurs dons. A Florence, l'esprit court les rues. Là-bas seulement, en Lombardie, en Romagne, on est à l'honneur.

Pic. — Je te félicite. Mais dis-moi donc... tu es peintre, n'est-ce pas?

Grifone. — En effet, monseigneur, tel est mon métier.

Pic. — Et t'arrive-t-il aussi parfois de peindre un tableau?

Grifone. — Quelquefois. Mais oui, monseigneur, cela m'arrive. Mais pas souvent, car mon activité s'exerce dans diverses directions. Je me suis mis récemment à fabriquer des violons, ce qui m'est une grande joie. Mais avant tout, je suis organisateur de carnaval et l'ordonnance des fêtes est mon domaine artistique propre. A présent, je suis accouru à Florence parce que la fête de mai, sur la Piazza Santa Trinita, est toute proche. Miséricorde! nous sommes déjà le 8 avril, il est grand temps de s'occuper des préparatifs! Pâques non plus n'est pas loin. Et puis, il s'agit d'imaginer du nouveau pour le carnaval.

Pic. — Mais il me semble que le carnaval vient de prendre fin.

Grifone. — Soit, il est déjà passé depuis un moment, mais quoi qu'il en soit, mes amis et moi, nous nous mettons de nouveau la cervelle à l'envers pour le prochain cortège. Le cortège, monseigneur, le cortège du carnaval! Orphée et les bêtes, César et les sept vertus, Persée et Andromède, Bacchus et Ariane, tout cela est déjà usé, désuet. Le peuple sifflerait et nous récompenserait par des lazzis si nous lui offrions rien de tel! Que peut-on encore inventer après le Cortège de la Mort qui eût si grand succès? En vérité, je me fais bien du souci!

Pic. — Florence compte sur ton imagination inventive. Mais je causais avec Aldobrandino et tu nous as interrompus. Recule un peu, mon ami; Aldobrandino, revenons à ton affaire. Si j'ai bien compris, tu es venu pour porter plainte auprès du Magnifique?

Aldobrandino. — Par mon salut, Seigneur, c'est là ce que je veux!

Pic. — N'en fais rien, Aldobrandino, je t'en prie! Tu recevras satisfaction, ou plutôt tu portes ta satisfaction en toi-même. Un homme comme toi! Un artiste aussi insigne, qui se sait estimé de tous les connaisseurs! Que t'importe la haine éphémère d'une foule stupide?

Aldobrandino. — Vous dites des choses admirables, monseigneur. Pourtant...

Pic. — Mais pour Laurent, on ne doit à aucun prix l'agiter en ce moment par des rapports de ce genre. Tu sais qu'il est malade. A quel point, aucun de ceux qui l'aiment n'ose y songer. En tout cas, il importe de lui épargner tout ce qui pourrait assombrir ou ébranler son âme...

Aldobrandino. — En ce cas, je consens volontiers à le ménager, monseigneur, encore qu'il soit amer de dévorer en silence une injustice dont on fut victime. Mais les dieux savent que mon cœur le chérit par-dessus tous les autres humains.

PIC. — Bien dit, mon Aldobrandino. Tu es un homme sage et capable. Tiens parole et tu t'en trouveras bien...

POLITIEN *(un peu plus loin, à plusieurs artistes)*. — En somme, nous ne savons rien, mes amis. Nous attendons le rapport du Spolétin sur l'effet du précieux breuvage...

ANDREUCCIO. — Espérons que l'on pourra bientôt répandre une bonne nouvelle dans Florence. Une grande agitation règne dans le peuple.

GUIDANTONIO. — Oui, le peuple voit la situation en noir. On prétend avoir observé des signes funestes.

GHINO. — Ainsi, dans la ménagerie des lions près du palais, une bête en a lacéré une autre. Il est des gens pour voir là un mauvais présage.

ERCOLE. — Il est des gens pour affirmer qu'à certaines heures les saints dans les églises se mettent à gémir.

SIMONETTO. — Beaucoup l'affirment. Et un marchand de fruits de la place San Domenico m'a soutenu que dans sa boutique, l'image de la Madone, à diverses reprises, avait remué les yeux.

ALDOBRANDINO. — Silence, vous autres, je veux parler. Tout cela n'est rien en comparaison de ce que j'ai vu, moi! Ce matin, comme je me promenais aux portes de la ville, il a plu du sang.

GRIFONE. — C'est absurde! Il ne pleut jamais de sang. Il n'y a pas de sang dans les nuages.

ALDOBRANDINO. — Seigneur Jean, Votre Éminence veut-elle apprendre à cet hérétique que selon notre sainte religion, des choses semblables sont fort possibles?

JEAN. — Possibles ou pas, quand mon père sera guéri, il pleuvra du bon vin de Trebbie, un liquide que pour ma part je préfère de beaucoup au sang!

ALDOBRANDINO. — ... Préfère! Ah haha! C'est divin! « Préfère de beaucoup! » Quelle expression bien tournée! Avez-vous entendu? Avez-vous entendu? Un liquide? En effet, le vin de Trebbie est un liquide, mais le trait d'esprit consiste à le nommer ainsi...

ANDREUCCIO. — Non, non, messieurs, l'important est

que le Frère Jérôme a prédit la mort du Magnifique. Voilà ce qui agite tellement le peuple.

PANDOLFO. — Le gredin! Il répète son coassement de malheur à chaque sermon. Il nous promet par-dessus le marché la guerre, la famine et la peste!

ANDREUCCIO. — Il a un tempérament saturnien.

DIONEO. — Ah bah, c'est la haine qui parle en lui, la pâle envie!

ERCOLE. — Tous les Ferrarais sont envieux et cupides.

ANDREUCCIO. — On ne saurait le dire cupide. Il a introduit la pauvreté à Saint-Marc et il porte un froc tout usé.

LEONE. — Défends-le, toi, Andreuccio le brodeur d'art. Tu es une vieille femme!

GUIDANTONIO. — On voit bien qu'il a fait impression sur toi. Tu fais déjà partie des pleureurs, des cafards moroses, des rabâcheurs de patenôtres!

ANDREUCCIO. — Je n'en suis pas, certes pas, mes chers amis. Mais j'ai l'esprit plein de doutes, et le cœur lourd. Vous savez, noble prince, et vous éminentissime seigneur cardinal, que non seulement je sers l'art avec mes mains, non seulement je confectionne de belles broderies et dessine des modèles de tapis, mais parfois, en public, par la bouche et la parole, je plaide pour l'ennoblissement de l'artisanat, l'embellissement de notre vie. Je pensais que sous les Médicis au service desquels je suis, toute chose doit revêtir un cachet d'art et de bon goût. Et je le pense encore. Mais j'ai une épine plantée dans le cœur... Voyez-vous, récemment, parmi une nombreuse assistance, je renseignais les gens sur les progrès artistiques dans la fabrication des pains d'épices; car on fait maintenant de beaux pains d'épices, vous le savez, de formes amusantes et charmantes, à la dernière mode. Or, le Frère Jérôme a dû en avoir eu vent, car dans un de ses derniers sermons, comme j'étais présent à la cathédrale, il a pris ce sujet pour thème, tout en me regardant, devant tout le peuple assemblé. Celui-là, a-t-il dit, ne comprend point les choses élevées, qui cherche à les ravaler au niveau des choses vulgaires, et il serait coupable et puéril de disputer de l'embellissement des gâteaux au miel quand des milliers de gens n'ont même pas de mauvais pain pour apaiser leur faim! La foule sanglotait, je cachai mon visage; car ses paroles sont comme des flèches sifflantes, messeigneurs, elles portent, elles portent... Depuis lors, j'erre par les rues, je me lamente et je doute si mes actes et mes efforts durant tant d'années ont été ce qu'ils auraient dû être.

POLITIEN. — Honte à toi, honte à toi, Andreuccio! Tu n'as pas une âme d'artiste, sinon tu ne prêterais pas l'oreille à ce misérable qui chaque jour bave sur l'art, avec sa haine plébéienne!

ANDREUCCIO. — Déteste-t-il l'art? Je ne sais. Il parle avec un grand amour des œuvres du Beato Angelico : croyez-moi, ses pensées sont imprégnées de ferveur. *(Avec effort.)* Et s'il plaçait l'art si haut qu'il lui semble sacrilège de l'appliquer à des pains d'épices?

ERCOLE. — Comprenne qui pourra. Ce que je comprends, moi, c'est que ce vilain mendiant veut étouffer à Florence toute joie et toute gaieté, la fête de saint Jean doit être supprimée, le carnaval...

GRIFONE. — Comment! Comment? le carnaval?

ERCOLE. — Oui, il veut le supprimer! Tu verras alors, Grifone, comment tu t'arrangeras pour gagner ta vie! Tu devras te remettre à peindre des tableaux!

JEAN. — Allons, racontez-nous en plus long sur lui. Je veux entendre ce qu'il dit encore. Cet homme est fort original.

GUIDANTONIO. — Eh bien, je puis l'affirmer à Votre Éminence, le Frère profère des énormités. Il traite le pape pire qu'un Turc, et les princes italiens plus mal que les hérétiques. A votre famille et à sa domination, il prédit un prompt déclin; il le fait de façon voilée et inquiétante; il parle de certaines grandes ailes qu'il va briser. Il parle de la ville de Babylone, de la cité des déments que le Seigneur va détruire mais tout le monde sait qu'il fait allusion à la maison de votre père et à sa puissance. Il décrit exactement l'architecture de cette ville; elle est, dit-il, construite sur les douze folies des impies...

GRIFONE. — Comment? Comment? Douze folies? Ah mais, voilà une idée pour mon cortège de fête! Écoutez donc... Les douze folies des impies!...

(Joyeusement excité, il entraîne à l'écart un autre artiste pour en délibérer).

GHINO. — Moi, éminentissime seigneur, j'ai reçu de messire Antonio Miscomini l'imprimeur, commande d'orner de gravures sur bois les nouvelles éditions des écrits du Frère.

POLITIEN. — Que dis-tu là? Et tu as accepté la commande?

GHINO. — Certes oui.

PIC. — Et je trouve qu'il a bien fait, maître Ange. Les dissertations sur la prière, sur l'humilité et l'amour de Jésus-Christ sont d'excellents morceaux littéraires. Parées des illustrations de Ghino, leur valeur s'en trouvera augmentée.

GHINO. — Tel n'était pas l'avis du Frère Jérôme, monseigneur. Figurez-vous qu'il a protesté contre l'illustration de ses livres. Il ne voulait pas d'images! Avez-vous jamais rien vu de pareil? Mais messire Miscomini a eu assez de bon sens pour exiger que ces écrits soient élégamment présentés. Voyons, je vous prie, qui donc lit de nos jours un livre privé de toute séduction pour les yeux et ne contenant que le texte tout nu? J'ai déjà préparé quelques jolies choses à cette intention. Je grave aussi sur bois le sceau du Frère.

JEAN. — Quel est-il?

GHINO. — Une Madone, Votre Éminence, une Vierge avec les lettres F. H. de chaque côté.

LEONE. — A présent, je sais pourquoi Laurent ne peut souffrir le Frère Jérôme!

PLUSIEURS ARTISTES *(intrigués)*. — Pourquoi?

LEONE. — Parce qu'il n'aime pas le signe de la Vierge.

En tout cas, il s'est toujours employé de son mieux à laisser dans Florence le moins de vierges possible.

(Hilarité générale.)

JEAN *(égayé, se tape le genou; puis, très ému).* — Viens ici, Leone! Le mot était très bon! Aucun Médicis ne saurait y résister. Attends, prends ce ducat, satyre au long nez que tu es! Je te permets de modeler mes traits, si cela t'amuse. Va. Je t'aime bien.

ALDOBRANDINO. — Tout cela est bel et bon, mais après ce qui s'est passé, Ghino, tu dois refuser la commande!

GHINO. — Refuser? Une commande?

ALDOBRANDINO. — La chose est hors de question. J'ai été offensé. Toute la confrérie des artistes se trouve offensée en ma personne par suite des provocations du Frère. Que le diable lui orne ses livres, soit, mais aucun de nous! Tu dois te récuser!

GHINO. — Je n'y songe pas! Es-tu fou? Quelle mouche te pique? Je négligerais une commande aussi grasse? Messire Miscomini ne lésine pas sur les honoraires; il sait bien qu'il gagnera un beau magot avec les écrits du Frère. Ils se vendront partout. Tout le monde les achètera, tout le monde verra ses gravures. J'en tirerai grande gloire et recevrai des commandes nouvelles. J'en ai besoin, je dois vivre, j'ai des obligations mondaines. Et ma petite Ermellina tient à recevoir des cadeaux, sinon elle me trompera avec un épicier. Je suis forcé de lui apporter tantôt un bonnet de soie, tantôt un cornet de fard et de céruse si je veux qu'elle m'ouvre sa porte. J'ai besoin d'argent. Je le prends où je le trouve.

ALDOBRANDINO. — Traître! Tu n'as pas une once d'honneur dans le corps! Honte à toi! Je te méprise du fond du cœur!

GHINO. — C'est ridicule! Je suis un artiste! Je suis un libre artiste! Je n'ai pas d'opinions. J'embellis de mon art ce que l'on me donne à décorer et suis prêt à illustrer Boccace aussi bien que saint Thomas d'Aquin. Des livres sont là, ils agissent sur moi et je traduis de mon mieux l'impression reçue. Quant à avoir des idées et à émettre des jugements, je laisse ce soin au Frère Jérôme!

ANDREUCCIO *(d'un ton méditatif)*. — Mais ce doit être difficile, difficile, c'est une tâche haute et difficile que tu lui laisses là! Devoir s'opposer en juge à tout ce qui est donné et établi, les mœurs, la vie... il me semble qu'il y faut du courage... et de la liberté...

POLITIEN. — De la liberté, Andreuccio? Ton esprit s'égare. Ghino s'est dit libre et il avait raison, car libre est le créateur! Celui qui est né sous le signe de Saturne sera en révolte contre le monde, dans quelque état qu'il le trouve! Mais en vérité, mieux vaut ne savoir fabriquer qu'une chaise, un bel objet quelconque, que d'être né seulement pour juger!

PIC. — Ma foi, je ne sais pas! En ma qualité de collectionneur et d'amateur, j'apprécie les phénomènes selon leur rareté. A Florence il y a une légion de braves gens capables de faire des chaises, mais il n'est qu'un Frère Jérôme...

POLITIEN. — Vous êtes porté à la plaisanterie, seigneur.

PIC. — Je parle sérieusement. Mais qui vient là?

IV

Pierleoni arrive précipitamment du palais à travers le jardin en faisant des signes. Son long vêtement le gêne dans sa marche. C'est un homme à la barbe grise, d'allure excentrique, qui a un certain goût pour le charlatanisme et les effets de magie. Il est coiffé d'un bonnet pointu et tient à la main une baguette d'ivoire.

PIERLEONI. — Messire Ange! Maître Politien! Il vous réclame!

POLITIEN. — Laurent? J'y vais!

PIERLEONI. — Il veut que vous lui récitiez des vers. Il s'est souvenu d'un passage de votre *Rusticus* et veut l'entendre de votre bouche.

Pic. — Il est donc réveillé, maître Pierleoni? Il est lucide?

Pierleoni. — Il l'était, il y a une minute. Mais Dieu sait si à cet instant, il n'a point déjà oublié et son souhait et lui-même.

Politien. — Mais le breuvage? La potion de pierres précieuses distillée? Elle a produit de l'effet?

Pierleoni. — La potion? Certes, grand effet!... Je ne veux pas précisément dire que Laurent en a tiré un bénéfice. Ce serait plutôt le contraire! mais celui qui l'a préparée, le sieur Lazzaro de Pavie en a beaucoup bénéficié, puisqu'elle lui a valu des honoraires de cinq cents écus.

(Mine amusée de Jean.)

Pierleoni. — Vous riez, seigneur Jean, cela s'accorde à votre naturel enjoué; mais pour ma part, je vois rouge quand je pense que cet ignare, cet imposteur, s'en est tiré sans châtiment! Pourquoi l'avoir appelé? On ne m'a pas consulté. On est passé par-dessus ma tête. Il s'est fait délivrer deux poignées de perles et de joyaux pris au trésor de la maison, entre autres des diamants de plus de trente-cinq carats, il en a sûrement fourré la moitié dans sa poche, en a broyé le reste, l'a fait bouillir et a administré cette mixture à notre maître, sans même tenir compte de la position des astres, car il ne connaît rien aux influx astraux! Alors que moi je ne lui prescris pas de petite poudre ni ne lui pose de sangsues sans avoir d'abord soigneusement calculé si l'heure stellaire est favorable!

Pic. — Vous êtes un grand et savant médecin, maître Pierleoni. Nous savons que cet homme magnifique ne peut être en de meilleures mains que les vôtres. Mais dites-nous... instruisez-nous... arrachez-nous à notre ignorance! Quel est le mal qui terrasse Laurent? Dites-nous son nom? Un nom peut être si consolant...

Pierleoni. — Que la Mère de Dieu nous console tous! Je ne puis vous dire aucun nom, Seigneur! Ce mal est sans nom comme notre anxiété. Si l'on voulait lui appliquer un nom, il serait bref et effroyable.

Pic. — Vous vous enveloppez de silence, vous vous retranchez derrière des énigmes depuis l'heure où mon ami a pris le lit. J'insiste pour savoir : Y a-t-il là un mystère ?

Pierleoni *(accablé)*. — Le plus profond!

Pic. — Je vous avouerai le soupçon que je n'ai pas d'aujourd'hui seulement, il s'impose tout naturellement à qui a vu les choses de près. Laurent a des ennemis comme seul un homme fort...

Pierleoni. — Il n'a jamais été fort. Il a vécu à l'encontre de lui-même.

Pic. — Il a vécu comme un dieu! Sa vie a été un triomphe, une fête olympienne. Sa vie a été comme une puissante flamme qui arde audacieusement, royalement vers le ciel. Et un jour, voilà que cette flamme retombe en crépitant, exhale une épaisse fumée, vacille, menace de s'éteindre... Entre nous : on a déjà vu des choses semblables. De telles surprises ne sont pas inconnues à notre époque, on a ouï-parler de lettres, de livres dont le confiant destinataire s'est vu soudain, en les lisant, transporté au royaume des ombres; de litières où un homme allègre a pris place pour en descendre égrotant et lépreux; de mets auxquels la main d'un ami généreux avait mêlé de la poussière de diamants afin qu'en y goûtant l'on contractât une indigestion pour l'éternité...

Jean. — Très vrai! Très vrai! Mon père a toujours été trop léger sous ce rapport! On ne devrait jamais prendre part à un festin dans une maison amie, sans se faire accompagner à tout hasard de son propre sommelier et de son vin, d'autant qu'aucun hôte ne s'en formalise. C'est un usage fondé sur de bonnes raisons...

Pic. — Bref, Pierleoni, mon ami, soyez franc! Parlez-nous d'homme à homme! Ma crainte est-elle justifiée? Y a-t-il du poison sous roche?

Pierleoni *(évasif)*. — Du poison... C'est selon... c'est

selon... ce qu'on entend par là... monseigneur! Voulez-vous me suivre, maître Ange!

(Il s'incline et se retire. Politien se joint à lui. Tous deux traversent rapidement l'allée.)

V

PIC. — L'étrange vieillard!

JEAN. — Ah, cela va mal, Pic! J'ai peur et je suis triste. Si seulement il ne roulait pas les yeux si effroyablement, mon père...

ALDOBRANDINO. — Ne vous affligez pas, Éminence, cher seigneur Jean. Si la maladie est étrange, la guérison le sera aussi. Il y a des guérisons fabuleuses. Écoutez ce qui m'est arrivé. Cela vous distraira. Je suis souvent malade comme toute personne délicate et sensible, mais une fois, il y a deux ans, ou sept, j'ai été à la mort. Il s'agissait d'une affection du nez, un mal dévorant à l'intérieur de ce noble organe. Aucun médecin n'avait pu me soulager. Tous les remèdes internes et externes avaient été épuisés. J'avais même recouru à des excréments de loup, pilés avec de la cannelle dans de la bave de limace et les saignées m'avaient terriblement affaibli. Entre temps, mes voies respiratoires s'obstruèrent à leur tour et je croyais périr, misérablement étouffé. Alors, au comble de ma détresse, des amis me menèrent auprès d'un maître ès sciences occultes, Eratosthènes de Syracuse, un très habile nécromant, alchimiste et guérisseur. Il m'examina sans mot dire, mélangea cinq sortes de poudres dans un brûle-parfum et y mit le feu; puis, il marmonna au-dessus une petite incantation et me laissa seul dans son laboratoire. Et soudain, une fumée s'éleva, si âcre et terrible que j'en eus le souffle absolument coupé et me crus à mon heure dernière. Dans un suprême sursaut, je rassemblai mes forces pour gagner la porte et m'enfuir. Or, à peine debout, je fus pris d'éternuements violents comme de ma vie je n'en avais connus, et tandis que mon corps en était secoué de haut en bas, un animal s'échappa de mon nez, un ver, un polype, long comme mon plus long doigt et de l'aspect le plus repoussant; velu, tigré, glissant et pourvu de ventouses et de pattes. Mais mon nez se trouvait dégagé et quand je gagnai l'air libre, je connus que j'étais complètement guéri.

PIC *(qui a jeté un coup d'œil à droite, vers le jardin)*. — Écoute, mon petit Jean, je te quitte, je m'éclipse. Je vois venir ton frère Pierre. Tu sais que je n'aime pas ses manières. Laisse-moi l'éviter. Je vais voir si l'on me permet d'entrer chez ton père. Au revoir. Nous nous reverrons. Bonjour à tous, messires.

(Il sort.)

JEAN. — Eh bien? Et le ver, le polype, Aldobrandino? Ne l'as-tu pas attrapé?

ALDOBRANDINO. — Non, il m'a échappé. Il s'est précipité dans une fente du plancher et il a disparu.

JEAN. — Dommage. Tu aurais pu le dresser, tu aurais peut-être pu lui enseigner quelques tours.

VI

PIERRE DE MÉDICIS *(entre d'un pas vif et fier, à droite, par le chemin latéral. C'est un grand jeune homme souple et vigoureux de vingt et un ans, imberbe, au visage régulier et hautain; ses boucles brunes et épaisses retombent sur sa nuque. Armé d'un poignard et d'une épée, il porte un béret de velours avec agrafe et plume, et un pourpoint collant, de soie bleue, fermé devant par de nombreux petits boutons. Il a le maintien arrogant, le verbe haut et dominateur, des manières débridées et des colères soudaines)*. — Jean! Je ne comprends pas où tu as pu passer? Je te cherche!

JEAN. — Eh bien, tu m'as trouvé, Pierre. Quelle bonne nouvelle apportes-tu?

PIERRE. — Tu as de la compagnie... Ah, des artistes! Il y a longtemps que vous êtes ici?

GRIFONE. — Une petite heure, Excellence, à peu près une petite heure.

PIERRE. — Eh bien, m'est avis que pour l'instant, on n'a plus besoin de vous. Si vous songez à prendre congé, on ne vous retiendra pas! *(Tapant du pied.)* Vous êtes priés d'aller au diable!

ERCOLE. — Éminentissime seigneur Jean, nous vous demandons la permission de nous retirer.

JEAN. — Dieu soit avec vous, mes chers amis, mais ne vous éloignez pas. Je suis sûr que mon père voudra vous voir. Au revoir, Aldobrandino... Grifone... et toi, Francesco... Ne soyez pas fâchés... Là... *(Il accompagne les onze artistes, puis revient.)* Tu as grand tort, Pierre, de traiter de la sorte ces hommes remarquables.

PIERRE. — Je ne sache pas que des bouffons et une valetaille d'artistes méritent un autre traitement!

JEAN. — Non, mais vois-tu, cela est injuste. Dans chaque artiste, il y a peut-être un peu d'un fou et d'un valet, mais davantage encore, car chacun est en même temps quelque chose comme un souverain qui aiguille le goût de la foule vers des voies nouvelles et pour ainsi dire bat monnaie en instituant de nouvelles valeurs du plaisir...

PIERRE. — En vérité! Majestueux souverains! Cet Aldobrandino...

JEAN. — Oui, oui, cet Aldobrandino. Je t'avoue franchement que les gens comme lui sont ceux que j'aime le plus fréquenter. Les humanistes sont des phraseurs et des athées, les poètes sont pour la plupart des êtres miteux, bouffis de vanité, mais les artistes, voilà ce qu'il me faut! Cultivés sans être ennuyeux, ils s'habillent avec goût et ils ont de l'humour, de l'originalité et savent se tenir. Et quelle agilité d'esprit, quelle imagination déliée! Messer Pulci, par ma foi, n'en a pas davantage! En moins de temps qu'il n'en faut pour dire son chapelet, cet Aldobrandino a pourfendu trois géants, fait pleuvoir du sang, rejeté un monstre en éternuant, sans douter un instant de la véracité de ses hâbleries...

Pierre. — Je te passe ton plaisir; mais j'ai à te parler, et voilà pourquoi j'ai pris la liberté d'envoyer tes amis au diable.

Jean. — Tu veux me parler? Je n'ai pas d'argent, Pierre.

Pierre. — Ne mens pas! Tu as toujours de l'argent!

Jean. — Par le sang du Christ, j'ai eu de grandes dépenses... Pour des instruments de musique et un nain mauresque, la créature la plus amusante du monde. As-tu envie de le voir? Viens, je vais te le montrer. Pourquoi rester ici à parler argent...

Pierre. — Il me faut de l'argent! Il faut que tu m'en avances un peu pour l'instant!

Jean. — Je ne puis, Pierre! Certainement pas. Il me faut ménager le peu que j'ai.

Pierre. — Votre Éminence épargne sans doute en vue de la vacance du Saint-Siège? Mais votre tour n'est pas encore venu, auguste prince de l'Église! Vous ne pouvez vous mesurer avec Rodrigue Borgia. On dit qu'il a fait envoyer à tous les cardinaux qu'il n'a pas encore empoisonnés, des mulets chargés d'or, pour se concilier le Saint-Esprit. Votre Éminence devra patienter.

Jean. — Que racontes-tu là, Pierre? Naturellement, je devrai prendre patience, j'ai à peine dix-sept ans. D'ailleurs l'extension de la simonie est un sujet très intéressant sur lequel j'aimerais bavarder un peu avec toi...

Pierre. — J'ai donc besoin de cent ducats, pour acheter un cheval que je désire monter à notre prochain tournoi, le lendemain de Pâques...

Jean. — Cent ducats! Tu n'es pas raisonnable! Un cheval! Tu as déjà tant de chevaux! Et puis, tes absurdes tournois! Comment peux-tu en être engoué à ce point! On se court sus, et l'on se fait du mal. Quel esprit y a-t-il à cela? As-tu jamais lu que Scipion ou César aient pris part à des tournois? Quelle dangereuse folie! Pétrarque...

Pierre. — Je crache sur ton Pétrarque! Je n'admets pas qu'un forgeur de sonnets larmoyants me fasse la loi en matière de vie élégante et chevaleresque! Les temps sont révolus où les princes d'Italie et d'Europe voyaient en nous des marchands et des changeurs; ils sont révolus, depuis que nous savons porter une cuirasse et manier une lance! Notre cour ne doit le céder à aucune autre, et qu'est-ce qu'une cour sans tournois? En un mot, veux-tu m'avancer ces cent ducats, oui ou non?

Jean. — Non, Pierre, n'en parlons plus. Te donner de l'argent, c'est — ne te fâche pas — vouloir remplir le tonneau des Danaïdes. Tu gaspilles tout avec tes compagnons de beuverie et tes vaches grasses...

Pierre. — Comment? Des vaches grasses?

Jean. — Mais oui, c'est le terme à la mode actuellement à Florence. Tu n'as pas l'air très au courant des nouvelles expressions! Et en outre, tu es tellement pris entre les griffes des usuriers que tu ne dépenses pas un florin qui ne te coûte huit livres. Comment cela finira, je serais curieux de le savoir. Les temps sont déjà assez durs. Les moineaux sifflent sur les toits que depuis la mort de notre aïeul nos affaires vont dégringolant à toute allure. On raconte que le crédit de nos banques de Lyon et de Bruges est ébranlé. On chuchote tout bas que la banque des dépôts pour la dot des filles de la bourgeoisie a dû réduire ses paiements, parce que notre père a dépensé une grande partie des fonds en fêtes et en œuvres d'art. Bien des gens l'en ont blâmé...

Pierre. — Blâmé? Qui donc ose murmurer? Les divers partis sont dispersés! Les mauvaises têtes se sont vu assigner pour lieu de séjour la prison ou l'exil! Nous sommes les maîtres! Aujourd'hui c'est Laurent, et demain, après-demain, ce sera moi! Alors, crois-moi, c'en sera fait du commerce de boutiquier une fois pour toutes! Si les banques s'effondrent, qu'elles croulent! Je les achèverai d'un coup de pied! Il s'agit de posséder des terres! Nous devons agrandir sans cesse nos domaines! Nous sommes des princes!

Charles de France a appelé notre père son gracieux cousin; moi, il faudra qu'il m'appelle son frère! Attends un peu que je sois le maître! Attends que je sois le maître! Pas une loi ne sera maintenue, qui laisse au peuple une ombre de droit et limite notre volonté, fût-ce en apparence! La noblesse ne devra plus exsister auprès de nous! Des confiscations! Des condamnations à mort! Laurent n'a pas usé de ce moyen avec assez d'énergie! Il a d'ailleurs été trop timoré pour donner à notre situation le nom qu'elle mérite! Je ne veux pas être le premier bourgeois de Florence! C'est grand duc, c'est roi, que l'on devra m'appeler par toute la Toscane!

JEAN. — Ah Altesse, Majesté, vous êtes un fanfaron! C'est toute ta politique que tu me déballes là? Es-tu si certain que Madonna Fiorenza t'acceptera pour maître et amant, le jour — Dieu veuille le retarder... — où notre père ne sera plus là? Tu excelles aux exercices du corps et en matière de galanterie, mais quant aux affaires publiques tu as de piètres connaissances! Sais-tu que le Frère Jérôme prêche contre toi? Que le peuple ne peut te souffrir? Que l'on a placardé sur le palais des sonnets satiriques où tu es pris à parti?

PIERRE. — Écoute, mon garçon, je te conseille de ne pas m'exaspérer! Donne-moi les cent ducats qu'il me faut et garde pour toi tes instructions politiques!

JEAN. — Non, Pierre. Je te donne volontiers ma bénédiction, reçois-là, mon cher frère, la voici. Mais quant à l'argent, je ne t'en prêterai plus. *Finis*, avec ma signature et mon sceau.

PIERRE. — Mulet! Sodomite! Marsouin consacré! Je ne sais ce qui me retient de te gifler, singe revêtu de pourpre!

JEAN. — Rien ne t'en retiendra, car tu es malhonnête et vulgaire. Et voilà pourquoi je me retire, et me dérobe à ta grossièreté. Tu me trouveras chez notre père, au cas où tu me chercherais pour m'offrir des excuses.

(Il sort par l'allée centrale.)

PIERRE. — Va donc! Va donc, femmelette! Chapeau rouge emmailloté de langes mouillés! Je n'ai pas besoin de toi! Bientôt je serai le maître et alors le monde, en criant et en jubilant, verra ce que c'est qu'un prince!... Des chars... des chars... des tours roulantes... Un grouillement, un scintillement pourpre, brimbalant dans la poussière, au milieu des tapis, sous des tentes, dans la mêlée d'un peuple ivre de plaisir!... Des jeunes gens brandissant leurs épées, montés sur des chevaux cabrés qui hennissent... des génies ailés qui sèment des roses... Scipion, Annibal, la troupe des Olympiens descendus sur terre pour me rendre hommage, dans le cortège triomphal de Pierre le divin... Et sur un char doré, haut comme une maison... moi, moi! Le globe terrestre tournant à mes pieds, le front ceint du laurier de César et dans mes bras, elle! ma femme, ma servante, mon esclave rougissante d'extase!... Fiorenza!... Ah! Ah! Vous êtes là, Madonna?

VII

Fiore est entrée à droite par le chemin latéral et apparaît à présent au milieu de l'allée centrale, les mains jointes sur son ventre protubérant, la tête rejetée en arrière, les yeux baissés, image paisible aux lignes symétriques, dans sa muette et mystérieuse beauté.

PIERRE *(allant vers elle)*. — C'est vous, Madonna?

FIORE. — En personne, noble seigneur.

PIERRE. — Je ne soupçonnais pas votre présence. Diverses pensées m'absorbaient.

FIORE. — Des pensées?

PIERRE. — Mais je veux vous dire pourtant que je me réjouis, que je suis ravi au-delà de toute expression de vous rencontrer.

FIORE. — De grâce, épargnez-moi. Je suis femme et un tel langage dans la bouche de Pierre le plus beau parmi les beaux, est fait pour troubler toutes les femmes...

PIERRE. — Suave Fiore! Délicieuse Anadyomène!

FIORE. — Hardi flatteur! Le grand Turc nous avait envoyé de ses confitures, et lorsque j'en mangeai au dessert, j'eus l'impression qu'il ne se pouvait rien trouver de plus doux sur terre. Je ne le crois plus, à présent que j'entends vos paroles.

PIERRE. — Ravissante folle! Venez, nous allons bavarder tous les deux. Qu'allais-je dire? Le jour devient plus frais... Vous faisiez une promenade dans les jardins, belle Fiore?

FIORE. — Votre perspicacité voit juste. Je me promenais parmi les charmilles; et parfois je regardais vers la campagne si des visiteurs n'arrivaient pas de Florence, un visiteur, peut-être, qui apporterait un peu de variété dans le trantran monotone de la villa...

PIERRE. — En vérité... En vérité... je comprends parfaitement que vous ayez envie de changement, belle dame! Rien de plus fastidieux que ce séjour à la campagne depuis que Laurent a eu la fâcheuse idée de tomber malade et de s'aliter! Soit dit entre nous, je m'étonne que le désir d'une diversion ne vous soit pas venu plus tôt.

FIORE. — Comment l'entendez-vous, seigneur Pierre?

PIERRE. — J'entends... J'entends, douce Fiore, que vous n'auriez pas à chercher loin pour trouver des gens valides, prêts à assumer les douces obligations que, semble-t-il, depuis quelque temps, mon père n'est plus en mesure de remplir. Votre beauté s'épanouit sans que nul n'en jouisse, votre bouche, votre sein sont délaissés... Soyez assurée que vous n'êtes pas seule à en être dépitée. Levez vos beaux yeux pour voir un homme dont la suprême ambition est vous servir en toute chose!

FIORE. — Pardonnez-moi, mais ce spectacle n'est pas assez nouveau pour m'inciter à lever mes yeux. Tout le monde me convoite. Dites-vous cela dans l'espoir de me conquérir?

PIERRE. — L'espoir? Suis-je donc un enfant? Suis-je un tournoyeur du dimanche, dans la lice de l'amour? Je te veux et tu seras à moi, femme divine!...

FIORE *(lève lentement les yeux et le regarde avec une indicible expression de languissant mépris)*. — Si vous saviez combien vous m'ennuyez!

PIERRE. — Que dites-vous? Vous oublierez l'ennui dans mes bras!

FIORE *(avec une répulsion ironique)*.— Ce n'est pas à toi que j'appartiendrai, Pierre de Médicis.

PIERRE. — Pas à moi? Pourquoi pas à moi? Je suis fort, vous n'aurez pas à vous plaindre! Je dompte rien qu'en le serrant entre mes cuisses, l'étalon le plus fougueux sans bride ni selle! J'ai défié les meilleurs joueurs d'Italie, au jeu de paume, à la course et à la lutte, et vous avez vu que je les ai vaincus. Quand tu seras couchée à mon côté, douce Fiore, je te conterai mes victoires dans les gymnases d'Éros.

FIORE. — Je ne veux pas être à toi, Pierre de Médicis.

PIERRE. — Enfer et damnation! Serait-ce que vous me méprisez?

FIORE. — Cela signifie que vous m'ennuyez plus que je ne peux dire.

PIERRE. — Écoutez, madonna, je vous parle comme à une dame avec qui l'on use de galants ménagements par égard pour son charme et sa culture, mais je ne suis pas d'humeur à soupirer après votre amour comme si vous étiez une honorable et vertueuse bourgeoise! Si vous jouez à la prude, ma volupté n'en sera que plus douce mais de grâce, n'exigez pas que je prenne votre rigueur très au sérieux. Qui donc êtes-vous pour vous donner les gants de me repousser? Vous êtes de noble lignée florentine mais votre père vous engendra sans la bénédiction du prêtre et mourut en exil, pour prix de sa complicité avec Luca Pitti. Vous vivez, en dispensatrice de volupté, au service d'Aphrodite, et Laurent vous a prise pour son plaisir, lors des fêtes organisées en son honneur à Ferrare. Vous ne doutez pas que Pierre saura récompenser vos caresses aussi princièrement que son père.

FIORE. — Je ne veux pas être à toi, Pierre de Médicis.

PIERRE *(écumant de rage)*. — Et à qui, alors? A qui, alors? Tu as déjà un autre amant, courtisane impudique!

FIORE. — Je n'appartiendrai qu'à un héros, Pierre de Médicis!

PIERRE. — Un héros? Je suis un héros! Toute l'Italie le sait!

FIORE. — Tu n'es pas un héros. Tu es tout simplement fort. Et tu m'ennuies.

PIERRE. — Tout simplement fort? Tout simplement fort? Et celui qui est fort, n'est donc pas un héros?

FIORE. — Non. Mais le débile, d'esprit si ardent qu'il remporte quand même la couronne de la victoire, celui-là est un héros.

PIERRE. — Tu t'es donnée à mon père, est-il un héros?

FIORE. — Oui. Mais un autre a surgi, pour lui arracher sa couronne victorieuse.

PIERRE. — Toi! Toi! Je te veux! Qui est-il, où est-il, ce misérable, chétif à l'esprit ardent, pour que je le bafoue et l'étrangle entre ces deux doigts-ci?

FIORE. — Il vient. J'ai fait en sorte qu'il vienne. Ils s'affronteront face à face. Alors se révélera auquel des deux je dois appartenir. Quant à toi, arrière, lorsque des héros sont aux prises!

PIERRE *(hors de lui et gémissant)*. — Je te veux, je te veux, ô douce, ô insolente, fleur du monde!...

FIORE. — Tu ne m'auras pas. Tu m'ennuies. Laisse-moi passer, que j'aille attendre le rival de ton père.

ACTE III

Une pièce attenant à la chambre du Magnifique. Au fond, à gauche, entre de lourds rideaux entrouverts, on aperçoit le lit de repos. Le reste de l'arrière-plan est occupé par des marches qui montent à une galerie. Au centre, vers la gauche, monumentale cheminée de marbre avec bas-reliefs, colonnes et le blason à boules. Devant, des chaises. A gauche, au premier plan, étagères avec vases antiques. A droite, sur le devant, porte recouverte d'une tapisserie brodée d'or et au fond, une fenêtre voilée. Entre la porte et la fenêtre, avançant un peu dans la pièce, sur un piédestal, un buste de Jules César. Des bustes plus petits, sans socle, surmontant la cheminée et la corniche de la porte. De minces colonnes sont encastrées dans les murs.

La pièce baigne dans une lumière de fin d'après-midi, tamisée par le rideau de la fenêtre.

I

Devant la cheminée, dans un fauteuil à haut dossier, Laurent de Médicis est assis et dort, la tête affaissée sur la poitrine, soutenu par un coussin, une couverture sur les genoux. Il est laid, de teint olivâtre, avec une expression sombre due au pli entre ses sourcils. Son visage large et plat présente un nez camus et une grande bouche saillante aux commissures molles. Ses joues, entre le nez et le menton émacié, sont creusées de deux rides profondes et flasques, d'autant plus apparentes qu'incapable de respirer par le nez, il garde les lèvres constamment entr'ouvertes. Mais en dépit de sa faiblesse, ses yeux, lorsqu'il se réveille, sont ardents et clairs, leur regard semble embrasser avec force et passion les êtres et les choses. Son front haut et expressif triomphe de la laideur de ses traits; et ses mouvements, même lorsqu'il cède à l'émotion, sont d'une noblesse parfaite. Par moments, sur son visage ravagé, transparaît une fascinante expression d'innocente gaîté qui le transfigure et semble lui restituer une pureté enfantine. Il porte une sorte de houppelande à plis, ourlée de fourrure, fermée très haut sur son cou trapu. Ses cheveux bruns sillonnés de fils blancs, séparés par une raie médiane, retombent en ondulations légères sur ses joues et sa nuque. Il parle d'une voix savamment articulée mais nasale.

Dans la pièce, penchés sur son sommeil agité, Pic de La Mirandole, Politien, Pierleoni, Marsile Ficin et messire Luigi Pulci. Le vieux Ficin, au visage émacié d'intellectuel, au cou décharné, et aux boucles blanches clairsemées dépassant sous son bonnet cônique, vêtu du costume traditionnel plissé à col montant, est assis à peu près au centre de la pièce, entouré des autres. Pulci — un type comique aux petits yeux enflammés, soulignés de poches rougeâtres, au nez pointu, aux oreilles écartées et aux joues tavelées de taches de rousseur, — a posé son index sur sa bouche tout en scrutant du regard, ainsi que les autres assistants, le visage de Laurent.

PIERLEONI *(s'approche du malade avec précaution et lui tâte le pouls).* — Le sang tantôt se presse et tantôt s'arrête. Je me demande s'il n'est pas l'heure de faire une nouvelle saignée à sa Magnificence.

PIC. — Vous allez le tuer avec vos saignées! Il n'y a pas douze heures, vous lui avez tiré tout un baquet de sang!

PIERLEONI. — L'homme n'a pas besoin du dixième du sang qu'il charrie.

POLITIEN. — Où peut bien être allée son âme? Elle semble errer loin des nôtres, sur des chemins étranges. J'aimerais connaître votre opinion sur le lieu où elle séjourne en ce moment, mon cher Marsile.

FICIN. — Il est probable qu'à cette heure, au centre de son esprit, le contact est établi avec l'unité divine.

PULCI *(amortissant sa voix grinçante et drôlement chevrotante).* — Voyez, voyez tout ce qui passe sur son visage! Je gage qu'il fait les rêves les plus extraordinaires! S'il ne souffre pas, je l'envie! La fièvre suscite les idées les plus variées et bien mieux que ne le pourrait le vin le plus noble. Parfois, on rêve en vers mais vite oubliés...

PIERLEONI. — Ce sommeil n'est pas celui qu'arrosent les sources des forces naturelles. Si cet évanouissement se prolonge, il faudra maintenir les petits doigts et les orteils de Sa Magnificence, pendant que je vais oindre son pouls et son cœur avec une huile que je tiens ici toute prête.

PIC. — Silence! Il remue, il va se réveiller!

PULCI. — Tout à l'heure, il nous révélera un peu de son aventure...

FICIN. — Nous reconnais-tu, Laurent, mon cher élève?

LAURENT. — De l'eau... *(On lui donne à boire.)* Le vendeur d'eau avait un crâne de mort...

POLITIEN. — Quel vendeur d'eau, mon Laurent?

LAURENT. — Ange... c'est toi? Bien, bien, je me forcerai!... Ne devrait-on pas se rendre maître d'une telle absurdité? J'ai rencontré un porteur d'eau avec son âne chargé de cruches pleines; mais lorsque mes lèvres desséchées touchèrent la coupe de bois, elle contenait du feu, et sur les épaules du gredin, il y avait un crâne grimaçant.

PULCI. — Ma foi, c'est là une piètre invention!

LAURENT *(le reconnaît)*. — Bonjour, Morgante. Te voilà donc, vieux fripon? Et mon Pic aux boucles d'ambroisie? Et jusqu'à mon grand Marsile, ambassadeur et messager d'amour entre moi et la sagesse... N'est-ce pas, vous êtes auprès de moi, mes amis? Le hideux vieillard n'existait que dans mon sang...

PULCI. — Un vieillard hideux?

LAURENT. — Bêtise! Bêtise insipide! J'ai fait le rêve pénible d'un vieillard chauve qui voulait m'entraîner dans sa nacelle pourrie...

POLITIEN *(ému)*. — Caron!

LAURENT. — J'ai dormi... quelle heure est-il?

PIC. — Tu as dormi une petite heure. Il est dix-huit heures. Déjà le soleil décline plus vite...

Laurent. — Déjà plus vite? *(pris d'une agitation soudaine.)* Écoutez, mes amis, je demande ma litière. L'air ici est lourd, étouffant. Menez-moi... menez-moi dans la loggia; portez-moi là-haut sur le chemin de ronde.

Pierleoni. — Mon très cher maître, cela n'est pas à conseiller. Vous avez besoin de repos.

Laurent. — Du repos? Je n'en ai pas. Pourquoi n'en ai-je pas, docteur? Pourquoi me semble-t-il que je devrais m'efforcer de penser, et régler plusieurs choses avant qu'il soit trop tard?...

Pierleoni. — Vous avez un peu de fièvre, monseigneur.

Laurent. — Je ne dis pas non, mais ce n'est pas une raison suffisante pour que me torture une angoisse insensée. Vous voyez, ma pensée est logique, mais je ne vous cèle pas que je suis accablé de soucis. Je ne me suis jamais montré autre que je suis... N'est-ce pas, Pic, il n'y a plus de Pazzi à Florence? Et les Néroni Diotisalvi aussi sont en exil, ou gardés en lieu sûr?

Pulci. — Dans la mesure où tu ne les as pas envoyés écouter pousser l'herbe!

Laurent. — Oui, approche, Margutte! Débite quelque plaisanterie, mon rhapsode bouffon! A la vérité, il a coulé beaucoup de sang! Il *devait* en couler. Je t'en prie, Pic, je suis pour l'instant incapable de veiller sur les collections de la Via Larga et des villas. Tu ouvres l'œil pour moi, n'est-ce pas? Parmi mes récents achats, il y a quelques jolies bagatelles, deux terres cuites et une médaille, il faudra les installer à Poggio et à Cajano, tu comprends mon cher? En outre, le Sforza de Pesaro m'a fait présent d'un magnifique antique, un Arès en armure. Il faudra le placer dans mon jardin de ville pour servir de modèle aux jeunes sculpteurs. Veux-tu t'en occuper? Merci. C'est là tout ce qui m'inquiétait. Ange est-il encore là?

Politien. — Me voici, mon Laurent.

Laurent. — Ange, le Pline que mon aïeul a acheté dans un monastère de Lubeck, se trouve à la maison de ville, n'est-ce pas? Je voudrais le voir. Il a une reliure de velours rouge, avec des fermoirs d'argent. Qu'on envoie tout de suite une personne sûre... Non, reste encore. Il me semble que c'est moins pressé qu'une autre chose à laquelle je pense. Attends... L'un de mes rabatteurs m'a proposé un manuscrit de Caton pour cinq cents florins d'or. J'ai des doutes sur son authenticité. On a des exemples de fripons qui mettent en vente, sous un nom ancien, un travail de leur fabrication. Je t'en prie, examine ce manuscrit avec toute la minutie possible et, s'il est authentique, achète-le sans liarder. Il ne sera pas dit que j'ai laissé échapper un Caton... Puis-je m'en remettre à toi? Tu me décharges d'un grand poids que j'avais sur le cœur! Venez, mes amis, à présent je me sens allégé. Je ne vois pas ce qui pourrait m'oppresser. Causons. Discutons. Dis-moi, La Mirandole, qui était plus grand de César ou de Scipion? Moi, je dis César et vous verrez comment je vais défendre ma thèse! Mais notre grand Marsile Ficin préférerait sans doute un thème abstrait?

FICIN. — Accorde du repos à ton esprit, mon Laurent! Tu vas te fatiguer.

LAURENT. — La sagesse vaut qu'on lui sacrifie ses dernières forces. Il y a encore tant de choses à élucider... Souvent j'ai eu l'impression que tout se découvrait à moi librement; mais à présent je ne vois que ténèbres et confusion. Qu'en est-il de l'immortalité de l'âme? Qu'en est-il au juste?

PULCI. — Une vieille et captieuse question, sujette à controverse et impossible à résoudre ainsi *ex abrupto!* On dit qu'Aristote lui-même, au royaume des ombres, l'a éludée par des formules ambiguës, pour ne point se compromettre, encore qu'il fût aussi mort que possible et cependant vivant. Après cela, allez vous y retrouver dans ses écrits!

LAURENT *(éclatant de rire)*. — Bien!... Mais parle à présent, toi, Ange, parle un peu sérieusement!

POLITIEN. — Tu es immortel, mon Laurent. Ai-je besoin de te le dire? Ce n'est pas le fait de tout un chacun, pas celui du peuple, des petites gens, des obscurs sans gloire. Mais toi, tu auras ta place dans le cénacle bienheureux des esprits couronnés de lauriers!

LAURENT. — Et pourquoi moi?

PIC. — Eh bien, par Athéna aux yeux glauques! Tu as écrit des chants de carnaval que je n'ai jamais hésité à mettre au-dessus du grand poème d'Alighieri!

FICIN. — Tu es d'origine divine, ne l'oublie pas! Les six boules de ton blason symbolisent les pommes des Hespérides et ta race est issue de leurs jardins!

POLITIEN. — On saura t'accueillir, chantre de la *Rencia*, père de la patrie! Ils viendront solennellement au-devant de toi, Cicéron, les Fabien, Curius, Fabricius et tous les autres, dans une ronde ineffable ils t'introduiront au ciel de gloire, vibrant de l'harmonie des sphères.

LAURENT. — Poésie que tout cela, mon ami, poésie! C'est beauté, beauté, mais non pas connaissance, ni consolation...

PULCI. — Oui, elle est un peu mince, votre musique des sphères, maître Politien! Elle me fait défaillir! Ne meurs pas, Laurent, ce serait une sottise! Ne connais-tu pas la réponse d'Achille quand Ulysse l'alla voir aux enfers et lui demanda de ses nouvelles! « Je t'assure, dit-il, que nous autres les trépassés, avons le plus ardent désir de retourner à la vie corporelle. » Le corps, mon gars! C'est le corps qui est l'essentiel! Nulle harmonie des sphères ne saurait remplacer le corps!... Oh, pardonne-moi... Te sens-tu plus mal?

LAURENT *(très pâle)*. — Docteur... mon cœur se glace... Entendez-vous? Je suis saisi d'épouvante!... Aidez-moi!... C'est la mort... Qu'est-ce que cela signifie, que soudain toute force abandonne mon cerveau et mes entrailles? Je suis perdu... abandonné... Essuyez ma sueur... Ne me méprisez pas! Mon esprit demeure ferme, mais cette angoisse vient de mon corps...

PIERLEONI. — Ce n'est rien. Buvez cette bonne coupe de vin grec. J'ai si souvent imploré Votre Magnificence de regagner son lit!

Laurent. — Si vous voulez que je respire, laissez-moi dans ce fauteuil. Il faut que je vous voie autour de moi, vous qui m'aimez. Il me faut entendre votre voix. La mort est odieuse, Pic! Tu ne peux le comprendre. Personne ne le comprend ici, sauf moi qui vais mourir. J'ai tant aimé la vie que je tenais la mort même pour son triomphe. C'était de la poésie, de la surabondance! Fini tout cela, tout se dérobe... Le néant vient de s'ouvrir devant moi, l'effroyable fosse de la pourriture et du néant... Vite, Ficin, vite, mon vieil et sage Ficin! Que m'as-tu enseigné, pour supporter la mort d'un cœur ferme? Je l'ai oublié. Quelle est la suprême vérité, Ficin?

Ficin. — Je t'enseignais que l'idée platonicienne et la forme primitive d'Aristote ne font qu'un, à savoir que l'âme sensitive, la *tertia essentia* des corps, qui dans l'homme, microcosme de la création, se différencie de l'âme intellective, en ce que...

Laurent. — Arrête, attends un instant! Je m'y perds... je le comprenais autrefois. Peut-être l'ai-je senti. Mais à présent, je m'y efforce en vain. Je suis las. J'ai besoin de me cramponner solidement à quelque chose de simple. La flamme du Purgatoire est plus simple que Platon. Tu me concéderas cela, Marsile... N'est-ce pas un Franciscain qui est venu chez moi ce matin?

Politien. — Oui, très cher, ton confesseur appartenait à cet ordre.

Laurent. — Un fripon! Une tête forte! J'avais un peu honte devant lui, de prendre la chose trop au sérieux; je lui ai tourné une jolie phrase florentine, lorsqu'il m'a administré son sacrement, et il a souri en parfait homme du monde qu'il était. Je vous avoue que cette cérémonie ne m'a point particulièrement apaisé. Le *Pater* avait des façons par trop empressées. Il m'a pardonné mes péchés comme si c'étaient des peccadilles de gamin. Mais je doute si son absolution est tout à fait valable en haut lieu. J'aurais pu lui confesser d'avoir assassiné père et mère, il aurait fait là-dessus son signe de croix avec la plus grande complaisance. C'est naturel. Je suis le maître. Mais quand vient la fin, il y a des inconvénients à être le maître à qui nul n'ose tenir tête. J'aurais besoin d'un confesseur qui serait, comme prêtre, ce que j'ai été moi-même comme blasphémateur et pécheur... Que disent tes yeux, Pic? Tu penses à quelque chose. Tu me caches ta pensée.

PIC. — Quelle pensée, mon Laurent?

LAURENT. — Tu penses à un prêtre qui serait digne d'être mon confesseur, qui oserait me condamner, qui l'a déjà osé, Pic...

PIC. — Quel prêtre?

LAURENT. — Au prêtre... Comment est-ce, Marsile?... L'idée platonicienne du prêtre, devenu entité et volonté...

POLITIEN *(vivement)*. — Je t'en prie, cher, tourne ton esprit vers des images plus lumineuses! Tu assombris ton âme avec des pensées indignes de toi. Ne t'oublie point toi-même, Laurent de Médicis!

LAURENT. — En vérité, je ne le veux pas. Merci Ange. Je me sens mieux. Soyons gais. Rions. Le rire est le scintillement de l'âme, a dit un ancien. Nous allons faire scintiller nos âmes en nous remémorant ce qui fut.

PIC. — Et qui de nouveau sera.

LAURENT. — Il suffit que cela ait été. C'est sans doute l'heure où d'habitude nous faisions notre promenade en commun jusqu'à une source? Vous vous souvenez? Nous nous installions en cercle sur l'épais gazon. Les eaux au babil enfantin murmuraient entre nous. Et nous passions le temps, jusqu'au souper, en racontant chacun une histoire.

PIC. — Heure charmante! Nous étions en admiration devant toi. Dans la matinée, tu avais peut-être institué une loi nouvelle, destinée à faire passer encore plus complètement dans ta main les pouvoirs publics, et ainsi combler encore davantage Florence de joie et de beauté. Peut-être avais-tu prononcé la sentence de mort de quelque ennemi de l'aristocratie, ou disputé de la vertu à l'académie platonicienne, ou présidé un banquet dans un cercle d'artistes et de femmes aimables, résolu à table les problèmes théoriques de l'art et de la poésie... A ces diverses activités, tu t'étais donné de toute ton âme, et tu prenais part aux jeux vespéraux de notre intellect, aussi présent et dispos que si tu n'avais rien dépensé de tes forces vitales.

Pierleoni. — Oui, vous n'étiez pas avare de vos forces, monseigneur !

Laurent. — N'est-ce pas, mon docteur astrologue ? Ne les ai-je pas soumises à ma volonté en dépit des étoiles et du sort qui m'avaient prédestiné à être ton malade et à me ménager ? Oui, j'ai vécu ! Allons, souvenez-vous ! souvenez-vous avec moi, mes amis ! Rappelez-vous l'ivresse des nuits étoilées, où nous nous levions de table après avoir bu, toi, Pic, Luigi, Ange, vous, le fol Ugolini, Cardiere, le musicien en extase, et tous les autres, lorsque chantant et jouant du luth nous parcourions à grand fracas les rues endormies et échauffions les filles dans leur chambre par les vers que, d'en bas, nous lancions jusqu'à elles !

Politien *(enthousiasmé)*. — Alcibiade !

Laurent. — Et le carnaval ! Qu'il vous souvienne du carnaval ! Quand le plaisir déferlait, emportant tout sur son passage et débordant les limites du quotidien ; quand le vin coulait dans les rues et que le peuple qui dansait sur les places clamait avec allégresse les chants que j'avais composés pour lui ; quand Florence s'abandonnait au dieu et que la dignité des hommes et la pudeur des femmes bouillonnaient dans un « évohé » passionné, quand le délire sacré gagnait jusqu'aux enfants et que l'amour allumait leurs sens d'une ardeur précoce !

Politien. — Tu étais Dyonisios !

Laurent. — Et le pouvoir était à moi ! Et la souveraineté de mon âme se déployait ! Et la fièvre de mon désir embrasait la femme qui m'échoyait en partage et de l'être laid et débile que j'étais, faisait le maître de sa beauté...

Pic. — Le maître de la beauté, tel est le nom dont nous te saluons. Ne parle point au passé !

Laurent *(après un silence, désignant de la tête le fond de la scène derrière lui).* — Quelqu'un demande à entrer.

Un page *(à mi-hauteur des marches).* — Messire Niccolo Cambi arrive de Florence et demande audience à Sa Magnificence.

Pierleoni. — Le Magnifique ne reçoit personne.

Laurent. — Et pourquoi pas ? Messire Niccolo est mon ami. Il vient de Florence. Je me sens bien. Je veux le voir.

II

Le Page introduit le marchand Niccolo Cambi par la galerie, lui fait descendre les marches, l'amène dans la pièce et l'escorte jusqu'à Laurent, puis se retire après s'être incliné. Cambi est un bourgeois respectable, bien vêtu, déjà un peu corpulent, au visage éveillé de Florentin. Chaussures et bas couverts de poussière. Manteau gris clair sur vêtement plus foncé.

Laurent. — Messire Niccolo, voilà ce que j'appelle une visite bien venue. Si je reste assis, n'y voyez pas un manque de civilité. Je suis un peu indisposé ces jours-ci.

Cambi. — Qu'il me suffise de vous voir, d'entendre votre voix ! Enfin ! Je respire ! Bonsoir à vous messeigneurs. A vous en particulier, très Sérénissime prince ; à vous messire Pulci, maître Politien !... Sur mon âme ! Il m'est même donné de saluer le grand traducteur de Platon ! Messire Pierleoni... Dire que je vous vois, Magnifique ! Je vous entends parler ! Je sens la vivante pression de votre main !

Laurent. — Alors vous ne vous y attendiez plus ?

Cambi. — Comment donc ? Voyons ! Et pourquoi non ?

Laurent. — Allons, asseyez-vous ! Rapprochez-vous de moi. Vous êtes venu à cheval. Vous semblez tout échauffé. Êtes-vous donc venu au grand galop ? Est-ce pour affaires ? Un message de la ville ?

Cambi. — Mais pourquoi donc ? Faut-il absolument avoir des affaires avec vous, un message, pour être pressé de vous voir? Mes affaires consistent à vous voir un instant, à vous témoigner mon amour et m'assurer à nouveau du vôtre. Ma mission : raconter à Florence, sur les places publiques, que vous êtes bien portant, que bientôt l'on pourra fêter votre guérison.

LAURENT. — Florence s'occupe donc de ma maladie?

CAMBI. — On peut le dire! En tout cas, elle n'y reste pas complètement indifférente! Héhé! Le Magnifique pose une question un peu naïve. Mais je casserai la gueule aux gredins qui répandent dans le peuple des rumeurs inquiétantes et sinistres...

LAURENT. — Il y a de ces gredins?

CAMBI. — Il y en a, il y en a! Et, Magnifique, vous feriez bien, vous feriez même très bien, de réduire à néant leurs abominables machinations. Je vous vois d'aplomb, je vous vois hors du lit... Ne pourriez-vous pas venir à Florence? Pour une heure? Pour vous montrer quelques secondes à une fenêtre du palais?

LAURENT. — Que se passe-t-il à Florence, messire Nicolo Cambi?

CAMBI. — Oh rien, rien! Dieu me garde! Messire Pierleoni... ma venue était intempestive... Désirez-vous que j'abrège ma visite?...

LAURENT. — C'est moi qui ai ici à désirer et à vouloir! *(Avec une amabilité factice.)* Je vous serais fort obligé, honorable messire Niccolo, si vous vouliez parler brièvement et sans ambages.

CAMBI. — Soit, je m'exécute. A qui, sinon à vous, parlerait-on, à qui confierait-on cette angoisse et ce souci?... Tout ne va pas à Florence comme d'habitude, Magnifique. De louches intrigues se trament. On sait d'où viennent les rumeurs qui vous prétendent mort ou tout au moins atteint d'un mal incurable; elles viennent des moines, des pleureurs, des partisans du Ferrarais...

LAURENT *(qui au nom du Ferrarais a tressailli, avec une légèreté voulue)*. — Attention, Pic! Il s'agit de ta découverte, de notre moine.

CAMBI. — Hé oui, pardonnez-moi, illustre prince! Je sais que vous le patronnez, que vous, le premier, avez attiré l'attention sur ses capacités si originales, je le sais. Ce n'est pas que je sois incapable d'apprécier ses talents. Je ne suis pas un rétrograde. Ses prêches sont un régal pour un goût raffiné et indépendant, la chose est hors de question. Je ne parle pas de lui. Je parle de l'influence qu'il exerce et qui — peut-être — ne correspond pas à ses intentions...

POLITIEN. — Croyez-vous?

CAMBI. — Le peuple, Magnifique, le peuple! On peut sourire des jeunes freluquets de l'aristocratie qui abjurent la danse, les chansons et la gaieté pour entrer au couvent. Mais le peuple! Il erre par les rues, indécis, à longueur de jour, regarde d'un œil sombre les belles demeures des riches bourgeois et ne sait rien de mieux que de se rassembler à la cathédrale à l'heure du sermon, une masse compacte, muette, bouleversée jusqu'au fond de l'être, un moutonnement de têtes obtuses, toutes levées vers lui, le moinillon maigre dressé là-haut. Une fois le Frère ramené en triomphe à Saint-Marc, la foule reste de nouveau stagnante dans les rues, et reprend sa rumination obstinée. Devant les maisons de messire Guidi, le chancelier des archives municipales, et de Miniati, l'administrateur de la dette publique, il y a des échauffourées et des injures; parce que Frère Jérôme avait dénoncé ces deux bourgeois comme vos instruments, Magnifique, et comme vos conseillers retors lorsqu'il s'agit de pressurer le peuple avec de nouveaux impôts destinés à payer vos divertissements, votre faste. Des actes barbares et déments se perpétuent. J'ai ouï-dire avant mon départ de Florence qu'un certain nombre d'artisans ont pénétré dans la maison d'un bourgeois riche et amateur d'art, et détruit dans le vestibule une statue...

(Cri d'horreur unanime.)

LAURENT. — Silence... Un antique?

CAMBRI. — Non, il s'agit, paraît-il, d'une œuvre récente

et sans grande valeur. Mais hélas, Magnifique, ce n'est pas cela qu'il faut vous apprendre! Toute la journée, des manifestations ont eu lieu devant le palais! J'étais sur la place, j'y étais. Parmi le peuple, des cris s'élevaient que j'aurais voulu ne pas entendre, ne pas comprendre. On distinguait à peu près « à bas les boules »!

POLITIEN. — C'est de la trahison! Une ingrate trahison!

PIC. — C'est la foule qui s'amuse comme un enfant aux criailleries politiques, voilà tout. Qu'on la disperse à coups de pique!

CAMBI. — Et un cri aussi s'est élevé, un cri étrange, inouï, une fois, deux fois, puis toujours repris. Je ne le comprenais pas, je suis, vous le savez, un peu dur de cette oreille; mais au prix d'un grand effort, j'ai fini par le percevoir, net et clair : C'était « Vive le Christ! » *(Silence.)* Vous vous taisez, Magnifique?

LAURENT. — Quel était ce cri?

CAMBI. — Celui contre votre blason?

LAURENT. — L'autre.

CAMBI. — Vive le Christ.

(Silence. Laurent s'est affaissé dans ses coussins. Il a les yeux clos.)

PIERLEONI. — Partez, messire! Au nom du ciel, partez! Vous voyez bien qu'il est épuisé!

CAMBI. — Magnifique... je vous laisse en paix... J'ai rempli ma mission... Il fallait que vous sachiez ce qui se passe chez nous. Vous ne m'en voulez pas?

LAURENT. — Allez, mon ami... Non, non, je ne vous en veux pas. Allez... Dites à Florence... Non, ne dites rien! Elle est femme, il faut être prudent dans ce qu'on lui dit et lui fait dire. Elle vous court après et se languit passionnément de vous quand vous semblez insensible et fort, et elle vous dédaigne si vous révélez que vous êtes éperdu d'amour pour elle. Allez, mon ami, ne dites rien. Dites que je suis en bonne santé et que j'ai ri de ce que j'ai appris!

Cambi. — Je le dirai! Par Bacchus, je le dirai! Voilà un bon message, par ma foi! — Et là-dessus portez-vous bien, Laurent de Médicis! Et venez à Florence, aussitôt que possible! Adieu!

(Il sort en toute hâte.)

III

Laurent *(après une pause)*. — Pic...

Pic. — Je suis à tes côtés, mon Laurent.

Laurent. — Regarde-moi... Il me semble que tu as l'air un peu embarrassé, Pic, toi le raffiné! Et maintenant, qu'en dis-tu?

Pic. — Rien du tout. Que puis-je dire? Le petit peuple est ivre, d'une autre ivresse que celle où tu l'as si longtemps plongé. Donne des instructions au Bargello pour qu'il le calme à sa façon.

Laurent. — Pic! Mécène! Connaisseur délicat! Tu voudrais opposer les sbires à l'esprit? Voilà qui manque de raffinement!

Pic. — Un conseil qui en vaut un autre. Approche-le. Séduis-le. Crois-tu que cette âme bornée et solitaire résistera aux avances de ton éblouissante amitié?

Laurent. — Elle résistera, mon Pic, elle résistera! Elle l'a déjà fait. Je la connais mieux que toi dont la curiosité nous l'a découverte. Elle est gonflée de haine et de mesquine révolte... Ses talents ne la rendent ni enjouée, ni amicale, seulement plus butée. Comprends-tu? Il n'est pas venu me voir quand il a été élu prieur, prieur de ce même Saint-Marc qu'a bâti mon propre aïeul. Il m'a défié, muet, dans son indépendance de prêtre. Voyez un peu, me suis-je dit, un étranger vient dans ma maison et ne me fait même pas l'honneur d'une visite? Mais je me suis tu. Devant l'incivilité de ce petit homme, j'ai haussé les épaules. Il m'a insulté du haut de sa chaire, sous une forme voilée ou en me nommant. Je suis allé, tu ne sais pas cela, je suis allé jusqu'à lui. Plus d'une fois j'ai assisté à la messe à Saint-Marc et me suis ensuite attardé une heure dans le jardin du couvent, attendant qu'il vînt me saluer. Crois-tu qu'il ait interrompu ses travaux littéraires pour tenir compagnie à son hôte, qui tout de même est plus que son hôte? Je suis allé plus loin. Je n'ai pas l'habitude que les gens se refusent à moi. J'ai comblé le couvent de présents, de dons charitables. Il les a reçus comme des signes de soumission et sans même remercier. Je me suis arrangé pour qu'il trouvât dans le tronc de son église des pièces d'or. Il les a remises aux infirmiers des pauvres de San Martino, car, m'a-t-il fait dire, le cuivre et l'argent suffisaient aux besoins de son couvent... Comprends-tu? Il veut la guerre. Il veut l'hostilité. Il accepte les sollicitations, les hommages et ne donne rien en échange. Impossible de l'humilier. Les succès ne le rendent ni heureux ni conciliant. Quand il est venu à Florence, il n'était rien — un mendiant. Ce qu'il veut aujourd'hui, c'est qu'on choisisse entre moi et lui...

PIC. — Très cher, quelles imaginations! Il est malade et misérable. Il a l'estomac délabré à force de veilles et d'extases. Il se nourrit de salade et d'eau... Bon appétit! Est-il un Laurent qui reste aimable et séduisant lors même qu'il souffre? Attends-tu d'un prêcheur de pénitence des manières sociables et enjouées? Laisse-le faire. Laisse faire aussi le peuple enfantin! Toute mesure donnerait à la chose un air de gravité injustifié. Guéris-toi d'abord, montre-toi de nouveau à ta ville...

(Toute l'assistance se retourne vers le fond de la scène. Un jeune homme, blême, essoufflé, hors de lui, est apparu précipitamment sur les marches. C'est Ognibene, un jeune peintre. Il s'appuie un instant à la balustrade, complètement épuisé, un pied posé plus bas que l'autre.)

OGNIBENE. — Laurent... tu es là... Dieu merci, je le trouve!... Votre Magnificence... très cher, gracieux seigneur... pardonnez-moi. J'ai fait irruption... J'ai forcé le passage jusqu'à vous... il faut que je vous parle... j'ai couru... ô mon Dieu...

(Il s'agenouille auprès du Magnifique et des deux mains serre la sienne, dans un geste d'imploration.)

LAURENT. — Ognibene! En vérité, tu m'effraies! Non, laissez-le où il est! Il a ses entrées. C'est un garçon habile, et de plus l'élève de Botticelli. Que se passe-t-il, Ognibene?

OGNIBENE. — J'ai couru... j'accours... de Florence... de l'atelier de mon maître... Hélas, mon maître!... Hélas, le tableau!... Le merveilleux nouveau tableau!... Pardonnez-moi!... Je n'ai pas eu le temps de passer mon manteau! Je suis accouru en veste... Ah, mon maître! Le moine... Mon maître... Laurent, ramène-le à toi!

LAURENT *(angoissé, menaçant)*. — Pic!... Silence! Je ne veux rien écouter! Je ne veux pas entendre cela! Retirez-vous tous... Parle, mon enfant, parle avec plus de calme. Qu'en est-il de Botticelli?

OGNIBENE. — Tu sais qu'il peignait un nouveau tableau... que dis-je? Il le peignait pour toi! Il me permettait de l'aider... Je tremblais de joie, à mesure que je voyais l'œuvre éclore! Souvent je me glissais seul et m'agenouillais dans le silence de l'atelier où elle resplendissait... Elle était plus belle que le *Printemps*, plus belle que la *Pallas*, plus belle que *la Naissance de Vénus!* C'était la jeunesse, la volupté, le ravissement, peints avec des rayons de soleil...

LAURENT. — Et après? Tu dois t'en séparer!

OGNIBENE. — Depuis la première fois où il a entendu le Frère Jérôme à la cathédrale, il y travaillait avec négligence, péniblement et sans joie. Souvent, il restait assis sur un escabeau à méditer, muet, le front appuyé dans ses deux mains. Puis, lorsqu'il relevait la tête, il fixait sur le tableau des yeux qui exprimaient la lutte et l'effroi. Et aujourd'hui...

LAURENT. — Aujourd'hui?

OGNIBENE. — Aujourd'hui il est allé à Saint-Marc après le sermon... il a été dans la cellule du Frère... Deux heures ou trois, je ne sais. Et à son retour, il avait une face de mort, apaisée, mais de mort. « Ognibene, m'a-t-il dit, Dieu m'a appelé d'une voix terrible. Il n'est pas de salut dans la beauté ni dans le plaisir des yeux. Dis au Magnifique que je servais Satan et que désormais je veux servir le Roi Jésus, dont le prophète Jérôme est le porte-parole à Florence... Si je reprends jamais le pinceau, ce sera pour peindre la Mère des Douleurs, en toute humilité. Va dire cela au Médicis. A présent, je veux sauver mon âme. » Et ce disant, il prit sur sa table à couleurs un couteau et le planta dans le tableau qu'il lacéra en long et en large, au point qu'il le mit en lambeaux!...

(Il sanglote, le visage caché dans ses mains, comme si on lui arrachait le cœur.)

LAURENT *(crispant le poing, pétrifié de douleur et de colère).* — Sandro...

OGNIBENE. — Laurent, Laurent, que devons-nous faire?... je veux dire, que commande Votre Magnificence? Voulez-vous l'appeler? Voulez-vous lui parler? Il me semble que s'il vous voyait!... Ordonnez! Donnez-moi vite un ordre! Je cours, je rentre au galop, je vous amène le maître, dût la nuit tomber sur nous! Vous pouvez tout! Vous éclairerez son esprit et le libérerez...

LAURENT *(sombre et épuisé).* — Non. Laisse. Il est trop tard. Je veux dire, trop tard pour aujourd'hui. Aie bon courage et va. Retourne à son travail. Ou bien, va boire. Prends une fille. Oublie. Je voudrais être seul. Sortez jusqu'à ce que je vous appelle. Non, Pic, toi aussi. Et écoute... envoie-moi les garçons. Je veux parler à Nino et à Pierre. Qu'ils viennent tout de suite. Et maintenant, partez.

(Tous se retirent, les uns par les marches, les autres par la porte de droite du premier plan. Laurent reste seul, prostré dans son fauteuil, ses mains fines et émaciées crispées sur les têtes de lions des accoudoirs. Son menton pose sur sa poitrine, son regard semble perdu dans de lourdes pensées.)

IV

Laurent *(par saccades, d'une voix sourde, entrecoupée).* — La jalousie... Je n'ai jamais connu cela. J'étais seul. Où y avait-il une volonté, une science du pouvoir? Ici seulement. Souvent, j'en restais émerveillé. Et je les ai fait servir... C'était beau ici. Ravages... Souffrances... Incendie. Sourire? En vain. Je le hais. Moi aussi, je le hais... Il triomphe. Car lui est debout. Il agit. Il s'est prodigué comme moi; il a manqué de sagesse. Mais il lui en est resté assez. Juste assez, pour agir. Peut-être parce qu'il était d'une trempe plus grossière? Le tableau? Tant pis! Un moyen mesquin. L'enjeu, ce sont les âmes. L'enjeu, c'est le pouvoir. *(Son regard se rive sur le buste entre la porte et la fenêtre.)* César...

(Il poursuit sa méditation en silence. Pierre et Jean entrent avec précaution par la porte à rideau de droite, s'approchent de lui et lui baisent les mains.)

Jean *(s'agenouillant).* — Comment vous sentez-vous, père?

Laurent. — Ah! bon... C'est vous. Vous vous faites rares, mes maîtres! Pourquoi a-t-on des fils? Pour la parade? Pour l'extérieur? Pour faire glorieuse figure? Comme on a une épouse de noble sang romain avec laquelle un autre, par procuration, a été devant le prêtre à Rome, une épouse que l'on connaît à peine et avec qui l'on a procréé des enfants par raison d'État? De cette façon-là, peut-être?

Jean. — Père, nous avons pensé à vous avec ferveur.

Pierre. — Nous attendions impatiemment votre appel.

Laurent. — Vous êtes très courtois. Très bien élevés. Je serais sans doute difficile si j'en demandais davantage. Il se trouve que les pères et les fils sont les êtres les plus éloignés les uns des autres. Leurs rapports sont plus lointains et difficiles qu'entre mari et femme. Bref, quoi qu'il en soit... Il ne faut pas se prodiguer. Ne pas aller au-devant de l'amour avec trop d'empressement. Mais moi, je l'avoue, j'ai pensé à vous, j'ai pris soin de vous... C'est pourquoi je vous ai fait mander. Il me semblait que j'avais deux mots à vous dire et qu'ils me viendraient quand vous seriez en ma présence... Vos yeux me scrutent. Comment me trouvez-vous ?

JEAN. — Mieux, père, beaucoup mieux ! Vos joues sont un peu colorées.

LAURENT. — Vraiment ? Mon gentil petit Jean ! Regardez, je soulève la main. Je le veux et je le fais. Elle tremble... et retombe. Et retombe. La voici. Exsangue. Je n'ai pas pu la maintenir levée. Viens ici, Nino. Penche-toi vers moi, Pierre. J'ai un pied dans la barque de Caron.

JEAN. — Mais non, père. Ne dites pas des choses si pénibles. Pierleoni...

LAURENT. — Pierleoni est un sot ! Lui et son rival au bouillon de pierres précieuses ! Il est certain que je meurs. Je vais entendre pousser l'herbe, comme dit Pulci. Je m'en vais et vous restez. Eh bien, Pierre, que te semble de cette situation ?

PIERRE. — Dieu vous accorde longue vie, père !

LAURENT. — Très courtois ! Très courtois ! Mais pour en venir au fait, es-tu prêt à occuper ma place ?

PIERRE. — Si cela doit être, je suis prêt, père.

LAURENT. — Fiorenza... L'aimes-tu ?... Prends patience. J'ai les idées troubles, je te le dis d'avance. Tout m'apparaît dans une clarté obscure comme à la lueur d'un incendie, et les contours des choses intérieures se brouillent.

JEAN. — Peut-être faudrait-il que nous nous retirions, Père ?

LAURENT. — Il a peur, le petit. Non, reste, Nino. La fièvre me donne le courage d'appeler hardiment par son nom ce que je ressens. Cela peut sembler un peu étrange. Mais je parle avec lucidité. Pierre, c'est à toi que je parle. Tes droits au pouvoir sont grands et fondés, mais point certains ni inattaquables. Garde-toi de te reposer sur eux avec nonchalance. A Florence, nous ne sommes ni rois, ni princes. Nul parchemin ne garantit notre grandeur. Nous régnons sans couronne, de par nature, de par nous-mêmes. Nous sommes devenus grands par nous-mêmes, à force de travail, de luttes, de discipline; alors la foule indolente, frappée de stupeur, s'est soumise à nous. Mais une souveraineté de ce genre, mon fils, doit être chaque jour conquise à nouveau. La gloire et l'amour, la sujétion des âmes, sont décevantes et infidèles. Si tu songes à te reposer et à briller dans l'inaction, Florence est perdue pour toi... Si tu l'entends crier ton nom dans des transports de joie, si tu la vois joncher de lauriers ton passage, te porter en triomphe, exagérer servilement la grandeur de tes actions, cela n'est valable que pour l'instant, pour ce que tu auras accompli jusqu'alors, cela ne t'assure aucun lendemain, aucun avenir identique au passé, pas même la certitude que tu ne commences pas déjà à décliner au fond de toi, tandis qu'ils poussent des clameurs d'allégresse. Reste sur tes gardes! Reste de sang-froid! Demeure impassible! Ils ne pensent qu'à eux. Ils veulent adorer — adorer est si facile! Mais prendre part à tes luttes, à tes peines, à tes soucis, à tes profonds tourments, aucun d'eux n'y songe! Préserve-toi du pénible mépris des fainéants qui t'acclament! Tu es seul, seul avec toi — comprends-tu? Reste sévère envers toi-même. Si tu laisses la gloire t'amollir et t'incliner à l'insouciance, Florence est perdue pour toi. Comprends-tu?

Pierre. — Oui, père.

Laurent. — Dédaigne les signes extérieurs de la puissance. Cosme le Grand se dérobait à la vue du peuple et à ses hommages pour que son amour ne s'émousse et ne s'épuise jamais. Oh, il était sage! Que de sagesse il faut à la passion, pour être créatrice! Mais toi, tu es un peu fou. Je te connais. Tu tiens trop de ta mère. Trop de sang Orsini coule dans tes veines. Tu n'as d'autre envie que d'être peint dans ta cuirasse, tu joues au prince dans les rues. Ne commets pas de folie! Surveille-toi! Florence a le regard aigu et la langue agile. Tiens-toi sur la réserve, et règne...

Songe aussi que nous sommes issus de la bourgeoisie, non de la noblesse; que nous ne sommes redevables qu'au peuple d'être ce que nous sommes. Seul serait notre ennemi, notre rival, celui qui chercherait à nous aliéner l'âme populaire... Comprends-tu?

PIERRE. — Oui, père.

LAURENT. — « Oui, père. » Courtois, réconfortant, et persuadé d'en savoir plus long que nous. Un vrai fils. Je suis sûr que tu ne crois pas un mot de ce que je te dis. Écoute, Pierre, les choses pourraient mal tourner. Je compte avec cette éventualité. Nous pourrions être déchus, chassés. Quand je n'y serai plus. Cela se pourrait... Tais-toi! Florence est perfide. Florence est une catin. Belle, certes... ah belle... Mais une catin! Elle pourrait finalement se soumettre à un fiancé qui la courtiserait à coups de verges. Alors, Pierre, si l'on en vient là... si le peuple insensé, pris d'une fureur de remords, se soulevait contre nous, alors Pierre, tu entends, protège notre trésor, le trésor de beauté que nous avons amassé au cours de trois générations! Je le vois dispersé dans notre maison de la ville, dans nos villas! Il me semble que je pourrais palper les corps de marbre, boire des yeux la couleur ardente des tableaux... Je tends les mains vers les vases orgueilleux, les gemmes, les intailles, les médailles, les gaies majoliques... Sachez, mes enfants, que je n'y ai pas seulement consacré de l'argent et un zèle de collectionneur, j'y ai risqué aussi ma vertu civique! Me condamne celui qui ne me comprend pas! Je n'ai pas hésité à faire main basse sur les biens de l'État, lorsque je manquais d'argent pour payer les belles choses, et nos fêtes. Des biens illicites? Sornettes! L'État, c'était moi! Périclès aussi a accaparé, sans hésiter, les fonds publics lorsqu'il en avait besoin. Et la beauté est au-dessus de la loi et de la vertu. Il suffit! Mais s'ils s'insurgent là-contre, Pierre, alors préserve notre trésor de beauté! Sauve-le! Abandonne tout le reste, mais protège-le au prix de ta vie! Ceci est mon testament. Me le promets-tu?

PIERRE. — N'ayez crainte, père.

LAURENT. — Vis dans la crainte, toi! Sois avisé! Je ne crois pas que tu seras avisé, mais je te le conseille. Et toi, Vaninno, mon gentil petit Jean... Toi, je te quitte sans inquiétude. Je n'ai aucune appréhension pour toi. Ton chemin est tracé d'avance. Il te conduit au trône de Pierre. Tu ajouteras à notre blason la triple tiare et les clefs en croix... Te rends-tu vaguement compte de ce que cela signifie? Comprends-tu pourquoi j'ai mis tout mon art à préparer cela? Un Médicis à la place du Christ : comprends-tu? Ne dis rien! Borne-toi à sourire des yeux, en silence, si tu devines... Il sourit! Voyez, il sourit!... Viens, que je te baise au front. Aie un belle vie! Aie une vie sereine! Je ne t'exhorte pas à de grands exploits. Ton âme n'est pas faite pour porter un lourd fardeau de fautes et de grandeur. Évite la violence, le crime, trop grands pour toi. Ne te souille pas de sang. Reste innocent et serein. Sois un aimable père des peuples. Que le Vatican résonne d'accords de luth et d'allégresse! Que les traits d'esprit, les plaisirs soient les éclairs fulgurant du trône de ce fils de Cronos!... Que les beaux-arts fleurissent sous ta houlette et que la joie se répande, de ton siège, sur tous les pays! Me le promets-tu?

JEAN. — Je garderai précieusement dans ma mémoire vos gracieuses paroles, cher père.

LAURENT. — Et maintenant, allez. Merci à tous les deux et allez. Je suis très las. J'ai besoin d'un profond silence. Adieu mes enfants. Aimez-vous l'un l'autre. Pensez à moi. Adieu.

(Les frères quittent la chambre avec précaution par la porte par laquelle ils sont entrés. Jean s'efface devant Pierre avec un geste courtois).

V

Laurent *(seul)*. — « Oui, père... » Il n'a pas compris un mot. Je n'ai parlé qu'à moi-même. Je ne me sens pas le cœur plus léger. Il y a quelqu'un avec qui il serait bon de s'expliquer... Impossible!... Florence! Florence! Si elle allait se donner à lui, à cet effrayant chrétien!... Elle m'aimait, celle que nous nous disputons, cet homme triste et moi! ô monde! ô volupté profonde! O rêve d'amour de la puissance, rêve doux et dévorant... Il ne faudrait point posséder. Le désir est une force de géant; mais la possession émascule... Nous nous sommes comblés d'extases, l'un l'autre, aussi longtemps que ma volonté bandait mes frêles forces. Cet héroïsme l'excite, la lubrique! Mais depuis que ma force est brisée en moi, elle me méprise!... Elle est vulgaire, indiciblement vulgaire et cruelle. Pourquoi nous disputer sa possession? Ah, je suis mortellement las.

(Fiore est apparue au haut des marches; les mains rejointes sur son giron, symétrique, artificielle, mystérieuse. De l'endroit où elle est, elle lance un très bref regard sur Laurent de sous ses paupières baissées, puis lentement, avec un sourire, elle descend dans la chambre).

Fiore. — Comment se porte le maître de Florence?

Laurent *(tressaille, se redresse avec effort. Un sourire douloureux, passionné, crispe ses traits)*. — Bien! Bien! Parfaitement, ma belle! C'est vous? Je me porte bien! Et pourquoi pas? Vous m'avez trouvé un peu affaissé. Je composais un poème! J'imaginais une petite chanson sur le charme de vos narines lorsque la raillerie les dilate! Alors, puisque je faisais des vers, c'est donc que je me porte comme le poisson dans l'eau! Qui fait des vers manifeste une surabondance de belle humeur.

Fiore. — En ce cas, je vous félicite.

Laurent. — Et je vous en remercie, ma gracieuse déesse! Je ne vous vois pas encore; mais votre voix fraîche et douce rafraîchit mon cœur... et dans un instant... Je vous verrai! O, votre beauté! Voulez-vous vous asseoir près de moi? Ici, sur l'escabeau? Encore qu'il fût plus séant que je sois, moi, à vos pieds? Voyez, ils m'ont laissé seul et je ne m'en plains pas. Peut-être d'ailleurs les ai-je moi-même renvoyés à leurs occupations, ces oisifs. L'on se rappelle plus profondément vos charmes, on vous aime mieux dans la solitude.

FIORE. — Vous m'aimez donc encore, Laurent de Médicis?

LAURENT. — Encore? Vous? Toi? Toi, je ne t'aimerais plus? Tu ne sais donc pas que mon désir de toi consume toutes les forces de mon âme et de ma raison?

FIORE. — Alors je ne comprends pas pourquoi vous ne vous levez pas d'entre vos coussins et vous ne donnez point de fêtes en mon honneur?

LAURENT. — Des fêtes... Bien sûr, des fêtes... Je suis un peu las.

FIORE. — De moi?

LAURENT. — Piquant et doux!... J'aime votre ironie.

FIORE. — Comment seriez-vous las, si ce n'est de moi?

LAURENT. — Souffrez que je pose ma main sur votre front! N'est-ce pas, elle brûle? Cette fièvre... Pierleoni dit qu'elle provient de la position respective de Jupiter et de Vénus et aussi par rapport au soleil, qui me serait funeste. Pierleoni ne sait rien! Cette fièvre a embrasé mon sang la première fois que je vous vis, la première fois que mon âme a ressenti votre charme; et depuis cette heure elle n'a cessé de flamber. Vous en souvient-il?... Ferrare... Le duc était venu au-devant de moi sur le Pô dans une gondole dorée entourée de barques multicolores, où les oriflammes claquaient au vent; la musique vibrait et les chanteurs me saluèrent. Sur les rives jonchées de fleurs brillaient les statues des dieux allègres; et entre elles se dressaient des adolescents minces, des guirlandes aux mains. Dans chaque barque il y avait une femme gracieuse parée d'ornements symboliques. C'étaient les villes d'Italie venues à ma rencontre. Et l'une, l'une d'elles, je la distinguai entre toutes, des lauriers dans sa chevelure et des lis à la main. Et les bouffons me chantèrent en vers impertinents que tu étais Fiorenza, toi, la douce, l'unique, la gloire, l'éclat, l'amour et la puissance, le but de mon désir, toi, la fleur de ce monde, et que tu serais à moi... Je te regardai et une souffrance me serra le cœur, une douleur, un défi et un profond élan — comment l'appeler? — vers toi! vers toi! T'avoir, ô fleur du monde, séduction étincelante, et mourir contre toi!

Fiore. — Pauvre vainqueur! Que donneriez-vous, pour pouvoir en échange de votre lassitude, retrouver cette souffrance?

Laurent. — Je la sens. Elle ne m'a jamais quitté. Te possède-t-on jamais? La lutte pour ta conquête cesse-t-elle jamais? Est-il jamais de repos dans tes bras?... Tu m'es échue en partage, ô Merveilleuse! Te souvient-il du soir, après la fête? Tu es venue... Par le cadre de marbre de la porte, tu pénétras chez moi. Et lorsque pour la première fois je t'enlaçai, dans l'obscurité dorée de la chambre, que mes lèvres s'emparèrent de ta bouche, j'ai senti le contact du poignard que tu portes dans ton corselet, et j'ai pensé à Judith... Ton père nous haïssait, nous les Médicis. Il conspirait avec les Pitti, nous l'avons proscrit et condamné à la misère, et l'exil a vu fleurir ta beauté. Peut-être ne t'es-tu donnée que pour tirer vengeance de moi? Pour qu'à l'instant de la suprême volupté, m'anéantisse le poison de la mort? Que de fois, et quelle que fût l'ivresse de notre heure amoureuse, j'ai scruté tes yeux énigmatiques; j'ai cherché à surprendre ce qui se cachait derrière tes propos froids et bien ciselés... M'as-tu jamais aimé? Est-il quelqu'un à qui tu te sois jamais abandonnée? N'est-ce pas par curiosité que tu suis l'impulsion de ta quête ardente, de ton désir jamais satisfait ni assouvi, qui dans la possession doit toujours s'enfanter à nouveau, s'il ne veut te perdre ignominieusement? Pour celui-là, Madonna, qui a goûté à vos charmes, il n'est plus de repos, pas plus dans l'évocation du passé que dans les rêves d'avenir. Il n'y a qu'un perpétuel et lancinant présent, en éveil, fatidique, dangereux et... consumant...

Fiore. — Écoutez, seigneur Laurent! Je ne suis point venue discuter avec vous de l'art de l'amour. Je suis femme; et pourtant, il m'a souvent semblé que vous attachiez du prix à ma voix et à mon avis, même sur des questions graves?

Laurent. — Parlez, je vous en prie.

Fiore. — Eh bien, je suis venue vous marquer ma surprise de l'insouciance avec laquelle vous assistez au cours fâcheux des affaires publiques... Vous n'avez jamais entendu parler d'un certain moine, de son nom Jérôme de Ferrare, et prieur de Saint-Marc?

Laurent *(la regardant)*. — J'en ai entendu parler.

Fiore. — Et vous avez appris qu'il subjugue la ville par sa parole, qu'il jette la jeunesse à ses pieds, qu'il précipite les artistes dans la cendre et la pénitence, soulève le peuple contre vous et votre régime, et se laisse vénérer comme le messager du Crucifié?

Laurent. — Je l'ai entendu dire.

Fiore. — Voyez un peu! Et vous tolérez tout cela avec indulgence, affalé dans les coussins de votre lassitude?

Laurent. — Si Florence l'aime, je ne puis ni ne veux l'en empêcher.

Fiore. — Il insulte Florence!

Laurent. — Et voilà pourquoi Florence l'aime.

Fiore. — Tolérerez-vous aussi qu'il m'insulte?

Laurent. — L'a-t-il fait?

Fiore. — Je vous raconterai cette histoire, du commencement. Elle n'a pas pris simplement naissance à Sainte-Marie-de-la-Fleur.

Laurent. — Vous êtes allée à la cathédrale?

Fiore. — Comme tout le monde.

Laurent. — Vous êtes allée souvent à la cathédrale?

Fiore. — Chaque fois que la fantaisie m'en a pris. Aussi régulièrement que Florence tout entière. Et mue par une curiosité plus justifiée que Florence. Je connais ce moine depuis des jours anciens.

LAURENT. — Des jours anciens?

FIORE. — Des jours où le nimbe de la gloire planait encore invisible au dessus de sa vilaine tête. Ce sera vite conté. A Ferrare, dans le voisinage de la petite maison où mon père avait trouvé avec moi un refuge contre vos sbires, habitait un bourgeois, messire Niccolo de son nom, instruit, fortuné et de vieille souche, bien vu à la Cour. Il logeait là avec sa femme, Monna Helena, et ses enfants, deux filles et quatre garçons, car l'aîné avait déjà quitté la maison pour entrer dans l'armée. J'étais encore une enfant ou presque, je comptais douze ou treize ans, mais déjà belle, le croiriez-vous? et les regards des jeunes gens me suivaient. J'entretenais des rapports de bon voisinage avec ceux d'à côté. Nous nous fréquentions de maison à maison, on causait à la fenêtre, on se rendait visite, on se promenait l'été aux portes de la ville, pour jouer à se poursuivre dans les champs et à se couronner de fleurs; mais l'un des fils du voisin s'était retranché de notre joyeuse amitié — le cadet, âgé de dix-huit ans, je crois, chétif, petit et laid comme la nuit. Il était d'humeur sauvage et quand Ferrare se pressait aux fêtes publiques, lui se plongeait dans des livres, jouait sur son luth de tristes mélodies et écrivait des choses que nul n'avait licence de lire. On pensait à en faire un médecin et il s'adonnait à l'étude des philosophes, dans sa petite chambre, penché sur Thomas d'Aquin et les exégètes d'Aristote... Souvent nous le taquinions et lui jetions par la fenêtre des pelures d'orange sur son pupitre. Alors, il levait les paupières avec un sourire méprisant et douloureux... Nos rapports réciproques étaient singuliers. Il semblait fuir ma vue avec angoisse et horreur, et pourtant être condamné à me rencontrer à chaque pas, dans la maison, dans la rue... Alors, on eût dit qu'il souhaitait m'éviter, lâchement et peureusement, mais il se dominait, serrait ses lèvres épaisses, s'avançait à ma rencontre, passait à côté de moi et saluait, en blêmissant, le regard blessé et lourd. C'est ainsi que je compris qu'il était amoureux de moi et je me réjouis du pouvoir qui m'était dévolu sur son farouche orgueil. Ce me fut un jeu de l'attirer. Je l'encourageai, puis d'un regard le repoussai. Je me délectais à régler le cours de son sang, par la seule puissance de mes yeux. Il se fit de plus en plus taciturne et émacié, se livra à un jeûne si rigoureux que ses yeux se creusèrent et on le vit de longues heures prosterné dans les églises, à se taillader le front contre le tranchant d'une marche d'autel. Mais par curiosité, je m'arrangeai pour qu'un jour il se trouvât seul avec moi dans ma chambre, à la tombée du soir. J'étais assise, je me taisais et j'attendais. Et soudain il poussa un gémissement, s'approcha de moi comme aimanté, et dans un murmure, en sanglotant, se déclara. Et lorsque j'affectais de m'étonner de sa conduite, il fut pris d'une sorte de rage quasiment inhumaine et haletant, pantelant, il me pressa d'être à lui. Mais moi, saisie d'horreur et d'épouvante, je le repoussai, peut-être même l'ai-je frappé, car il ne voulait pas desserrer son étreinte avide. Alors, il se redressa, il s'arracha à moi avec un cri rauque et inarticulé, et s'élança au-dehors, les poings sur les yeux.

LAURENT. — Je comprends... Je comprends...

FIORE. — Il s'appelait Jérôme. Cette même nuit, il s'enfuit à Bologne et prit l'habit de saint Dominique. Il prêche la pénitence, avec des accents jamais entendus jusqu'ici. On rit, on s'émerveille, on se soumet. Son nom vole par toute l'Italie. Votre curiosité, seigneurs blasés, l'attire à Florence. Et il devient grand dans cette Florence...

LAURENT. — C'est toi qui l'as fait grand.

FIORE. — Moi?... lui? Écoutez donc comment il me récompense! A la face du peuple entier, il m'a insultée aujourd'hui à la cathédrale... Il m'a montrée du doigt, a craché sur moi en paroles, et m'a comparée à la grande Babylone avec qui forniquent les rois!

LAURENT. — Les rois!... C'est toi qui l'as fait grand! Plus grand que moi à qui tu t'es donnée.

Fiore. — Plus grand que vous! Voilà un point qui selon moi n'est pas encore établi et demande à l'être... Écoutez, mon ami... Si vous le faisiez appeler? Ici, devant vous? ne fût-ce que pour voir comment ce moinillon se prendra piteusement le pied dans le tapis, quand il s'agira de paraître devant le Magnifique. Qu'il fasse ses preuves ici, comme le sauteur de Rhodes [1]! Écoutez-le, répondez-lui! Laissez-le se mesurer avec vous. Si sa nullité vous frappe, renvoyez-le à sa cellule, à sa chaire. Libre à lui de continuer à vous insulter... ainsi que moi! Et si vous reconnaissez sa supériorité, il ne tiendra qu'à vous de l'expulser de ce monde, par des arguments forts et froids. Il est en votre pouvoir. Si vous êtes un homme, qu'il n'y échappe plus!...

Laurent. — Et si j'avais honte de recourir à de tels arguments? Tu sais bien que j'en aurais honte!

Fiore. — Je ne sais rien. J'attends. J'attends de voir comment chacun de vous fera ses preuves. Seul compte pour moi le résultat. N'attendez, en vérité, nul remerciement de moi, si vous avez honte d'être le plus fort!

Laurent. — Il ne viendrait pas. Quel prétexte invoquer pour le faire venir?

Fiore. — Vous êtes très malade. N'avez-vous donc jamais menti? Vous appelez le prêtre. Vous vous sentez mal, vous désirez vous confesser. Vous désirez un conseil spirituel.

Laurent. — En vérité, je le désire! J'y aspire! Autour de moi en cet instant tout n'est que vide et effroi. Je ne vous vois pas, Madonna. Je ne vois pas que vous êtes belle. Je ne comprends plus le désir! J'aurais voulu vous mépriser, mais vous m'inspirez de l'effroi... De quel côté me tourner?... Où vous fuir?... Qu'on appelle Ficin!... Ah, tout

1. Allusion à une fable d'Ésope où un hâbleur se vantait d'avoir fait à Rhodes un saut prodigieux et invoquait le témoignage d'un des assistants. A quoi il lui fut répondu : « Tu n'as pas besoin de témoin, mettons que tu es à Rhodes, et saute! » La phrase est souvent citée en latin : *Hic Rhodus, hic salta!*

cela n'est qu'un jeu... Que l'on appelle Frère Jérôme! Vous avez raison. Qu'il vienne!

FIORE. — Il vient.

LAURENT. — Comment, il vient?

FIORE. — Je l'ai appelé pour vous. Je savais que vous éprouviez le besoin de le voir. Je l'ai fait mander aujourd'hui, après le sermon. Après qu'il m'avait insultée. Il est en route. Vous pouvez l'attendre d'un instant à l'autre.

LAURENT. — D'un instant à l'autre!... Pardieu, vous savez agir! Quel désir passionné vous avez de cette rencontre! D'un instant à l'autre?... L'adversaire à Careggi?... Aujourd'hui, tout de suite... Soit, qu'il vienne! Ai-je peur de lui? Je ne le ferai pas éconduire lorsqu'il viendra. Si je veux encore l'entendre, il est peut-être temps de l'appeler. Mais auparavant, appelez-moi des gens! Appelez-moi mes compagnons. Que viennent Pic et les autres! *(Fiore prend une clochette et l'agite.)* Merci à vous, Madonna. Je vous aime. Je serais mal armé pour recevoir ce prophète si je ne vous aimais pas. Vous voici, mes amis. Accordez-moi un petit moment votre joyeuse présence.

VI

Pic, Ficin, Politien, Pulci et Pierleoni descendent les marches.

PIC. — Hé, que vois-je, Laurent? Nous te croyions en train de reposer dans la solitude, et il me semble que tu viens d'avoir un rendez-vous et une petite heure d'amour?... Je vous souhaite respectueusement le bonjour, Madonna... Mais Laurent, sérieusement, alors tu ne dois pas non plus te dérober à ces joyeux garçons qui depuis des heures attendent là, dehors, de paraître devant toi; un petit groupe d'artistes, Francesco Romano à leur tête, Aldobrandino...

LAURENT. — Lui aussi. Bon, bon, je veux les recevoir.

J'ai besoin d'eux. Qu'ils entrent. *(Des ordres sont aussitôt donnés à cet effet, dans la galerie au-dehors.)* Je suis de belle humeur, messires! J'ai reçu une bonne nouvelle! Il va venir un visiteur. J'attends, pas plus tard qu'aujourd'hui, un hôte célèbre et aimable. Laissez, vous ne devinerez pas. Toi non plus, Pic. Mais moi, il me tarde de le voir et je suis fort aise que mes artistes viennent abréger pour moi le temps, jusqu'à son arrivée dans cette chambre... Les voici! Voyez le visage rouge et innocent d'Aldobrandino! Voyez le nez énamouré de Leone! Et Ghino, le brillant favori des dieux. Soyez les bienvenus, mes enfants!

(Les onze artistes sont entrés avec précaution en faisant de profondes courbettes.)

ALDOBRANDINO. — Salut et prospérité à Votre Magnificence!

GRIFONE. — Santé et joie au divin Laurentius Médici!

(Ils se pressent autour de lui, s'agenouillant, s'inclinant sur ses mains.)

LAURENT. — Merci à vous! Merci! Soyez assurés que je me réjouis cordialement de votre venue... Voyons, qui êtes-vous, vous tous? Voici Ercole, mon brave orfèvre... et Guidantonio qui fabrique les belles chaises. Bon. Je vois aussi Simonetto, le prestigieux architecte, et Dioneo, qui modèle la cire à l'image de l'homme... Comment va l'art, Pandolfo?... Inutile de dire que du premier coup d'œil j'ai aperçu notre maître Francesco.

ALDOBRANDINO. — Il est vrai, Excellence, maître Francesco est un grand peintre et bien que sa bouche soit scellée, il nous dépasse de loin dans le domaine de l'art; mais pour ce qui est de l'amour que nous vous portons, noble seigneur, aucun de nous ne reste en deçà et tel d'entre nous, je pense, pourrait même le surpasser. Puisque j'y songe; m'est-il permis de faire observer que depuis peu seulement, je respire de nouveau l'air de la patrie?

LAURENT. — En effet, mon bon Aldobrandino, tu as

raison. Tu étais absent. Tu étais à Rome. Je m'en souviens parfaitement. Tu avais du travail là-bas, n'est-ce pas?

ALDOBRANDINO. — Oui, monseigneur, et chez des amateurs de très haut rang, j'aimerais l'ajouter. Mais alors, le bruit parvint à mes oreilles que Laurent de Médicis, mon grand patron, était souffrant, et j'abandonnai aussitôt toutes mes affaires pour revenir à Florence, dans une telle hâte que je couvris le chemin depuis Rome en moins de huit heures.

GRIFONE. — Il se vante, monseigneur! C'est une vantardise effrontée! Aucun être humain ne peut parcourir cette distance en huit heures! C'est un mensonge!

ALDOBRANDINO. — Vous entendez, monseigneur, comment cet homme essaye de me calomnier auprès de vous!

LAURENT. — La paix, mes enfants! Il n'y a point là motif à querelle. En admettant qu'il soit sans doute impossible de revenir de Rome en huit heures, Aldobrandino ne le dit que pour me témoigner son amour et me le rendre évident, sous une forme poétique. Et je ne saurais lui en tenir rigueur.

ALDOBRANDINO. — L'explication est admirable, monseigneur! Mais vous ne connaissez pas encore mon dévouement dans toute son étendue, vous ignorez tout ce que j'ai eu à souffrir à cause de lui et tout ce que je suis prêt à endurer en silence... Qu'il me soit du moins permis de dire cela, très gracieux prince... Bon. Bon. Je ne vais pas faire d'histoire!

GRIFONE. — Tu fais bien. Nous sommes venus pour des choses plus importantes. Il s'agit, Magnifique, de délibérer sur les réjouissances qui devront être organisées pour fêter votre guérison.

LAURENT. — Ma guérison...

GRIFONE. — Hé, j'y compte bien! Avec votre noble permission, c'est bien ce que je veux dire! On serait fondé à croire que la guérison de Laurent n'est pas une mauvaise occasion de préparer un beau cortège triomphal suivi de danses et d'un festin public. Ma tête fourmille d'idées.

Chargez-moi d'organiser cela, et il y aura une fête dont le récit imprimé courra par l'Italie entière.

LAURENT. — Bon, Grifone, bon. Je te remercie, mon garçon. Je compte sur toi. Nous reprendrons ensemble ce projet. A présent, je veux savoir si Ercole a travaillé depuis que je l'ai vu... Qu'as-tu à fureter et à examiner autour de toi, dans cette chambre, Guidantonio?

GUIDANTONIO. — Pardon, gracieux seigneur. Je regardais votre installation. Certaines choses sont bonnes. Le fauteuil dans lequel Votre Magnifique Excellence est justement assise, est de moi. Une belle pièce. Mais le reste est bien démodé, pardonnez-moi, et n'est pas d'un goût parfait. Je suis en train de fabriquer une chambre où des motifs antiques sont admirablement adaptés aux commodités les plus modernes. Puis-je vous apporter les dessins?

LAURENT. — Fais-le au plus tôt, mon ami. Je ne pourrai me retenir de commander la chambre, si sous le rapport du goût et de la commodité c'est en tous points un vrai Guidantonio. Et toi, Ercole, parle-nous des belles œuvres que tu as exécutées.

ERCOLE. — Des bagatelles, monseigneur, mais il y a dans le tas de jolies inspirations, qui vous plairont. Je destine expressément à votre table une belle salière pour sel et poivre, ornée de figures et de feuillages. Vous m'en donnerez le prix que j'en demande, dès que vous l'aurez vue. En outre, j'ai ciselé une médaille à votre effigie et sur l'avers, Moïse faisant jaillir l'eau du rocher. J'ai ajouté comme inscription : *Ut bibat populus.*

LAURENT. — Il a bu... le peuple! Frappe cette médaille pour moi, mon Ercole... Frappe-la en argent et en cuivre. Je l'approuve sans même avoir vu le modèle. Tu l'as bien choisie, ton inscription. *Ut bibat populus.*

ERCOLE. — Mais le plus admirable est un petit bréviaire à la gloire de la Mère de Dieu, avec une couverture en or massif; un travail d'une richesse extrême. Sur le dessus, voyez-vous, figure l'image de la Vierge en pierres précieuses qui à elles seules valent déjà six mille écus...

ALDOBRANDINO. — Remballe ta marchandise, Ercole. Laurent n'achètera pas ton bréviaire.

LAURENT. — Et pourquoi pas?

ALDOBRANDINO. — Parce que le signe de la Vierge ne lui plaît pas. En tout cas, il s'est toujours appliqué à laisser subsister à Florence le moins de vierges possible.

(Rires, acclamations.)

LEONE. — C'est un scandale! C'est un vol éhonté, Magnifique! Cette plaisanterie est de moi! Je l'ai imaginée il y a une heure, au jardin. J'en appelle au témoignage de ces messieurs...

ALDOBRANDINO. — Tu ne devrais pas manifester aussi vilainement ton envie, Leone! Il se peut que précédemment tu aies dit quelque chose de ce genre, je te l'accorde. Mais tu l'as fait dans une tout autre acception, et en tout cas, c'est indice de mauvais caractère que de me chicaner les applaudissements que ces nobles seigneurs accordent à ma présence d'esprit.

LEONE. — Si Laurent n'était ici, et Madonna Fiore, sache, hâbleur, que je te frapperais au visage car tu es un bavard et un sot!

ALDOBRANDINO. — Et moi je te répondrais, en toute vérité, que ta ressemblance avec un bouc puant est à s'y tromper!

LAURENT. — Aldobrandino! Leone! Assez! Je déclare que l'incident est clos. Je vous tiens tous deux pour gens d'esprit. Approche, Leone, raconte-nous quelque chose. Nous allons te dédommager des louanges dont tu as été sevré. Vois comme notre Maîtresse t'implore des yeux. Elle aime tes histoires. Et notre maître Francesco... son désir n'est-il pas inscrit sur sa mine? Veux-tu que Leone nous raconte une délicate histoire, mon Francesco, oui ou non?

FRANCESCO ROMANO *(roule ses yeux noirs, grommelle un petit rire, ouvre la bouche pour la première fois et dit d'une voix forte et naïve)*. — Oui.

LAURENT *(très égayé)*. — Tu entends, Leone? Le maître est plus habile à manier les couleurs que les mots, mais ce qu'il dit a du poids et du fond. Il t'est impossible de refuser. Commence! Madonna est la reine du jour. Elle t'appelle et cette noble assistance attend le conte que tu vas nous trousser.

LEONE. — Eh bien, attention! Toutefois, je réclame l'indulgence de messieurs les érudits. Je bavarde comme les idées me viennent, sans art. Je ne suis pas un faiseur de nouvelles, je n'invente pas et n'ai pas besoin d'affabulation comme un poète. Le poète, on le sait, ne connaît les jouissances de l'amour qu'au moyen de sa plume d'oie trempée dans l'encre; mais moi je fais usage d'une autre pointe, productrice... *(Hilarité, bravos.)* Sur ce, je vais vous narrer en toute vérité comment Cupidon me fut favorable, la dernière fois. Oyez : En Lombardie, où j'étais récemment l'hôte d'un mien ami, se trouve un couvent de nonnes jouissant d'une grande réputation, à cause de sa pieuse abbesse, laquelle est en odeur de sainteté. Or, une cousine de mon ami, nommée Fiammetta, fait partie des religieuses de ce cloître et un jour qu'il lui rendait visite à la grille du parloir, j'eus licence de l'accompagner. A peine la vis-je que je m'enflammai d'amour pour sa jeunesse et sa beauté; et je connus à ses yeux que de son côté elle me regardait avec quelque complaisance. Dès lors, tous mes efforts tendirent à me rapprocher d'elle le plus tendrement, et comme je ne manque pas d'expérience en ces matières, je conçus aussitôt un stratagème, inspiré du fait que je savais vacant un emploi de jardinier du couvent. A tout hasard, je modifiai un peu les traits de mon visage en me coupant la barbe et je revêtis un costume misérable. Je me présentai chez l'austère et sainte abbesse, pour solliciter la place de jardinier et de surcroît je feignis d'être muet, idée excellente car je renforçai ainsi la chaste dame dans la conviction que j'étais stupide et inoffensif pour ses brebis. Je fus admis et entrai aussitôt en service. Il se trouva bientôt qu'au jardin, pendant que j'y travaillais, je rencontrai la charmante

Fiammetta, me fis reconnaître d'elle et lui déclarai que, pas plus que je n'étais muet, je n'étais affligé d'aucune infirmité physique, de quoi je la priai instamment de s'assurer avec preuve à l'appui. Et comme l'ardeur de ses vœux répondait aux miens, elle m'emmena, le premier soir où l'occasion s'en offrit, dans sa cellule où je passai la nuit auprès d'elle; et je vous l'assure, si faute d'expérience, durant le travail de la journée j'avais commis quelque maladresse, je me montrai, durant mon travail de la nuit, extrêmement habile et adroit. Oui, les charmes de ma petite Fiammetta m'incitèrent à de grands exploits pendant mainte nuit et j'eusse continué bien des nuits encore si l'envie n'avait mis un terme à notre bonheur. Deux laides petites nonnes, qui n'avaient pas d'amant et devaient, tant bien que mal, satisfaire leurs besoins en secret, découvrirent le loup dans la bergerie, et enragées de jalousie à l'égard de leur aimable sœur, n'hésitèrent pas à communiquer leur découverte à la pieuse abbesse. Pour agir à coup sûr, on décida de nous prendre en flagrant délit. Nous fûmes épiés, et un soir, à une heure tardive, où Fiammetta m'avait de nouveau introduit chez elle, les deux envieuses nonnettes coururent à la cellule de l'abbesse, frappèrent désespérément à sa porte et annoncèrent que le renard était pris au piège. Ce dérangement nocturne fut peut-être désagréable à la sainte femme, comme l'événement le démontra; mais elle bondit hors du lit, se vêtit en grande hâte et se rendit avec les deux traîtresses à la cellule de Fiammetta. La porte fut enfoncée, on alluma des lumières et notre plus tendre étreinte se trouva livrée aux regards. Fiammetta et moi, nous restâmes tout d'abord pétrifiés d'effroi. Mais, à peine fus-je un peu ressaisi, je regardai de plus près l'abbesse qui se répandait en invectives et en malédictions et je constatai un détail fort étrange; en effet, la sainte femme, croyant mettre sa coiffe, dans l'obscurité, avait passé sur sa tête une culotte de prêtre dont les jarretières lui tombaient bizarrement des deux côtés, sur les épaules. Madame, dis-je en interrompant le torrent de ses injures, — et elle ouvrit de grands yeux en entendant le muet parler — veuillez commencer par mieux assujettir votre coiffe et dites ensuite ce qu'il vous plaira! Sur quoi elle se rendit compte de sa méprise et resta là, le visage pourpre, car elle savait bien où se trouvait le propriétaire de la culotte. Furibonde, elle s'élança hors de la cellule, suivie des deux traîtresses, de sorte que ma Fiammetta et moi, restâmes seuls et pûmes, cette nuit encore, sans être inquiétés, goûter toutes les blandices célestes... *(Il a fait son récit au milieu d'une hilarité croissante. Les artistes et les humanistes applaudissent avec fougue certaines pointes. Fiore aussi s'associe aux applaudissements. Laurent tout à fait détendu, suit la narration avec un plaisir enfantin. Vers la fin de l'histoire, règne une gaieté tumultueuse. Laurent rit de bon cœur, les artistes s'esclaffent. Mais tout à coup, le narrateur s'interrompt et un brusque silence se fait. Un page entré à droite, par la porte masquée de tentures, annonce d'une voix claire et distincte :)* Le Prieur de Saint-Marc!

(Pause.)

Politien *(épouvanté, qui n'en croit pas ses oreilles)*. — Que dis-tu, mon enfant?

Le Page *(intimidé)*. — Le Prieur de Saint-Marc.

(Un silence. Tous les regards, au comble de la perplexité, sont tournés vers Laurent. On ne voit que bouches bées et sourcils froncés.)

Laurent *(au Page)*. — Toi, approche. Comment te nommes-tu?

Le Page. — Je me nomme Gentile, monseigneur.

Laurent. — Gentile. C'est joli. Retourne jusque-là, Gentile, et reviens. J'ai plaisir à te voir. Tu sais marcher. Tu as de belles hanches. Arrête-toi, ainsi... Aldobrandino, fixe cette ligne dans ta mémoire. Prends cette bague, Gentile, parce que ta vue fut bienfaisante à mes yeux. Et celui que tu viens d'annoncer, à présent, qu'il entre.

Politien. — Quoi? Tu voudrais?

LAURENT. — Je veux.

(Le Page sort. Silence de mort. La tenture se soulève de nouveau. Le profil blême, douloureux et passionné du Ferrarais se glisse lentement dans la chambre. Il est d'une laideur farouche et ses grands traits sauvages et osseux offrent un contraste effrayant avec la petitesse et la chétivité du reste de sa personne. Le capuchon du manteau noir que le moine porte sur sa robe blanche encadre son visage. Un sillon très marqué se creuse entre le nez fortement busqué et le front étroit à arêtes. Les lèvres épaisses se serrent avec une sorte de passion, qui semble évider encore davantage les creux couleur de cendre de ses joues. Ses sourcils fortement dessinés, rejoints à la racine du nez, sont haussés, labourant ainsi son front de profondes rides horizontales, et confèrent à ses petits yeux cernés par la fatigue, une expression à la fois absente et intensément scrutatrice. Sa course longue et rapide l'a laissé pantelant, mais il cherche à le dissimuler. Ses mains, à présent encore cachées dans les manches de son froc, semblent de cire et tremblent lorsqu'il les lève. Sa voix parfois d'une timidité nerveuse, acquiert par moments une puissance âpre et dure, venue on ne sait d'où.

A son entrée, les artistes reculent tout au fond de la pièce, lui laissant le champ libre. Ils forment un groupe à l'arrière-plan, l'un d'eux empoigne l'autre par le bras, se retourne à demi et, les sourcils froncés, les lèvres crispées par le dégoût, l'incompréhension et la crainte, regarde fixement le moine par-dessus son épaule. Peu à peu, ils gagnent tous l'escalier et la galerie à gauche, suivis des humanistes, Pic disparaît le dernier, en jetant encore derrière lui un coup d'œil intrigué vers le trio demeuré dans la chambre. Puis à son tour il s'éloigne à pas feutrés.

Le regard direct du Ferrarais s'arrête sur Fiore, assise aux pieds de Laurent dans une pose pleine d'art. Il tressaille, une expression de souffrance bouleverse un instant son visage, puis il se redresse, fixe sur Laurent un œil aigu et esquisse, de la tête et du buste, un vague salut.

Fiore s'est levée. Les mains jointes sur son ventre protubérant, les paupières baissées, elle avance vers le Ferrarais, et dit d'une voix haute, roucoulante et monotone :

Soyez le bienvenu à Careggi, seigneur Prieur. Est-il permis de vous féliciter de votre sermon d'aujourd'hui? J'étais un peu en retard, mais je suis arrivée juste à temps pour entendre le meilleur passage. Vous m'avez grandement édifiée, je puis vous l'assurer. Vous êtes d'une éloquence foudroyante. Eh bien? Pourquoi restez-vous silencieux? Il ne sied pas à l'artiste d'accueillir les louanges et les triomphes avec une rigidité aussi hautaine, et sans un sourire de modeste protestation.

LE PRIEUR *(encore haletant, avec une rudesse tourmentée)*. — Je vous ai parlé à la cathédrale. Je ne veux vous parler que du haut de ma chaire.

FIORE *(avec une moue affectée)*. — Tout le monde n'est pas si sévère! On me parle du haut des chaires de tous les arts, on me fait sourire ou l'on charme mon oreille... et pourtant, on garde assez de sang et de feu pour m'aborder dans les rencontres de la vie courante aussi, de façon un peu vivante.

LE PRIEUR. — Je ne vis qu'en chaire.

FIORE *(simulant un frisson)*. — Mais vous êtes mort, quand vous touchez le sol. Hou, oui, voilà bien ce que vous êtes! Blême et froid!... Je me trouve dans cette pièce entre un malade et un mort!... Pourtant, autrefois, messire le Mort, il y a bien longtemps, vous viviez, n'est-il pas vrai, et vous m'avez parlé ici-bas?

LE PRIEUR. — J'ai parlé. J'ai crié. Vous avez souri. Vous avez ri. Vous m'avez couvert d'insultes, repoussé plus haut... jusqu'à ma chaire! Et à présent, vous me rendez hommage...

FIORE. — Vous choisissez des termes énergiques! C'est un langage de rhéteur! Je vous rends hommage, moi? C'est à moi qu'on offre des hommages, et je penche vers celui qui s'y entend le mieux et avec le plus de raffinement.

LE PRIEUR. — Je ne vous rends pas hommage! Je vous

méprise! Je vous dis hideuse et réprouvée! Je vous nomme appât de Satan, poison des esprits, poignard des âmes, lait de louve pour qui vous boit, instrument de perdition et nymphe, sorcière, Diane, voilà comment je vous nomme!

FIORE. — Et vous le dites bien. Il faut autant de talent pour l'insulte que pour la louange! Et si tout cela m'apparaissait comme le comble de l'hommage, le plus hardi? Pouvez-vous le penser? Comment? Parlez! Avez-vous pu le penser?

LE PRIEUR. — Je ne vous comprends pas. Vous m'avez entendu à la cathédrale. Je suis malhabile à débiter des propos frivoles. Mais vous m'avez entendu à la cathédrale. La parole est difficile et sacrée. Celui-là est mon maître qui de son doigt scelle ses lèvres, Pierre le Martyr.

FIORE. — Agir et se taire... Je trouve, Magnifique, une grande ressemblance entre votre hôte et Messer Francesco Romano!... Toutefois... Vous voudriez sans doute, sire le Mort, bavarder avec ce malade? Vous n'êtes venu que pour cela? Eh bien, je vais me retirer et je vous souhaite, messeigneurs, le plus agréable entretien. Je souhaite beaucoup de compréhension et un résultat fécond. Il me semble que cela ne saurait manquer.

(Elle monte les marches et disparaît à droite, par la galerie. Le soir tombe durant la scène suivante.)

VII

LAURENT *(semble avoir totalement oublié le Ferrarais qui a rivé sur lui son regard sombre et brûlant. La tête baissée, son regard se perd dans le vide. Enfin, reprenant conscience de la situation, il recouvre son amabilité d'homme du monde avec un effort émouvant et dit)*. — Veuillez donc vous asseoir, Padre!

LE PRIEUR *(épuisé, est tenté de se laisser choir sur un siège près de la porte, mais il se tient debout)*. — Écoutez seulement ceci Laurent de Médicis! J'ai vu le monde, je connais les embûches des princes et je les sais experts aux trahisons sanglantes! Si ceci est un piège, si l'on m'a attiré ici pour me faire violence et se débarrasser de moi, prenez garde! Je suis aimé! Ma parole m'a gagné les âmes! Le peuple est derrière moi! Il ne vous est pas permis de toucher à moi!

Laurent *(réprimant un sourire)*. — Quoi, vous avez peur?... Non, voyons! N'ayez crainte! Loin de moi la pensée de mettre traîtreusement la main sur un homme aussi extraordinaire! Suis-je un Malatesta? Un Baglioni? Vous me faites injure en me croyant pareil à eux. Je ne suis pas un sauvage, dénué de respect. Je sais apprécier à leur valeur votre vie et votre œuvre, aussi bien que n'importe laquelle de vos ouailles, n'importe quel membre de votre communauté. Ne puis-je en revanche vous prier de me considérer, vous aussi, d'un regard équitable?

Le Prieur. — Qu'avez-vous à me dire?

Laurent. — Oh... je viens déjà d'en dire un mot. Mais vous parlez avec hargne. En outre, vous semblez souffrant, exténué. Je ne me trompe pas. Mon œil est habile à déceler ces signes. Je vous le demande *(avec une compassion sincère)*, vous n'êtes pas bien?

Le Prieur. — J'ai prêché aujourd'hui à la cathédrale. J'en suis sorti malade. J'étais au lit. Je ne l'ai quitté qu'à votre appel.

Laurent. — A mon...? Ah, parfaitement. J'en suis au regret. Vos efforts d'orateur vous épuisent donc à ce point?

Le Prieur. — Ma vie est un tourment. La fièvre, la dysenterie et l'incessant travail de mon esprit, pour le bien de cette ville, ont tellement affaibli mes organes vitaux que je suis incapable de supporter la moindre fatigue.

Laurent. — Pardieu, vous devriez vous ménager, vous reposer!

Le Prieur *(avec dédain)*. — Je ne connais pas le repos. Seuls peuvent se reposer ceux-là — ils sont nombreux — qui n'ont pas reçu de mission... Cela leur est facile... Moi, un feu intérieur consume mes membres et me pousse vers la chaire.

Laurent. — Un feu intérieur... Je sais, je sais!... Je connais cette ardeur! Je la nommais démon, volonté, ivresse. Mais elle n'a pas de nom. C'est la folie de qui se voue à un dieu inconnu. On méprise ceux qui végètent dans la médiocrité et la prudence, ceux qui s'étonnent que l'on ait choisi une vie frénétique, brève, intense, au lieu de leur existence longue, timorée, misérable...

Le Prieur. — Choisir? Je n'ai pas choisi. Dieu m'a appelé à la grandeur et la souffrance, j'ai obéi.

Laurent. — Dieu ou la passion! Ah, Padre, nous nous comprenons! Nous allons nous comprendre!

Le Prieur. — Vous et moi? Vous blasphémez! Pourquoi avez-vous appelé un prêtre? Vous avez toute votre vie fait le mal.

Laurent. — Qu'appelez-vous le mal?

Le Prieur. — Tout ce qui s'oppose à l'esprit — en nous et hors de nous.

Laurent. — S'oppose à l'esprit. Je vous suis volontiers. Je vous ai appelé pour vous entendre. Je vous en prie, frère, croyez à ma bonne volonté. Voulez-vous s'il vous plaît me dire ce que vous appelez l'esprit?

Le Prieur. — La force, Laurent le Magnifique, la force qui veut la pureté et la paix.

Laurent. — Voilà qui rend un son doux et fort. Et pourtant... Pourquoi vos paroles me font-elles frémir? N'importe, je vous écoute. En nous, disiez-vous? Et donc, en vous aussi? Vous êtes aussi en lutte avec vous?

Le Prieur. — Je suis né des entrailles de la femme. Nulle chair n'est pure. Pour haïr le péché, il faut le connaître, le sentir, le comprendre. Les anges ne haïssent pas le péché; ils l'ignorent. A certaines heures, je me suis rebellé contre la hiérarchie des esprits. Il me semblait que j'étais supérieur aux anges.

Laurent *(pour une fois, un peu ironique)*. — Question si hardie et si captivante qu'elle est digne d'être posée par vous, mais, cher Frère, elle vous concerne seul et nous ne chercherons pas à la résoudre aujourd'hui. Voyez, je suis malade, et mon cœur est lourd d'angoisse, je ne vous en fais pas mystère — angoisse au sujet du monde, de moi — que sais-je, de la vérité... J'ai cherché un réconfort auprès de mes platoniciens, de mes artistes, et n'en ai pas trouvé. Pourquoi non? parce qu'aucun d'eux n'est de ma nature. Ils m'admirent peut-être, ils m'aiment, et ne savent rien de moi. Des courtisans, des phraseurs, des enfants, qu'ai-je à faire d'eux? Voyez, c'est sur vous que je compte, Padre. Il faut que je vous écoute — parler de vous et de moi — que je me compare, que je m'entende avec vous. Alors, je trouverai l'apaisement, je le sens. Vous n'êtes pas de la trempe des autres. Vous ne rampez pas à mes pieds avec de vaines paroles. Vous vous êtes dressé à côté de moi et vous respirez à ma hauteur... Vous me haïssez, vous me repoussez, vous employez tout votre art à vous dresser contre moi, voyez, et moi, moi, dans mon cœur, je ne suis pas loin de vous appeler mon frère...

LE PRIEUR *(dont les pommettes hâves se sont colorées à ces mots)*. — Je ne veux pas être votre frère! je ne suis pas votre frère! Vous entendez! Je suis un pauvre moine, un religieux honni et moqué, comme tous mes pareils, par le monde impudent de la chair, et pourtant j'ai élevé si haut et moi et ceux de mon espèce, que je rejette à vos pieds la fraternité que vous m'offrez, vous un seigneur de ce monde, vous le Magnifique!

LAURENT. — Vous me voyez tout disposé à vous admirer pour cela.

LE PRIEUR. — Vous ne devez pas m'admirer, vous devez me haïr! Et comme je dois vous être redoutable, vous devez me redouter! J'ai beaucoup ouï-parler de votre amabilité, Laurent de Médicis! Elle ne me prendra pas dans ses rets! Encore une fois, pourquoi m'avez-vous appelé? L'ampleur de vos abominations vous effraye, et la peur vous pousse à traiter avec Dieu, vous avez soif de connaître les conditions de la Grâce? n'est-ce pas?

LAURENT. — Pas tout à fait... presque... et quant à traiter, vous le voyez, c'est ce que je veux, c'est ce que je fais. Mais vous êtes impatient. Laissez-moi vous comprendre à fond. Quoi ? J'aurais, ma vie durant, agi contre l'esprit ?

LE PRIEUR. — Vous me le demandez ? Votre âme est-elle donc pervertie, comme on dit que l'est votre odorat ? Vous avez accru sur la terre le nombre des tentations, les délices de Satan, par quoi il tourmente notre chair. Vous avez divinisé la jouissance visuelle et l'avez fait jaillir de tous les murs de Florence, et vous lui avez donné le nom de Beauté ! Vous avez suborné le peuple en l'incitant à croire à un infâme mensonge qui paralyse le désir du salut, vous avez institué des fêtes lubriques pour glorifier la brillante surface du monde, et vous avez appelé cela de l'art !...

LAURENT. — Je vois là une étrange contradiction ! Vous vitupérez l'art, et pourtant, mon frère, vous êtes vous-même... vous aussi, vous êtes un artiste !

LE PRIEUR. — Le peuple, lui, voit plus clair. Il m'appelle un prophète.

LAURENT. — Qu'est-ce donc qu'un prophète ?

LE PRIEUR. — Un artiste qui serait en même temps un saint. Je n'ai rien de commun avec votre art visuel et spectaculaire, Laurent de Médicis ! mon art est sacré car il est connaissance et opposition flamboyante ! De bonne heure, lorsque la douleur m'assaillait, je rêvais d'une torche qui éclairerait miséricordieusement d'un feu divin toutes les profondeurs effroyables, tous les abîmes honteux et affligeants de l'existence, d'un feu divin qui embraserait la terre pour qu'elle s'enflammât, et qu'avec toute sa honte et son martyre elle se consumât dans une pitié rédemptrice ! Ce rêve-là, c'était l'art...

LAURENT *(perdu dans ses souvenirs)*. — La terre me semblait délicieuse...

LE PRIEUR. — Mes yeux se dessillèrent ! J'ai vu à travers l'apparence et les délices ! J'ai trop souffert pour ne pas m'obstiner fièrement à ma vision ! Voulez-vous une parabole ? C'était à Ferrare. J'étais encore un enfant, quand un jour mon père m'emmena avec lui à la cour.

Je vis le château d'Este. Je vis le prince festoyer à une table, avec ses compagnons de plaisir, entouré de femmes, de nains, de bouffons et de beaux esprits. Tout n'était que musique, parfum, danses et mets succulents... Mais parfois, doucement, dans une sinistre sourdine, perçait au milieu de l'exubérant tumulte, un accent étrange; c'était l'accent de la torture, un gémissement, une plainte venue d'en-bas, d'en-bas, des cachots effroyables où languissaient les prisonniers. Eux aussi, je les ai vus. Sur ma prière, je fus conduit aux bas-fonds où régnaient les hurlements et l'épouvante. Et avec les malheureux, j'entendis les échos de la fête descendre jusqu'à eux, et je connus que là-haut il n'y avait pas une pudeur, pas une conscience qui ne s'émût... Alors, il me sembla soudain que j'allais suffoquer de haine et de révolte!... Et dans les airs je vis planer un grand et bel oiseau, fort, hardi et joyeux. Et une peine me poignit le cœur, une souffrance, un défi et un profond élan, un ardent souhait, une volonté immense! *Si je pouvais briser ces grandes ailes!...*

LAURENT. — Ce fut là votre désir?

LE PRIEUR. — J'ai plongé le regard jusqu'au cœur de notre époque, j'ai vu son front de prostituée. La pudeur — elle était impudique, joyeuse et impudique — comprenez-vous cela? Elle ne voulait pas avoir honte! Elle prenait les cierges à l'autel du Crucifié et les portait sur le tombeau d'un homme qui avait créé de la beauté. La beauté!... La beauté!... Qu'est-ce que la beauté? Est-il possible de ne pas déceler son essence? Sinon... qui donc peut connaître la vraie nature d'une chose sur terre, sans que la peine et le dégoût ne tuent son désir? Qui? Qui? Notre époque! Vous tous! Moi seul, moi je m'y refuse! Alors, j'ai pris la fuite, j'ai fui devant l'horreur d'une telle inconscience qui se gaussait de la compréhension, de la douleur et du salut! J'ai fui au couvent, je me suis abrité dans la pénombre sévère de l'Église. Là, pensais-je, dans le domaine consacré de la Croix, la souffrance est maîtresse. Là règnent, me disais-je, la sainteté et le savoir, les *sacrae litterae*... Or, que vis-je ? J'ai vu la Croix trahie, là aussi ! Ceux qui portaient l'étole et le froc, ceux que je croyais mes frères en souffrance, j'ai vu qu'ils avaient renié la majesté de l'Esprit ! Ils avaient pactisé avec l'ennemi, avec la grande Babylone ! Et là aussi, j'étais seul. Alors, voyez-vous, j'ai compris. C'était moi-même, moi seul que je devais faire grand, dresser contre le monde, car j'étais un porte-parole et un élu. En moi, l'Esprit était ressuscité !

LAURENT. — Contre la beauté ? Frère, Frère, vous me rendez fou ! faut-il donc lutter ici ? Faut-il voir le monde divisé en deux moitiés hostiles ? L'esprit et la beauté sont-ils donc opposés ?

LE PRIEUR. — Ils le sont, je proclame la vérité que j'ai soufferte. *(Il hésite. L'obscurité s'épaissit.)* Voulez-vous une preuve qui vous atteste que ces deux mondes sont irréconciliables et éternellement étrangers l'un à l'autre ? Ce signe, c'est le désir. Le connaissez-vous ? Là où s'ouvrent des gouffres béants, il les relie de son arc-en-ciel, et là où il existe, s'ouvrent des abîmes. Écoutez, écoutez, Laurent de Médicis ! L'esprit peut aspirer à la beauté. Cela arrive aux heures de faiblesse, de reniement de soi, et de doux avilissement. Car elle, la joyeuse, la charmante, la forte, elle qui est la vie, elle ne comprendra jamais l'esprit, elle l'évitera comme étranger à elle, le redoutera peut-être, le repoussera avec horreur, le raillera sans pitié, et ainsi le rejettera à lui-même... mais il se peut, Laurent de Médicis, il se peut que l'esprit s'endurcisse dans le tourment, grandisse dans la solitude et qu'il revienne comme une force à laquelle la femme s'abandonnera...

LAURENT. — Pourquoi vous interrompez-vous ? j'écoute... je ferme les yeux et j'écoute. J'entends la mélodie de ma vie. Vous vous taisez déjà ? Il est si doux de s'écouter soi-même, sans effort... Je vous vois à peine... Peut-être est-ce la nuit, peut-être mes yeux meurent-ils alors que mon esprit est encore vivant ? mais j'écoute. J'entends un chant — mon chant — le chant mélancolique du désir... Jérôme, ne me reconnaissez-vous point encore ? Là où le désir nous pousse... n'est-il pas vrai — on n'est pas là — on n'est pas cela. Et pourtant l'homme s'identifie volontiers avec son désir. Vous m'avez entendu appeler le maître de la beauté, n'est-ce pas? Et cependant, je suis laid. Jaune, débile et laid. J'ai adoré les sens — il m'en a manqué un, précieux. Je n'ai pas d'odorat. Je ne connais pas le parfum de la rose, ni celui de la femme. Je suis un infirme, un avorton. N'est-ce que mon corps? La nature m'a jeté dans le monde avec des instincts déréglés, mais mon ivresse, mon délire, je les ai contraints à une règle et à un rythme! Mon âme était sourde convoitise, tourment, ténébreuse ardeur; mais j'ai fait d'elle une flamme joyeuse. Sans ce désir, j'eusse été un bouc, un hideux satyre; et quand les poètes m'associent aux sereins habitants de l'Olympe, nul d'entre eux ne soupçonne la longue discipline que j'ai imposée à ma frénésie pour la dompter. Cela fut bien ainsi. Nul n'est grand sans effort. Si j'étais né beau, jamais je n'aurais fait de moi le maître de la beauté. La contrainte est la meilleure amie de la volonté. Mais à qui le dis-je? A vous qui savez, avez tant de puissance, que la couronne du héros n'est pas destinée à celui qui est simplement fort. Si nous sommes ennemis, soit, je dis que nous sommes des frères ennemis!

LE PRIEUR. — Je ne suis pas votre frère! N'avez-vous pas entendu? Faites apporter des lumières si l'obscurité vous amollit! Je hais cette équité infâme, cette compréhension lubrique, cette coupable tolérance du contraire! Elles ne m'atteindront pas! Qu'elles se taisent! Je le connais, cet esprit, je ne le connais que trop. Que trop! Qu'il s'écarte de moi! J'entends Florence, j'entends votre époque raffinée, insolente et tolérante, mais moi, moi, elle ne m'ôtera pas ma force ni ne me désarmera! Pas moi! pas moi! sachez-le une fois pour toutes!

LAURENT. — Vous haïssez l'époque et elle vous comprend. De vous deux, qui est le plus grand?

LE PRIEUR *(avec violence)*. — Moi! Moi!

LAURENT. — Peut-être. Vous, soit. Je ne vous ai point

mandé pour nous disputer. Et pourtant, pardonnez-moi, j'aimerais vous voir d'accord avec vous-même. Comment? Vous insultez l'esprit qui vous a porté, l'esprit par lequels vous vous êtes laissé emporter à la grandeur? Me donnez-vous raison sur ce point? je ne distingue pas votre visage. Pour moi, les choses m'apparaissent ainsi : à une époque comme vous dites qu'est la nôtre — raffinée, sceptique et tolérante, curieuse, ondoyante, complexe, sans préjugés qui la limitent — à une telle époque, la limitation déjà passe pour du génie. Pardonnez-moi. Je ne vous cherche pas querelle, je ne veux pas vous froisser, je voudrais voir clair en vous et en moi... Une force qui se détourne délibérément du scepticisme en général, peut réaliser des prodiges! Tous ces petits, ces raffinés, ils ne croient pas — ne vous figurez pas qu'ils croient! — ils sentent la *force* et se soumettent à elle... pardonnez-moi encore! Continuez à m'écouter! je crois en outre ceci : vous insultez l'art et pourtant vous l'utilisez à votre service. Votre renommée, votre gloire, tiennent précisément à ce que notre époque et notre ville adorent l'individualité fière. Jamais nulle part l'on n'apporta tant de gratitude et une si ample récompense à celui qui, à sa manière, convoitait une gloire personnelle. Si vous êtes devenu grand à Florence, ce fut seulement parce que cette Florence est assez libre, assez blasée en matière d'art pour vous prendre comme maître. L'eût-elle été moins, eût-elle été tant soit moins imprégnée d'art, elle vous déchirerait au lieu de vous fêter! Vous le savez?

Le Prieur. — Je ne veux pas le savoir!

Laurent. — Peut-on refuser de savoir? Vous réprouvez les candides qui, ne possédant pas la connaissance, ignorent la honte. Mais n'avez-vous pas honte, vous, de conquérir le pouvoir, alors que vous savez par quels moyens vous l'avez gagné?

Le Prieur. — Je suis élu. Il m'est loisible de savoir et néanmoins de vouloir, car je dois être fort. Dieu fait des miracles. Vous assistez au miracle de la candeur ressuscitée.

(Désignant le buste de César.) Celui-là aussi, s'est-il demandé à quoi il devait son élévation?

LAURENT. — César? Vous êtes moine! Et vous avez de l'ambition?

LE PRIEUR. — Comment n'en aurais-je pas quand j'ai tant souffert? L'ambition dit que la souffrance ne doit pas être vaine! Il faut qu'elle m'apporte la gloire!

LAURENT. — Pardieu, c'est bien ainsi! Ne le savais-je pas? Moine, tu as merveilleusement pesé tout cela! Nous tous, les maîtres, nous sommes égoïstes et ils nous jettent la pierre, parce qu'ils ne savent pas que nous le sommes devenus à force de souffrir. Ils nous traitent de durs, et ne comprennent pas que c'est la douleur qui nous a rendus tels. Nous sommes en droit de leur dire : voyez vous-même, vous qui, sur cette terre, avez la vie tellement plus facile! Je me suis à moi-même un assez grand sujet de bonheur et de tourment!

LE PRIEUR. — Mais ils ne nous jettent pas la pierre. Ils s'étonnent. Ils révèrent. Voyez-les venir vers le Moi puissant, eux, les nombreux qui ne sont qu'un Nous, et le servir, venir à lui sans jamais se lasser de le servir...

LAURENT. — ...bien que son égoïsme se manifeste ouvertement...

LE PRIEUR. — Bien qu'il accepte les services sans les rendre, comme chose due...

LAURENT. — Cosme, mon aïeul... Je l'ai encore connu, ce fut un tyran froid et avisé... On lui a décerné le titre de père de la patrie. Il a accepté, a souri et n'a pas même remercié. Jamais je n'oublierai cela! Comme il doit les mépriser, pensai-je! Et depuis, j'ai méprisé la plèbe.

LE PRIEUR. — L'école du mépris, c'est la gloire.

LAURENT. — C'est l'indignité de la foule! Ils sont si pauvres, si vides, si privés de personnalité, si oublieux d'eux-mêmes...

LE PRIEUR. — Si simples, si faciles à dominer...

LAURENT. — Ils ne savent rien de mieux que d'être dominés...

LE PRIEUR. — Ils m'écrivent de tous les coins du monde, ils viennent de loin pour baiser l'ourlet de mon froc, ils proclament ma grandeur à tous les échos... Les en ai-je jamais priés, jamais remerciés?

LAURENT. — C'est surprenant...

LE PRIEUR. — Très surprenant! Êtes-vous donc si nuls, se dit-on, si futiles, que vous mettez votre fierté à servir un autre?

LAURENT. — C'est cela! C'est bien cela! On n'en croit pas ses yeux, à les voir se courber si volontiers — et l'on est content.

LE PRIEUR. — On voudrait rire devant la docilité du monde!

LAURENT. — Et en riant, en riant, on s'empare du monde, comme d'un instrument docile, pour jouer dessus...

LE PRIEUR. — Pour jouer dessus, son propre air!

LAURENT *(fiévreusement)*. — O mes rêves! Ma puissance et mon art! Florence a été ma lyre... N'en ai-je pas tiré de beaux accents? C'était le chant de mon désir. Elle chantait la beauté, la grande volupté, elle chantait, chantait le chant puissant de la vie... Silence... à genoux... Là... Je la vois... Elle vient, elle approche de moi... tous ses voiles tombent et mon sang s'élance vers sa nudité! O bonheur! ô douce terreur! Suis-je élu pour te contempler, Venus Genitrix, toi qui es la vie, la suavité du monde?... Beauté féconde! Force instinctive de l'Art! Vénus Fiorenza! Sais-tu ce que je voulais? *La fête éternelle!* Telle était ma volonté souveraine... O reste auprès de moi! Pourquoi te détournes-tu? Pourquoi t'effaces-tu? Je ne vois plus rien... Des vagues rouges me submergent... L'épouvante me saisit... Un gouffre avide... *(S'affaissant.)* Es-tu encore là?... toi... avec qui... je m'entendais?... parle-moi!... L'angoisse... l'angoisse... Volterra!... le sang!... J'ai vidé les caisses des dots pour payer des fêtes, et j'ai poussé les vierges à la débauche... Parle vite!... Parle vite!... Les conditions de la Grâce?...

LE PRIEUR *(tout près de lui, vivement, bas)*. — *Misericordiam volo*... Il en est trois. Tout d'abord, le repentir...

LAURENT *(même jeu)*. — Je veux me repentir du sac de Volterra et du vol de l'argent...

LE PRIEUR. — Secondement, tu restitueras à l'État tous les biens illicites...

LAURENT. — Que mon fils les restitue!... Continue...

LE PRIEUR *(dans un murmure terrible, avec un geste impérieux)*. — Troisièmement ceci : tu libéreras Florence... sur-le-champ... à jamais... tu la libéreras du joug de ta maison!

LAURENT *(tout aussi bas. C'est une lutte secrète et passionnée, entre deux adversaires)*. — Libre, pour toi!

LE PRIEUR. — Libre pour le Roi qui est mort sur la Croix!

LAURENT. — Pour toi! Pour toi! Qu'as-tu à mentir? Nous nous sommes mutuellement reconnus... Florence, ma ville? L'aimes-tu donc? Dis vite : Tu l'aimes?

LE PRIEUR. — Fou! Enfant! Emporte au tombeau les hochets que sont tes idées! Amour déchirant, haine suave et enlaçante, c'est moi qui suis ce trouble mélange et il exige que je devienne le maître de Florence!

LAURENT. — Malheureux!... Pourquoi? Que peux-tu vouloir?

LE PRIEUR. — La paix éternelle. Le triomphe de l'esprit. Ces grandes ailes, je veux les briser!

LAURENT *(avec douleur et désespoir)*. — Tu ne le dois pas!... Misérable! Tu ne le dois pas!... Je te le défends, moi, le Magnifique! Oh, je te reconnais, tu t'es trahi! C'est aux ailes de la Vie que tu penses! Cet esprit que tu annonces, c'est la mort, et la vie de toute vie, c'est l'Art... Je te l'interdirai! Je suis encore le maître!

LE PRIEUR. — Je me ris de toi! Tu meurs et je suis debout! Mon art a gagné le peuple! Florence est à moi!

LAURENT *(au paroxysme de l'agitation)*. — Ah monstre! Monstre de méchanceté! Tu vas donc me voir fort et impitoyable! *(Les bras appuyés sur les accoudoirs, dressé sur son siège, il crie :)* A moi! Qu'on vienne! Qu'on vienne! Emparez-vous de lui! Liez-le! Il veut briser les grandes ailes! Aux oubliettes, dans les chaînes! Dans la fosse aux lions! Qu'on le tue, lui qui veut tout tuer! Florence est à moi! Florence! Florence!

(Il s'effondre, sa tête se renverse, et tandis que ses yeux se révulsent, son bras décrit un dernier geste d'étreinte. De nombreux serviteurs portant des flambeaux font irruption par la droite et la galerie. La scène est brusquement éclairée de lueurs vacillantes. Pic, Ficin, Policien, Pulci, Pierleoni et les artistes terrifiés, descendent les marches en courant).

PIC. — Laurent!...

PIERLEONI. — Il n'est plus!

POLITIEN *(désespéré)*. — Laurent! mon Laurent!

(Nouveau mouvement dans la galerie. Quatre ou cinq hommes couverts de poussière se frayent vivement passage).

L'UN D'EUX. — Écoutez! Écoutez! Nous sommes les envoyés des très nobles et illustres Seigneurs! La ville s'est soulevée! On a répandu le bruit que le prophète Jérôme est trahi, fait prisonnier, assassiné... Le peuple marche sur Careggi!... Il veut voir le Frère!

LE PRIEUR *(baissant les yeux sur le cadavre de son adversaire)*. — Me voici.

FIORE *(merveilleuse dans les jeux de lumière, en haut des marches)*. — Moine, m'entends-tu?

LE PRIEUR *(rigide, sans se retourner)*. — J'entends.

FIORE. — Alors entends ceci. Retire-toi! Le feu que tu as déchaîné te consumera toi-même, pour te purifier, et purifier de toi le monde! Si tu as peur, désiste-toi! Cesse de vouloir, au lieu de vouloir le néant! Abandonne le pouvoir! Renonce! Sois un moine!

LE PRIEUR. — J'aime le feu.

(Il se détourne. Tous s'écartent et lui livrent craintivement passage. Et à la lueur des flambeaux, d'un pas lent, il fend la foule des assistants, gravit les marches, et s'en va vers son destin).

TABLE DES MATIÈRES

« Bibliothèque Albin Michel »

au format de poche :

1. Jacques Chardonne — *L'Épithalame*
2. Thomas Mann — *Les Têtes interverties*
3. Henri Béraud — *Le Vitriol de Lune*
4. Guy de Maupassant — *Contes choisis*
5. Octave Mirbeau — *L'Abbé Jules*
6. Benjamin Péret — *Anthologie de l'Amour sublime*
7. Rainer Maria Rilke — *Correspondance avec Marie de la Tour et Taxis*
8. Henry James — *Confiance*
9. John Fowles — *La Tour d'ébène*
10. Irène Némirovsky — *Les Chiens et les Loups*
11. Vasco Pratolini — *Chronique des pauvres amants*
12. Friedrich Dürrenmatt — *Grec cherche Grecque*
13. Roger Vercel — *Capitaine Conan*
14. Tove Jansson — *Le Livre d'un été*
15. Yasunari Kawabata — *Tristesse et beauté*
16. Erskine Caldwell — *Miss Mamma Aimée*
17. Irène Némirovsky — *Le Vin de solitude*
18. Friedrich Dürrenmatt — *La Ville*
19. Benjamin Péret — *Anthologie des mythes, légendes et contes d'Amérique*
20. Thomas Mann — *Déception et autres nouvelles* suivi de *Fiorenza*

La reproduction photomécanique,
l'impression et le brochage
de cet ouvrage ont été réalisés
par l'imprimerie Pollina à Luçon
pour les Éditions Albin Michel

N° d'édition 10483. N° d'impression 10779
Dépôt légal janvier 1989

IMPRIMÉ EN FRANCE